岩 波 文 庫

32-648-2

巨匠とマルガリータ

(上)

ブルガーコフ作
水 野 忠 夫 訳

岩 波 書 店

Михаил А. Булгаков

МАСТЕР И МАРГАРИТА

1966

目　次

第一部

巨匠とマルガリータ（上）

「……それで結局、いったい、おまえは何者なのだ？」
「私は永遠に悪を欲し、永遠に善をなすあの力の一部なのです」

ゲーテ『ファウスト』

第一部

1　見知らぬ人とは口をきくべからず

暑い春の日の夕暮れどき、パトリアルシエ池のほとりに二人の男が姿を現した。そのうちの一人、グレーのサマースーツを着こんだ四十歳ぐらいの男は小柄で肉づきもよく、髪は黒っぽいものの禿《は》げあがり、上品な帽子をピロシキのように大切そうに手に持ち、きれいに剃《そ》りあげた顔には角《つの》製の大きな黒縁の眼鏡をかけていた。もう一人は肩幅が広く、赤茶けた髪をぼさぼさにした若い男で、チェックの鳥打帽をあみだにかぶり、派手な柄物のシャツによれよれの白いズボン、それに黒いズック靴といったいでたちである。

最初の男は作家で文芸綜合誌の編集長、モスクワでも最大の作家組織のひとつ、〈マスソリト〉という略称で知られるモスクワ作家協会幹部会議長ミハイル・ベルリオーズにほかならず、若い連れの男は、〈宿なし〉というペンネームで詩を書いているイワン・ポヌイリョフであった。

わずかに緑をつけはじめている菩提樹の木蔭にたどりつくと、なにはともあれ、《ビールとミネラル・ウォーター》と看板がかかり、けばけばしくペンキを塗りたくった売店へと二人の文学者は急ぎ足で向かった。

　そう、ここで、この恐ろしい五月の夕暮れどきにまず目につく奇妙な雰囲気を指摘しておかなければなるまい。売店の近くはおろか、マーラヤ・ブロンナヤ通りに沿ってつづいている並木道のどこにも人影ひとつ見当らなかった。モスクワを焼きつくしたあげく、スモッグにつつまれて太陽がサドーワヤ環状通りのかなたに沈もうとしていたこんな時刻、もう呼吸すら困難に思えるときに、菩提樹の木蔭にやってくる者もいなければ、ベンチに腰かけている者とてなく、並木道はがらんとしていたのである。

「ナルザン[*1]をください」とベルリオーズは注文した。

「ナルザンはありませんよ」と売店の女は答え、なぜか腹立たしげな表情を浮かべた。

「ビールは？」とイワンがかすれた声でたずねた。

「ビールは晩にならなければ入りませんよ」と女は答えた。

「それじゃ、何がある？」とベルリオーズがたずねた。

「アプリコット・ソーダならありますよ、冷えてはいませんけどね」

「それでいい、それでいい、そいつを頼む！」

　アプリコット・ソーダが無数の黄色い泡を立て、周囲に理髪店のような匂いがただよいはじめた。ソーダを飲みほした二人はすぐさましゃっくりをしはじめ、勘定をすませると、ブロンナヤ通りに背を向け、池に向かってベンチに腰をおろした。

　このとき、ベルリオーズだけにかかわる奇妙な現象が新たに起こった。突然、しゃっくりがとまり、心臓がどきりとひと打ちしたかと思うと、一瞬停止し、ほどなくして鼓動が戻ってはきたものの、なにか鈍い針が心臓に突き刺さったみたいになったのだ。そればかりか、根拠のないのに激しい恐怖にかられて、ベルリオーズはすぐさまこのパトリアルシエから一目散に逃げ出したくなった。

　ベルリオーズは自分を怯えさせているのが何なのかも理解できないまま、物憂げにあたりを見まわした。まっさおになり、ハンカチで額を拭って思った。《どうしたのだろう？　これまで、こんなことは一度としてなかった……心臓がどきどきするなんて……疲れすぎているのだ。なにもかもほうり出して、キスロヴォツク[*2]あたりへ行って、ゆっくり静養する時らしい……》

　するとこのとき、焼けつくように熱い空気が目の前で凝縮し、その空気のなかから奇妙きわまりない恰好をした透明な男が浮かびあがった。小さな頭には競馬の騎手のかぶ

＊1　コーカサスのナルザン産のミネラル・ウォーター。
＊2　コーカサスの保養地。

るような帽子、着ているものは身体《からだ》に合っていない薄手のチェックのジャケット……背丈は二メートル以上もありそうなのに、肩幅は狭く、信じられないほどやせていたが、忘れてならないのは人を愚弄するような顔の持主であったことだ。

これまでのベルリオーズの人生は異常な現象には慣れていなかった。顔面をいっそう蒼白にさせ、目を剝き、落ちつきを失って考えた。《こんなことって、あるはずがない！》

しかしながら、ああ、なんということか、それは本当にあったことなので、目の前で、長身の透明な男が両足を宙に浮かせたまま右に左にと揺れていたのである。

おぞましい恐怖にとらえられて、ベルリオーズは目を閉じた。だが、目を開けたとき、すべては終わり、蜃気楼《しんきろう》は溶けてなくなり、チェックのジャケットの男も消え失せるとともに、心臓に突き刺さった鈍い針も抜けていた。

「いやはや、なんてことだ！」と編集長は叫んだ。「なあ、イワン、たったいま、もう少しで日射病にやられるところだったよ！　幻覚のようなものまで現れたのだ」薄笑いを浮かべようとしたが、その目にはまだ不安の影がちらつき、両手も震えていた。それでも、ベルリオーズはしだいに落ちつきを取りもどし、ハンカチをひと振りすると、かなり元気よく、「そう、それでだ……」と言って、アプリコット・ソーダのせいで中断された話に戻った。

その話というのは、あとでわかったのではあるが、イエス・キリストをめぐるものであった。雑誌の次号のために編集長が反宗教的な叙事詩を詩人に依頼していたのである。イワンは反宗教的な叙事詩を書き、しかもごく短期間に書きあげたのだが、残念なことに、それは少しも編集長を満足させなかった。イワンは叙事詩の主人公すなわちイエスをきわめて暗い色調で描き出してはいたのだが、それにもかかわらず、編集長の意見によると全面的に書き直す必要があった。そこでいま、詩人の基本的な過ちを明らかにするために編集長はイエスについての講義めいたものを聞かせていたのである。

イワンの失敗の原因がどこにあったのか、その表現能力のせいか、取り扱おうとしていた問題についてのまったくの無知のせいなのか、それを正確に言うことは難しいが、しかしとにかく、確かに魅力のない人物ではあったものの、そう、かつて実在していたかのように、それこそ生き生きとイエスは描写されていたのである。

ベルリオーズが詩人に証明したかったのは、イエスが悪人であったか善人であったかではなくて、肝心なことは、そもそもイエスなどという人物はこの世にまったく存在せず、イエスにまつわるありとあらゆる話はただの作り話、ごくありふれた神話にすぎないということであった。

ここでお断りしておかなければならないが、編集長は博覧強記の人であって、話のなかに、古代の歴史家たち、たとえば、イエスの存在については一言も言及しなかった有名なアレクサンドリアのフィロン[*3]や、斯界《しかい》の輝かしい権威ヨセフス・フラヴィウス[*4]の言葉をきわめて適切に引用していた。かなりの博識ぶりをベルリオーズは披露しながら、話のついでに、かの名高いタキトゥス[*5]の『年代記』第十五巻四十四章でイエスの処刑が述べられている部分は後世に挿入された偽作にほかならない、ということまで詩人に語って聞かせたのである。

編集長の語るすべてのことが初耳であったが、詩人はすばしこい緑色の目で相手の顔をみつめながら、一言も聞きもらすまいと耳を傾け、ごくときたましゃっくりをしてはアプリコット・ソーダを低い声で呪っていた。

「東洋の宗教のどれをとったって」とベルリオーズは言った。「すべて、原則として純潔な処女が神をこの世に生み落とすことになっていて、そうでない例なんてひとつもない。キリスト教徒にしても、なにひとつ新しいことを考え出せず、まったく同じやり方でイエスを創り出したのさ、実際には存在しなかったイエスをね。こういうことなのだ、重要視しなければならないのは……」

甲高いテノールが人気《ひとけ》のない並木道に響きわたり、そしてベルリオーズが真に教養のある者のみが危険な陥穽《かんせい》を避けて入ってゆける学問の深遠な森の奥に入りこんでゆくにつれて、詩人のほうはいやがうえにも興味深くて有益なことを知らされ、慈悲の神にして天神と地神の子であるエジプトのオシリス[*6]のこと、フェニキアのタムミューズ[*7]のこと、マルドゥク[*8]のこと、さらには、それほど世に知られてはいない恐ろしい神で、かつてメキシコのアステカ人の畏敬の対象となっていたウィチロポチトリのことまでも知るにいたった。

そして、アステカ人はどのようにして捏粉《ねりこ》でウィチロポチトリの像を作ったかをベルリオーズが詩人に語りだしたちょうどそのとき、並木道に最初の人影が現れた。

その後、率直に言えば、すでに手遅れとなったころに、この人物の特徴を記した報告

＊3　ユダヤの哲学者。前二五頃―後五〇頃。

＊4　ユダヤの歴史家。三七―一〇〇？

＊5　コルネーリウス・タキトゥス。ローマの歴史家。五五頃―一一五頃。

＊6　古代エジプトの神。善と生産力との神。

＊7　春と植物の神。

＊8　バビロニアの主神。

書がさまざまな関係機関から提出された。それらを照合してみると、まったく驚かざるをえない。たとえば第一の報告書によると、この男は背が低く、金歯で、右足を引きずっていた。第二の報告書には、背のひどく高い男で義歯はプラチナ、左足を引きずっていたとある。第三の報告書は、これといった特徴なしと簡潔に伝えているだけであった。

このような報告書は、どれもこれも役に立たないと認めるほかない。

なによりもまず、この男は両足とも引きずってはいなかったし、背も低からず高からず、いくぶん長身であったにすぎない。歯に関していうなら、左側にはプラチナ、右側には金の義歯。身につけているものは上質なグレーのスーツに同系色の外国製の靴。グレーのベレー帽を横っちょにかぶり、プードル犬の頭の形をした黒い柄のついたステッキを小脇に抱えていた。見た目には四十歳を少し越したくらいか。口はなんとなく歪んでいた。ひげはきれいに剃りあげられている。髪はブリュネット。右の目は黒く、左の目はなぜか緑色。眉は黒いものの左右の釣り合いがとれていない。要するに外国人である。

編集長と詩人が腰かけていたベンチのそばを通り過ぎるとき、外国人はちらりと二人を横目で見て立ちどまると、いきなり、二歩ほど離れたところにあった隣のベンチに腰をおろした。

《ドイツ人だ》とベルリオーズは思った。

《イギリス人かな……》とイワンは思った。《それにしても、手袋なんかはめて、よく暑くないものだ》

外国人のほうは池を正方形に囲んでいる高い建物を眺めまわしていたが、そのようすからして、この場所に来たのはこれがはじめてで、ひじょうに興味をそそられているのがわかった。

この外国人は、ベルリオーズのもとから永久に立ち去ろうとしていた太陽が窓ガラスに当ってまぶしく反射している建物の上層階に視線をとめ、それから夕闇が迫って黒ずみはじめていた下の階の窓に視線を移し、なぜか鷹揚《おうよう》な笑いをもらすと目を細め、両手をステッキの柄の上に置いて、それに顎をのせた。

「なあ、イワン」とベルリオーズは言った。「たとえば、神の子イエスの誕生をとてもうまく諷刺的に描いてはいたよ、しかし重要なのは、たとえばフェニキアのアドニス、フリギアのアッティス、ペルシアのミトラなどのように、神の子たちがイエスよりも前にかぞえきれないほど生まれていたことで、手短に言えば、そのような神の子たちは誰一人として実際には生まれてこなかったし、誰も存在しなかった。イエスもやはりそうだったので、イエスの誕生とか東方の賢者たちの到来とかを書くかわりに、その誕生をめぐるくだらぬ噂話を書くべきだったのだよ……それでないと、きみの話ではイエスが本当に生まれたことになってしまうではないか！」

　このとき、さきほどから悩まされていたしゃっくりを抑えようとして息を殺したために、これまでよりもいっそうしつこく大きなしゃっくりが出てきたが、その瞬間、外国人が突然立ちあがり、近寄ってきたのを見て、ベルリオーズは話を中断した。

　二人は驚いて外国人の顔をみつめた。

「どうか、お許しください」外国人らしい妙な訛《なまり》はあるものの、正しい言葉づかいで近づいてきた男は言った。「見ず知らずの者がいきなり話しかけたりしまして……それでも、学問的な話題にはとても興味をそそられましたので、つい……」

　そこで、外国人は礼儀正しくベレー帽を脱いだので、二人のほうも腰をあげて、挨拶するほかなかった。

《いや、どちらかといえばフランス人だ……》とベルリオーズは思った。

《ポーランド人かな？……》とイワンは思った。

　ここでつけ加えておかなければならないのだが、最初の一言からして、この外国人は詩人には不愉快な印象を与えたものの、ベルリオーズのほうには、どちらかといえばよい印象、つまり、まったく好ましい印象を与えたというよりも、そう、いささかの興味を呼び起こしたとでもいっておこうか。

「こちらにすわってもよろしいですか？」と丁寧にたずねられて、断わるわけにもゆかないベルリオーズとイワンがしぶしぶ席を空けると、外国人のほうは巧みに二人のあいだに腰をおろして、すぐさま話に割りこんだ。

「聞き間違いでなかったら、イエスはこの世に存在しなかったとかいうお話でしたね？」緑色をした左目をベルリオーズに向けながら外国人はたずねた。

「ええ、聞き間違いではありません」とベルリオーズは丁重な口調で答えた。「確かに、そう言いましたよ」

「ああ、なんと面白い！」と外国人は叫んだ。

《こいつになんの関係があるというのだ？》とイワンは思い、顔をしかめた。

「このご意見に、あなたもご賛成なのですね？」と見知らぬ男は右側のイワンのほうをふり返ってたずねた。

「一〇〇パーセント賛成です！」気どった比喩的な表現の好きなイワンは答えた。

「これは驚いた！」と招かれざる客は絶叫し、なぜかこっそりとあたりをうかがうと、低い声をいっそう押し殺して言った。「しつこいようですが、そればかりか、あなたがたは神を信じてもいない、と理解してもよろしいですか？」目に驚きの色を浮かべて、つけ加えた。「誓ってもよいですとも、誰にも言いはしませんから」

「そう、神を信じていません」外国人の驚きようにかすかな微笑を浮かべて、ベルリオーズは答えた。「でも、このことでしたら、まったく自由に話してもかまわないのですよ」

外国人はベンチの背にのけぞって、好奇心のあまり声までうわずらせてたずねた。

「無神論者なのですか？」

「そうです、無神論者です」とベルリオーズは笑いながら答えたが、イワンのほうは腹を立てて思った。《なんとしつこいやつなんだ、食えない外国人だ！》

「おお、なんてすばらしい！」と外国人は驚いたように叫び、首を左右にねじっては作家と詩人を交互に見くらべた。

「無神論に驚く者なんて、わが国では一人もいませんよ」とベルリオーズは外交官のような慇懃《いんぎん》さで言った。「ずっと以前から、わが国の住民の大多数は神についてのお話を信ずるのを自覚的にやめてしまったのです」

このとき、外国人はつと立ちあがり、呆気《あっけ》にとられた編集長の手を握りしめて、とんでもないことを言ったのである。

「心からお礼を言わせていただきます！」

「お礼など、何のために？」イワンは瞬きをして、たずねた。

「旅行者に重要な情報を与えてくださったことで、とても興味があるものですから」

この奇妙な外国人は意味ありげに人差指を立てて説明した。

確かに、この重要な情報は旅行者に強烈な印象を与えたものらしく、こわごわと建物を眺めまわし、まるで窓のひとつひとつに無神論者が一人ずつ潜んでいるのではないかと恐れているみたいだった。

《いや、こいつはイギリス人ではない……》とベルリオーズは考えたが、イワンのほうは、《この男、いったい、どこでこんなにうまくロシア語を話せるようになったのか、それが知りたいものだ》と考え、ふたたび顔をしかめた。

「それでも、おたずねしたいのですが」不安げに物思いにふけったあと、外国から来た客は口を切った。「それでは神の存在の証明、ご存じのように、ちょうど五つある例の証明はどうなります？」

「ああ、なんということです！」憐れむようにベルリオーズは答えた。「あの証明のうち、どれひとつとして価値あるものなんてありません、そんなもの、とうの昔に、人類はお払い箱にしてしまっています。だって、そうでしょう、理性の領域では、いかなる神の存在証明もありえないのですから」

「ブラヴォー！」と外国人は叫んだ。「ブラヴォー！　あの苦労性の老人イマヌエル・カント[9]の考えを、そっくりそのままくり返されました。しかし、まったく滑稽なことに、カントは五つの証明をことごとく否定し、そのあとで、まるで自分自身を愚弄するみたいに第六の証明をでっちあげたのですからね！」

「カントの証明だって」薄笑いを浮かべて、学識豊かな編集長は反駁《はんばく》した。「やはり説得力のないものです。それだからこそ、この問題に関するカントの考察は奴隷を満足させるだけだとシラー[10]が語り、シュトラウス[11]もこの証明を一笑に付して、まともに相手にしなかったのは無理のないことです」

ベルリオーズは話しながら、このとき心のなかで思った、《それにしても、この男はいったい何者なのだろうか？　それに、こんなに達者にロシア語を話せるのはなぜだろうか？》と。

「カントとかなんとかいうやつなんか逮捕して、そんな証明を出した罰として三年ほどソロフキ[12]に送ってやりたいものだ！」と、イワンが藪《やぶ》から棒に言った。

「イワン！」ベルリオーズは困惑して囁いた。

しかし、カントをソロフキ送りにせよというこの提案は外国人を驚かさなかったばかりか、むしろ有頂天にさせた。

「そのとおり、そのとおりです」と外国人は叫びだし、ベルリオーズのほうに向けた緑色の左目が急に輝きはじめた。「ソロフキはカントにはお誂《あつら》え向きの場所です！　だから、朝食のときに言ったのです、「教授、なにやかやと支離滅裂なことを考えだされるのも、それはご勝手です！　あるいは賢明なことかもしれませんが、それでも、まったくもって理解に苦しみます。後世の人の物笑いの種になりますよ」とね」

ベルリオーズは目を見はった。《朝食のときに……カントにだと？……何を言いだすのだろう？》と思った。

「それでも」ベルリオーズの驚きにもあわてず、外国人は詩人に向かってつづけた。「カントをソロフキ送りにするのは不可能です、もう百年以上も前に、カントはソロフキよりももっと遠い場所に行ってしまったのですからね、そこから連れ戻すのはどうし

＊9　ドイツの哲学者。一七二四―一八〇四。
＊10　フリードリヒ・フォン・シラー。ドイツの詩人、美学者。一七五九―一八〇五。
＊11　ターフィト・フリードリヒ・シュトラウス。ドイツの神学者、哲学者。一八〇八―七四。
＊12　正式にはソロヴェツキー諸島と呼ばれる。白海にあり、古くからの流刑地だったが、スターリン時代に収容所がつくられた。

たってできません、これは間違いありません！」

「そいつは残念だ！」喧嘩《けんか》っ早い詩人は口をはさんだ。

「私も残念です！」見知らぬ男は目を輝かせながら同意し、話をつづけた。「それでも、気にかかっているのはこういう問題です、つまり神が存在しないとすると、おたずねしますが、人間の生活とか、要するに地上のあらゆる秩序とかを、いったい誰が支配するのでしょうか？」

「人間がみずからを支配するにきまっています」とイワンは間髪を入れずに、実際のところ、それほど明確ではないこの質問に腹立たしげに答えた。

「失礼ですが」と見知らぬ男はおだやかに応酬した。「人間がみずからを支配するためには、やはり、せめてわずかでもよい、いくばくかの期間にたいする正確な見とおしが必要です。そこで、おたずねしたいのですが、ばかばかしいほど短い期間、そう、たとえば千年ほどの計画も立てられないばかりか自分自身の明日さえ保証できない人間が、いったい、どうして支配したりできるのでしょうか？　それに、実際」ここで、見知らぬ男はベルリオーズのほうに向き直った。「考えてもみてください、たとえば、要するに、あなたが他人をも自分をも支配し、自由にできるような状態が堪《こた》えられなくなるとします、すると突然……ごほん……ごほん……肺に悪性の腫瘍が……」外国人はまるで肺腫瘍の思いつきにひどく満足させられたかのように、小気味よさそうな笑いを浮かべた。

「そう、悪性の腫瘍です」猫のように目を細めながら、愉快そうに言葉を響かせて、くり返した。

「そこで、あなたの支配は終りを告げます！　もはや、自分の運命のほかには誰の運命にも興味をもたなくなります。身内の者も嘘をつきはじめ、あなたはあなたで体調不良を感じて、有名な専門医をつぎからつぎと取り替えては診てもらい、それからいかさま医者のところへ、しまいには女占い師のところへまで駆けつけたりします。有名な専門医も、いかさま医者も、女占い師も、まったく役に立たないことはよくおわかりでしょう。そして、なにもかもが悲劇的に終わり、ついさきほどまではなにかを支配していると思っていたのに、突如として身じろぎもせず柩《ひつぎ》に横たわり、周囲の人々は、柩に横たわっている男がもはやいかなる意味ももたないことを知って、炉にくべて焼いてしまうでしょう。でも、もっと悪い場合だってあります、これからキスロヴォツクに出かけようとする人がいるとします」ここで、外国人は目を細くしてベルリオーズをうかがった。「なんでもないことのように思えますが、ところが、それさえ実現できないのです、どうしたわけか、いきなり足を滑らせて路面電車に轢《ひ》かれてしまうのですからね！　これでも、人間は自分自身を思いどおりに支配できたのだなどとおっしゃいますか？　誰か、まったく別の人間に支配されていたと考えるほうが正しくはないでしょうか？」このときも、見知らぬ男は奇妙な薄笑いを浮かべていた。

ベルリオーズは最大の注意を払って、悪性の腫瘍だとか路面電車だとかいう不愉快な話に耳を傾けてはいたものの、いい知れぬ不安にかられはじめた。《この男は外国人ではない……外国人ではないぞ……》と考えた。《まったくもって奇妙なやつだ……しかし、いったい何者なのだろうか？》

「煙草を欲しいようですね！」思いがけず、見知らぬ男はイワンのほうをふり返った。「何がお好きですか？」

「いろいろ持っていらっしゃるというわけですか？」ちょうど煙草を切らしていた詩人は憂鬱そうにたずねた。

「お好きなものは？」と見知らぬ男はくり返した。

「そう、それでは、国産の〈われらのマーク〉を」とイワンは敵意をこめて答えた。

見知らぬ男はたちどころにポケットからシガレット・ケースを取り出し、イワンに差し出した。

「〈われらのマーク〉です」

編集長と詩人を驚かせたのは、シガレット・ケースにほかならぬ〈われらのマーク〉があったことよりも、シガレット・ケースそのものであった。それは純金製の大型のシガレット・ケースで、蓋を開けると、三角形のダイヤが青白い炎のような光彩を放って輝いていたからである。

そこで、編集長と詩人はそれぞれ異なった考えを抱いた。《いや、外国人だ！》とベルリオーズは考え、《畜生、こいつはすごい！　そうじゃないか？》とイワンのほうは考えたのである。

詩人とシガレット・ケースの持主は煙草に火をつけ、煙草をすわないベルリオーズはそれを辞退した。

《この男には、こんなふうに反論してやらなければ》とベルリオーズは心に誓った。《確かに、人間は死ぬ運命にあり、そのことは誰も否定しないし、議論の余地もない。だが、問題は……》

しかし、これを口にする前に、外国人は話しはじめた。

「確かに、人間は死ぬ運命にありますが、しかし、それだけならまだたいしたことではありません。悪いのは、ときとして人間が突然に死ぬ破目に陥るということで、それこそ最大の問題なのです！　それに、だいたいからして、今夜、何をするかも人間は言えないのですからね」

《なんと愚劣な問題の立て方か……》とベルリオーズは思い、反駁した。

「まさか、それは言い過ぎでしょう。今夜のことぐらいは私だってほぼ正確にわかっています。もちろん、ブロンナヤ通りで頭に煉瓦《れんが》でも降ってこなければの話ですが……」

「煉瓦が理由もなく誰かの頭上に降ってくるものではありませんよ」と見知らぬ男は教えさとすようにさえぎった。「とりわけあなたの場合、請け合いますけど、そんな危険はまったくありません。別の死に方をするのですから」

「ひょっとすると、どんなふうに私が死ぬかを正確にご存じなのではありませんか?」ベルリオーズはまったくばかげているこの話に惹きこまれて、しごく自然な皮肉をこめてたずねた。「教えていただけませんか?」

「喜んで、お教えしましょう」と見知らぬ男は答え、ベルリオーズのスーツをこれから仕立てるときみたいに相手の全身をじろじろと見まわして、《一、二……マーキュリイは第二の家に……月は沈んだ……六は不幸……夜は七……》と低くつぶやいたあと、嬉しそうに大声で宣言した。「首が切断されることでしょう!」

イワンはぎくりとして、この厚かましい初対面の男を憎悪をこめてみつめ、ベルリオーズのほうは歪んだ薄笑いを浮かべてたずねた。

「いったい誰に？　敵に？　外国のスパイにでも？」

「いいえ」と相手は答えた。「ロシアの女、コムソモール員（青年共産同盟員）にですよ」

「ふむ……」見知らぬ男の冗談にいらだちを覚えて、ベルリオーズは唸った。「いや、失礼ながら、そんなことは当てになりそうもありませんね」

「こちらこそ失礼を許していただきたいのですが」と外国人は答えた。「しかし、それは本当なのです。そう、もしも秘密でなければ、お聞きしたいのですけど、今夜のご予定は？」

「秘密なんかありません。これからサドーワヤ通りの自宅に寄って、そのあと夜の十時から〈マスソリト〉の会議があり、司会をつとめる予定です」

「いいえ、会議は絶対に開かれませんよ」と外国人は確信ありげに反対した。

「それはどうしてです？」

「どうしてかと言えば」と外国人は言ってから、目を細くして、夜の冷気を予感した何羽もの黒い鳥が音もなく輪を描いて飛んでいる空を見あげた。「アーンヌシカがもう向日葵《ひまわり》油を買い、それも買っただけではなく、すでにこぼしてしまったからです。それだから、会議は開かれないのです」

ここにいたって、きわめて当然のことながら、菩提樹の木蔭には沈黙が訪れた。「失礼ですけどね」しばらく間をおいてから、ばかばかしいことを並べたてている外国人にちらりと目をやって、ベルリオーズは切りだした。「ここで、向日葵油が何の関係があるのです……それに、そのアーンヌシカとは何者です？」

「向日葵油との関係とはこういうことだ」と不意にイワンが言いだしたが、この招かれざる客に宣戦布告を決意したようである。「精神病院に入院されたことがありますね？」

「イワン！」とベルリオーズは低く叫んだ。

ところが外国人は少しも腹を立てず、このうえなく嬉しそうに笑いだした。

「ありましたとも、ありましたとも、それも一度ならず！」笑いながら、それでも笑ってはいない目を詩人からそらさずに外国人は叫んだ。「私が行かなかった場所なんてどこにありましょう！　ただ残念なことに、精神分裂症とは何かを医師に聞きそこねました。ですから、そのことは、ご自分で医師にたずねてください、〈宿なし〉のイワンさん！」

「私の名前を、どうしてご存じなのです？」

「とんでもない、イワンさん、あなたを知らない人なんてどこにいます？」ここで、外国人はポケットから昨日の『文学新聞』を取り出し、イワンは新聞の一面に出ている自分の写真と、その下の自作の詩とを見た。しかし、このときばかりは、昨日まではまだ詩人を喜ばせていた名声と人気の証拠が少しも嬉しくなかった。

「申しわけないのだけれど」とイワンは言い、表情を曇らせた。「ちょっとお待ちいただけませんか？　友人とほんの少し話をしたいもので」

「ええ、結構ですとも！」と見知らぬ男は大声で叫んだ。「この菩提樹の下はとても気持がよいし、それに、べつに急ぎの用もありませんから」

「驚いたよ、きみ」詩人はベルリオーズを脇に連れて行くと、低い声で囁いた。「観光客なんかじゃなくてスパイだ。わが国にやってきた亡命ロシア人だよ。身許を証明する書類でも見せてもらおう、そうでないと、行ってしまって……」

「そう思うかい？」ベルリオーズは不安げに囁いたが、心のなかでは、《確かに、言うとおりだ！》と思った。

「ぼくを信じてくれ」と詩人はしわがれた声でベルリオーズの耳もとに囁いた。「あいつがばかなふりをしているのも、なにかを聞き出すためなのだ。聞いただろう、あのロシア語の話しぶりを」と詩人は言いながら、見知らぬ男がこっそり逃げ出さないようにと横目でようすをうかがっていた。

「さあ、行こう、あいつを取り押えよう、それでないと、逃げ出すぞ……」

そう言うと、詩人はベルリオーズの手を取ってベンチのほうに引っぱって行った。

見知らぬ男はもうすわってはおらず、ダーク・グレーの表紙の薄い手帳のようなもの、上質の分厚い封筒、それに名刺を手に持って、ベンチのそばに立っていた。

「どうかお許しください、議論に夢中になって、自己紹介を忘れていました。名刺とパスポート、それに特別顧問としてモスクワに招かれた招待状です」見知らぬ男は編集長と詩人の両方を射すくめるような鋭い目つきでみつめて、もったいぶった口調で言った。

二人はうろたえた。《畜生、なにもかも聞いていたのだ……》とベルリオーズは考え、丁重な身振りで、書類の提示など必要ないことを示した。外国人が書類を編集長の手に押しこもうとしているときに、名刺に印刷された外国文字の《教授》という言葉とダブルの《V》つまり《W》という姓の頭文字を詩人は見分けた。

「どうぞよろしく」編集長はどぎまぎしながらつぶやき、外国人は書類をポケットにしまいこんだ。

このようにして会話が再開され、ふたたび三人ともベンチに腰をおろした。

「それでは、教授は顧問としてわが国に招かれたわけですね?」とベルリオーズはたずねた。

「ええ、特別顧問として」

「ドイツ人ですか?」とイワンがたずねた。

「私がですか?」と教授は聞き返し、ふと考えこんだ。「そう、ドイツ人といってよいかもしれません」と言った。

「ロシア語がずいぶん達者じゃありませんか」とイワンは言った。

「ええ、だいたい何語でも話せましてね、たくさんの外国語に通じているのですよ」と教授は答えた。

「それで、ご専門は?」とベルリオーズがたずねた。

「黒魔術の専門家です」

《これは驚いた!……》ベルリオーズは頭をがんと打ちのめされた感じだった。

「そ……それで、そのご専門を買われて、わが国に招かれたのですか?」とベルリオーズはどもりながらたずねた。

「ええ、その専門の関係でです」と教授は答えて、説明しはじめた。「こちらの国立図書館で十世紀の魔術師ヘルベルト・アウリラクス[*13]の自筆草稿が発見されたのです。それで、その解読のために招かれたわけです。世界でただ一人の専門家なもので」

「ああ、歴史家なのですね?」ベルリオーズはほっとした気持になり、尊敬の念をこめてたずねた。

「歴史家です」と学者は相槌《あいづち》を打ち、それから唐突に、つけ加えた。「今夜、ここ、パトリアルシエでは興味深い事件が起こりますよ!」

そこでまたしても、編集長と詩人はびっくり仰天し、教授のほうはそばに招き寄せた二人が身を傾けたとき、そっと囁いた。

「よく覚えておいてください、イエスは存在していたのです」

「いいですか、教授」無理に作り笑いを浮かべて、ベルリオーズは言い返した。「あなたの該博な知識には敬意を払っておりますが、それでも、この問題にたいしては別の見解をもたないわけにはゆきません」

「どんな見解も必要ありません!」と奇妙な教授は答えた。「とにかくイエスは存在していた、それだけのことです」

「しかし、そうはいっても、なんらかの証拠が要求されます……」とベルリオーズは言いかけた。

「いかなる証拠も要求されません」と教授は答え、低い声で語りはじめたが、このときには奇妙な訛はなぜかなくなっていた。「すべては簡単なことです、真紅の裏地のついた純白のマントをはおり、踵《かかと》をすり合わせるような騎兵独得の歩き方で、春の月ニサン[*14]十四日の早朝……」

*13　九四〇頃—一〇〇三。学者、神学者。ローマ法皇シルウェステル二世、錬金術師、魔術師としても知られている。

*14　ユダヤ暦の一月、太陽暦では三月から四月。

2　ポンティウス・ピラトゥス

真紅の裏地のついた純白のマントをはおり、踵《かかと》をすり合わせるような騎兵独得の歩き方で、春の月ニサン十四日の早朝、ヘロデ大王の宮殿の両翼を結ぶ屋根のある柱廊に歩み出たのは、ユダヤ駐在ローマ総督ポンティウス・ピラトゥスであった。

この世にあるもので、なによりも総督が憎んでいたのは薔薇《ばら》油の匂いであったが、その匂いが夜明けから鼻について離れなかったので、今日はなにかよくないことが起きるのではないかと、いやな予感がしてならなかった。庭園にある糸杉や棕櫚《しゅろ》までも薔薇の匂いを発散し、護衛隊の革の装具や汗にも呪わしい薔薇の匂いが混っているみたいに総督には思われた。総督とともにローマからエルサレムにやってきた第十二稲妻軍団第一歩兵隊が駐屯している宮殿裏にある離れから、庭園になっている上部テラスを越えて柱廊まで煙がたなびき、百人隊[*1]の炊事当番が食事の仕度をはじめたことを知らせるいがらっぽい煙にも、やはりどぎつい薔薇の匂いが混じっていた。

《おお、神々よ、神々よ、どうして罰をお与えになるのです……そうだ、疑いなしだ、これはあいつだ、またしてもあいつだ、どうしようもない恐ろしい病気……偏頭痛だ。これにかかると頭半分がずきずきとしつこく痛む……効く薬はなく、いかなる救いもない……せめて頭を動かさないようにするしかない……》

噴水のそばの寄木細工を敷きつめた床には、すでに肘掛椅子が用意されていたので、総督は周囲の誰にも目をくれずに椅子に腰をおろし、片手を脇に伸ばした。書記官がうやうやしくその手に一枚の羊皮紙を差し出した。痛みに耐えかねて思わずしかめ面《つら》を作った総督は、横目をちらりと書面に走らせただけで羊皮紙を書記官に返すと、やっとのことで口を開いた。

「被告人はガリラヤの者なのか？　この件は四分領太守[*2]は知っているのだろうな？」

「さようでございます、総督閣下」と書記官は答えた。

「それで、意向は？」

「本件に決裁を下すことを拒み、最高法院[*3]の死刑判決を閣下の裁可に委ねられました」

＊1　古代ローマ軍隊で百人の歩兵を一隊とし、六十隊で軍団を組織した。
＊2　古代ローマの一州の四分の一の守護。
＊3　古代ユダヤ人の自治機関。現職の大祭司を議長とする。

と書記官は答えた。

総督は頬をひきつらせ、低い声で言った。

「被告人を連れてまいれ」

するとすぐさま、柱廊の下にある庭園の角から二人の軍団兵が二十七歳くらいの男をバルコニーに連れてきて、総督の肘掛椅子の前に立たせた。この男は使い古してぼろぼろになった水色の長い長衣《キトン》をまとっていた。額のまわりを革紐でとめた白い包帯で頭はおおわれ、両手は背中で縛りあげられていた。左の目の下には大きな青痣《あおあざ》があり、口もとには擦り傷があって、乾いた血がこびりついている。連れてこられた男は不安と好奇心をもって総督をみつめた。

総督はしばらく黙っていたが、やがて、おだやかにアラム語でたずねた。

「エルサレムの神殿を破壊するように民衆をそそのかしたのは、おまえなのだな？」

このとき、総督は石像のように身動きもせずにすわり、言葉を発するたびに、唇だけがかすかに動いていた。総督が石像のようだったのは、耐えがたい痛みにうずく頭を揺するのを恐れていたからであった。

うしろ手に縛りあげられた男は、いくぶん身体《からだ》を前に乗り出すようにして語りはじめた。

「善人よ！　信じてください……」

しかし、総督は相変わらず身じろぎひとつせず、声の調子を少しも高めずに、すぐに話をさえぎった。

「わしを善人と呼ぶのだな？　それは間違いだ。エルサレムでは、すべての者がわしのことを残忍きわまりない人非人と陰口をきいているのだが、それも、もっともなことなのだ」それから、やはり同じように単調な声でつけ加えた。「百人隊長の〈鼠殺し〉をここへ呼べ」

〈鼠殺し〉と呼ばれている百人隊長マルクが総督の前に現れたとき、バルコニーが急に暗くなったように思えた。軍団でもっとも長身の兵士よりも頭ひとつ高く、肩幅もひじょうに広かったので、まだ昇りはじめたばかりの太陽をすっかりさえぎってしまったのである。

総督は百人隊長にラテン語で話しかけた。

「この罪人は私のことを《善人》と呼んだ。しばらく、どこかに連れて行って、どんなふうに口をきかねばならぬかを教えてやれ。ただし、あまり痛めつけないように」

身じろぎひとつしない総督を除くすべての者は、捕囚を手招きして、ついてくるようにと合図をしたマルクを注視した。

だいたいからして、マルクはどこに姿を現しても人目を惹かずにはいなかったが、それは、はじめて見る者にとって、背丈がばかでかいばかりでなく、かつてゲルマン人の棍棒《こんぼう》で鼻をたたき割られたために、顔がひどく醜くなっていたからである。

マルクの長靴の重々しい音が寄木細工の床の上に鳴り響き、縛られた男は無言でそのあとに従い、柱廊には完全な沈黙が訪れ、聞こえてくるものといったら、バルコニーの近くの庭園の上部テラスでくっくっと鳴く鳩の鳴き声と、噴水で巧妙なこころよい歌をうたっている水の音だけだった。

総督は立ちあがって、噴水の流れの下に顳顬《こめかみ》を差し出し、感覚を失うまで水に打たれていたいと思った。しかし、それがなんの効きめのないことも知っていた。

捕囚を柱廊から庭園に連れ出すと、ブロンズ像の台座のそばに立っていた軍団兵の手から鞭を取りあげるや、マルクは軽く振り上げて捕囚の肩に打ちおろした。百人隊長の動作は投げやりで、それほど力もこめてはいないようだったが、縛られた男はまるで両足をなぎ倒されたみたいに、一瞬、地面に倒れ、息をつまらせ、顔からは血の気が失せ、目もうつろになった。マルクは左手だけで、倒れた男をまるで空袋のように軽々と引きずり上げて立たせると、鼻にかかったたどたどしいアラム語で言った。

「ローマ総督のことは閣下とお呼びするのだ。ほかの言葉を用いてはならぬ。直立不動の姿勢をとれ。わかったな、それとも、また殴られたいのか?」

捕囚は少しよろけたが、すぐに踏みとどまり、自分を抑え、顔に赤みが戻って息をつくと、かすれた声で答えた。

「わかった。殴らないでくれ」

一分後に、捕囚はふたたび総督の前に立っていた。

艶《つや》のない、苦しそうな声が響いた。

「名前は?」

「私のですか?」これ以上、相手を怒らせないよう、わかりやすく答えるつもりであることを全身で表現しながら、捕囚は急いで答えた。

総督は低い声で言った。

「わしの名前なら聞かなくともわかっている。無理をしてばかなふりをするのはやめろ。おまえの名前にきまっている」

「ヨシュア[*4]」と捕囚はあわてて答えた。

「通称はあるのか?」

＊4　ヘブライ語でイエスのこと。

「ナザレの人」

「どこの生まれだ?」

「ガマラの町です」と捕囚は答え、ふり返って、右手の遠いかなた、北のほうにガマラの町があることを示した。

「おまえの血筋は?」

「正確には知りません」と捕囚はいそいそと答えた。「両親のことは覚えておりません。なんでも、父はシリア人だったとかいう話ですが……」

「いつもは、どこに住んでいるのだ?」

「きまった住まいはありません」とはにかむように捕囚は答えた。「町から町へと旅をつづけている者です」

「それなら、もっと手短に言える、要するに浮浪者なのだ」と総督は言い、たずねた。

「親戚の者はいるのか?」

「おりません。天涯孤独なのです」

「読み書きはできるのか?」

「はい」

「アラム語のほかに、なにか言葉を知っているか?」

「知っています。ギリシア語を」

腫れぼったい瞼《まぶた》を押し開き、苦悶の翳《かげ》を浮かべた片方の目が捕囚に注がれた。もう一方の目は閉ざされたままだった。

ピラトゥスはギリシア語で話しはじめた。

「つまり、神殿を破壊しようとして民衆をそそのかしたというわけだな?」

ここで捕囚はふたたび活気づき、その目からは驚愕の色は消え、ギリシア語で話しだした。

「私は、善……」捕囚は危うく《善人》と呼びかけそうになり、そのために、すぐさま恐怖が目に宿った。「閣下、これまでに神殿を破壊しようと思ったことは一度としてありませんし、そのような意味のない行動にかりたてようと人をそそのかしたこともありません」

低いテーブルに背中を丸めるように屈みこんで供述を書きとめていた書記官の顔に、いぶかしげな表情が浮かんだ。書記官は顔を上げたが、すぐにまた羊皮紙の上に目を落とした。

「祭日にかこつけて、いろんな連中がこの町に流れこんできている。そのなかには魔術師もいれば、占星術師も、予言者も、殺人者もいる」と総督は単調に語りつづけた。

「嘘つきだっている。さしずめ、おまえはその嘘つきだ。ここにはっきりと書かれている、神殿の破壊を教唆した、と。そのような証言があるのだ」

「あの善人たちは」と捕囚は言いかけ、「閣下」とあわててつけ加えて、つづけた。「なにも学びはしなかったし、私の語ったことをすっかり取り違えてしまったのです。まったく、こういった取り違えが今後も長きにわたってつづくのではないかと心配でなりません。それもすべては、あの男が私の言うことを間違って書きとめているせいなのです」

沈黙が訪れた。いまはもう、病いに陥った両目が苦しげに捕囚をみつめていた。

「くり返して言うが、これが最後だ、気の狂った真似をするのはやめろ、ごろつきめ」とピラトゥスは力なく単調に言った。「おまえの話を書きつけた言葉は多くはないが、それだけでも、絞首刑にするにはじゅうぶんなのだ」

「いいえ、いいえ、閣下」相手を説得したいという思いに全身を緊張させて、捕囚は言った。「あの男は羊皮紙を持って私のあとをしつこくつきまとい、ひっきりなしに書きつけているのです。ところがあるとき、その羊皮紙を覗きこんで愕然とさせられました。そこに書かれてあったのは、私がまったく言いもしなかったことばかりだったからです。どうかお願いだから、その羊皮紙を焼いてほしい、と頼みました。しかしあの男は、それを私の手から奪い取ると、逃げてしまったのです」

「そいつは何者だ？」いかにも不快そうにピラトゥスはたずね、顳顬《こめかみ》に手を押し当てた。

「レビのマタイです」と捕囚はすすんで説明した。「徴税人で、ベトファゲに行く途中の無花果《いちじく》園に出る角のところではじめて出会い、二人で話し合ったのです。最初のうちは敵意にみちた態度をとり、侮辱さえしました、つまり、犬呼ばわりして私を侮辱したつもりになっていたのです」ここで捕囚は薄笑いを浮かべた。「こちらは、そんな言葉に腹を立てるほど、あの獣に悪意を抱いてはいませんが……」

書記官は筆記するのをやめ、こっそりと、捕囚にではなくて総督のほうに驚いたような視線を投げた。

「……しかし、私の話を聞いているうちに、態度をやわらげはじめました」とヨシュアはつづけた。「ついには、金を道に投げ捨てて、一緒に旅をしたいと言いだしました……」

ピラトゥスは黄色い歯を剝き出して片方の頰に冷笑を浮かべると、書記官のほうに上半身をよじって言った。

「おお、エルサレムの町よ！　ここでは、まったくおかしな話を聞かされるものだ。

聞いたか、徴税人が金を道に投げ捨てただと！」

それになんと答えたらよいかわからぬ書記官は、ピラトゥスと同じような冷笑を浮かべた。

「でも、あの男は言ったのです、いまでは、金なんかいまいましいものになってしまったと」ヨシュアはレビのマタイの奇妙な振舞いを説明して、つけ加えた。「それ以来、あの男は私の道づれになったのです」

相変わらず歯を剝き出したまま、総督は捕囚を見やり、それから、はるか右手の下のほうにある競馬場の騎馬彫像の上高く、絶えまなく昇ってゆく太陽を眺めていたが、突然、なにやら吐き気を催すような苦しみにとらえられて、ただ一言、「こいつを絞首刑に」と言って、この奇妙なごろつきをバルコニーから追い払うのがなによりも簡単なことなのだと思った。護衛兵も追い払って、柱廊から宮殿に入り、部屋を暗くするように命じ、ベッドに身を横たえ、冷たい水を持ってこさせ、哀れっぽい声で愛犬のバンガを呼んで、偏頭痛の苦しみを訴えるのがいちばんだ。そのとき不意に、痛みに悩まされる総督の脳裡に毒薬についての思いが誘惑するかのように閃いた。

総督は濁った目で捕囚を眺め、しばらく無言のうちに、エルサレムの朝の太陽が無慈悲に焼きつける場所で、殴打されて醜く歪んだ顔をした捕囚が自分の前に立っているのはなぜなのか、そして誰にも必要のない審問をさらにどれだけつづけなければならないのかを、なんとかして思い出そうとつとめていた。

「レビのマタイか？」と偏頭痛の総督はかすれ声でたずね、目を閉じた。

「そう、レビのマタイです」総督を苦しめる甲高い声が返ってきた。

「それで、市場の群衆に向かって、いったい神殿のことで何を話したのだ？」

この問いに答える声は、ピラトゥスの顳顬《こめかみ》を突き刺し、言い知れぬ苦痛を与えつつ、こう語っていた。

「閣下、古い信仰の神殿は崩壊し、真理の新しい神殿が建つであろう、と言いました。わかりやすいように、そう言ったのです」

「浮浪者よ、いったいなぜ、自分でもわかっていない真理のことなど語ったりして、市場の民衆の心をかき乱したのだ？　そもそも真理とは何なのだ？」

このときも《おお、なんということだ！　審問にはまったく必要のないことをたずねたりして……理性はもはやなんの役にも立たなくなっている……》と総督は思った。そこでまたしても、黒い液体の注がれた酒盃が瞼に浮かんだ。《毒を、私に毒をくれ！》

ふたたび、総督の耳に声が入ってきた。

「なによりもまず、真理はあなたの頭が痛み、しかも、その痛みが臆病にも死を思うほど激しいということにあるのです。話す気力がないだけでなく、私を見ることさえ困難なのでしょう。そしていま、心ならずも私があなたを死に追いつめる苦しみを与えているのは、悲しむべきことです。あなたは物事を考えることすらできず、ただ、おそらくは愛着を覚えているただひとつの存在であるにちがいない愛犬のやってくることだけを夢みているのです。しかし、その苦しみは間もなく終わり、頭痛も治まることでしょう」

書記官は捕囚に目を見はり、言葉を最後まで記録できなかった。

ピラトゥスは苦悶にみちた視線を上げて捕囚を見、太陽がすでに競馬場の上空のかなり高くに昇り、陽光が柱廊にまで射しこみ、すり減った捕囚の履物のそばまで忍び寄り、ヨシュアが陽ざしを避けようとしているのに気づいた。

総督は肘掛椅子から腰を浮かし、両手で頭を抱えこんだが、ひげをきれいに剃《そ》りあげた黄ばんだ顔には恐怖の色が浮かんだ。しかし、すぐさま自分の意志の力でそれを抑えつけると、ふたたび肘掛椅子に身を沈めた。

そのあいだにも、捕囚のほうは話をつづけていたが、書記官はもはやなにひとつ記録せず、鵞鳥《がちょう》のように首を伸ばして、一言も聞きもらすまいとつとめているばかりだった。

「ほら、なにもかも終わりましたよ」と捕囚は好意をもってピラトゥスを見ながら言った。「私もたいへん喜んでいます。閣下、しばらく宮殿を離れ、どこかこの近くを、そう、たとえばオリーブ山の庭園でも散歩なさったらいかがです。雷雨がやってきますね」捕囚はふり返り、まぶしそうに太陽を仰いだ。「もっとあと、夕方ごろに。散歩は身体にはとてもよいし、喜んでお供をしたいものです。興味をもたれるような新しい考えが頭に浮かんだら、喜んでそれをお教えしましょう、それでなくとも、あなたがひじょうに聡明な人だという印象を受けましたので」

書記官は死人のようにまっさおになり、巻物を床に落としてしまった。

「そもそもの不幸の原因は」と縛られた男は、いまや誰にも押しとどめられることなくつづけた。「あなたが自分の殻のなかに閉じこもりすぎ、人間にたいする信頼を完全に失ってしまったことにあります。だって閣下、そうではありませんか、たかが犬一匹に愛情のすべてを傾けたりしてはいけません。それでは、あなたの人生は貧しいものではありませんか」ここで語り手は、あえて微笑をもらした。

いまや書記官は、自分の耳を信じるべきか否かということしか考えていなかった。そして、信じるよりほかなかった。そこで、このような前例のない捕囚の無礼を前にして、短気な総督の怒りがどのような突飛なかたちをとって爆発するかを思い描こうとした。しかし、書記官は総督をよく知っていたにもかかわらず、それだけは想像もつかなかった。

　このとき、ラテン語で話しはじめた総督のとぎれがちなしわがれ声が聞こえた。

「この男の手の縄をほどいてやれ」

　護衛隊の一人の兵士が音を立てて槍で地面を打ってから槍をほかの兵士に渡すと、捕囚のもとに歩み寄って、縄を解いた。書記官は巻物を拾いあげ、さしあたり、なにも記録せず、なにごとにも驚くまいと心に決めた。

「白状するのだ」とピラトゥスはギリシア語で静かにたずねた。「立派な医者なのか？」

「いいえ、総督、医者ではありません」と捕囚は答え、縄目がつき、赤紫に膨れあがった手首を気持よさそうにさすった。

　額越しに、ピラトゥスはじろりと射すくめるようなけわしいまなざしで捕囚をみつめたが、その目には、もはやどんよりと濁ったものはなく、誰もが知っている火花が現れていた。

「まだ聞いていなかったが」とピラトゥスは言った。「もしかすると、ラテン語も知っているのではないか？」

「ええ、知っています」と捕囚は答えた。

ピラトゥスは黄ばんだ顔を紅潮させ、ラテン語でたずねた。

「犬を呼びたいと思ったのが、どうしてわかったのだ?」

「ごく簡単なことです」と捕囚はラテン語で答えた。「片手で宙を撫でまわされましたね」捕囚はピラトゥスの身振りを真似て見せた。「まるで犬を撫でたかったみたいに、そして唇を……」

「そういうことか」とピラトゥスは言った。

しばらく沈黙がつづいたあと、ピラトゥスはギリシア語で問いかけた。

「それで、おまえは医者なのか?」

「いいえ、いいえ」と捕囚は活気づいて答えた。「信じてください、医者ではありません」

「まあ、よかろう。秘密にしておきたいのなら、そうするがよい。本件と直接には関係のないことだ。つまり、神殿を破壊する……ないしは焼き払う、あるいはなにかほかの方法で壊滅させるように煽動しなかった、と断言するのだな?」

「閣下、くり返して言いますが、そのような行為を誰にも煽動したことはありません。それほど愚かな人間に見えますか?」

「おお、確かに、愚かな人間には見えない」とピラトゥスは低い声で答え、不気味な笑いを浮かべた。「それでは誓うのだ、そんなことはなかったと」

「何に賭けて誓え、とおっしゃるのです?」と縄を解かれた男はたいそう元気づいてたずねた。

「そう、せめておまえの生命に賭けてでも」と総督は答えた。「いまこそ生命に賭けて誓う時だ、というのも、おまえの生命は危機一髪のところにさらされているのだから、よくわきまえるのだ!」

「閣下、そんな危険にさらしたのは自分である、などと考えているのではないでしょうね?」と捕囚はたずねた。「もしもそうなら、とんでもない間違いをしています」

ピラトゥスは身震いして、口のなかでもぐもぐと答えた。

「その一本の髪の毛を断ち切ることだってできる」

「そう思っていることでも、間違っています」明るい微笑を浮かべ、手をかざして太陽をさえぎりながら、捕囚は反論した。「だって、そうではありませんか、一本の髪の毛を断ち切ることのできるのは、おそらく、危険に追いつめられた者だけではありませんか?」

「なるほど、なるほど」ピラトゥスは微笑をもらして言った。「いまこそ、エルサレムの暇をもて余した連中がおまえのすぐあとをぞろぞろついてまわったことを信じて疑わない。どこの誰からもらったのかは知らないが、よくもまあ舌がぺらぺらと回転するものだ。それはそうと、話してくれ、まるで予言者でも迎えるみたいに歓迎の叫び声をあげている賤民の群れを従えて、驢馬《ろば》にまたがって黄金の門からこのエルサレムに入ってきたというのは本当か？」そこで総督は、羊皮紙の巻物を指さした。

捕囚は不審そうに総督を見やった。

「驢馬なんて一頭だって持っておりません、閣下」と捕囚は言った。「黄金の門からエルサレムに入ったのは確かですが、驢馬にまたがってではなくて徒歩で、レビのマタイを伴っていただけで、なにかを叫んだ者なんて一人もいませんでした、そのときには、エルサレムでは私のことなんて誰も知らなかったのですから」

「こういう者たちを知ってはいないか」捕囚から目をそらさずにピラトゥスはつづけた。「ディスマス、もう一人はヘスタス、そして三人めはバラバという者だが」

「そのような善人たちは知りません」と捕囚は答えた。

「本当か？」

「本当です」

「それでは、聞かせてくれ、いつも《善人》という言葉を用いているのはどうしてなのか？　誰にたいしても、そう呼んでいるのか？」

「誰にたいしても」と捕囚は答えた。「悪人なんて、この世に存在しません」

「そいつは初耳だ」とピラトゥスは薄笑いを浮かべて言った。「だが、ひょっとすると、わしが世間知らずなのかもしれんな！　このさきは、もう書かなくてもよい」すでに、なにも記録していなかった書記官に声をかけておいて、捕囚に向かって話しつづけた。「ギリシア語の本ででも読んだのか？」

「いいえ、自分の頭で考えて、結論したのです」

「それで、説教してまわっているのだな？」

「そうです」

「それでは、たとえば〈鼠殺し〉と呼ばれている百人隊長のマルク、あの男も善人なのか？」

「そうです」と捕囚は答えた。「確かに不幸な人です。善人たちに顔を殴打されたときから、無慈悲で冷酷な人間になってしまったのです。知りたいものですが、あれほどひどい仕打ちをしたのは誰なのです？」

「そのことなら、喜んで教えてやろう」とピラトゥスは応じた。「なにしろ、この目で見た証人なのだから。その善人とやらいう連中が熊に襲いかかる犬の群れのように、あの男に突進していったのだ。ゲルマン人は〈鼠殺し〉の首に、手に、足にまとわりついた。歩兵中隊は完全に包囲され、わしの率いる騎兵隊が側面から斬りこまなかったら、哲人よ、おまえが〈鼠殺し〉と口をきくこともできなかっただろう。あれはイディスタヴィゾの処女谷での合戦だった」

「もしも百人隊長のマルクと話ができたなら」突然、捕囚は夢みるように言った。「きっとあの人も、がらりと変わることでしょうに」

「思うには」とピラトゥスは答えた。「ローマ軍団の将校か兵士の誰かと話をしたいなどという気を起こしたら、軍団司令官をあまり喜ばせることにはなるまい。もっとも、幸いなことに、そんなことはありえない、まっさきにそれを配慮するのがこのわしなのだから」

このとき、一羽の燕《つばめ》が矢のように柱廊に飛びこんでき、金色の天井の下で弧を描くと、低く舞い降りてきて、鋭い嘴《くちばし》を壁龕《へきがん》にあった銅像の顔に危うくぶつけそうになって、柱頭のかげに姿を消した。あるいは、そこに巣を作ろうという気を起こしたのかもしれない。

燕が飛びまわっているあいだに、いまはすっかり明晰で爽快になった総督の頭に、ひとつの考えがまとまった。それによると、総督は放浪の哲人ヨシュア、通称ナザレ人《びと》の事件を審理した結果、犯罪構成要素を見いだすことはできなかった。とりわけ、ヨシュアの行動とエルサレムで起こっている最近の騒動とのあいだにはいかなる関係も見いだせなかった。放浪の哲人は精神病者であることが判明した。そのため、ヨシュアにたいする最高法院の死刑判決を総督は認可しない。しかし、その狂気じみた空想的な説教によってエルサレムに不穏な情勢が生みだされる可能性もあるのを考慮して、ヨシュアをエルサレムから追放し、総督官邸の所在地である地中海に面した海辺のカイサリアに監禁する。

あとは、これを書記官に口述しさえすればよかった。

総督の頭上すれすれをかすめて空を斬り、燕が噴水の鉢を目ざして飛んでゆき、やがて視界の外へと消え去った。総督は捕囚のほうに目をあげて、相手のすぐそばで埃がまっすぐに舞いあがっているのを見た。

「この男の件は、これですべてか?」とピラトゥスは書記官にたずねた。

「いいえ、残念ですが」と書記官は予期しなかった答えをし、もう一枚の羊皮紙をピラトゥスに差し出した。

「まだ、なにかあるのか?」とピラトゥスはたずね、顔をしかめた。

差し出された文書を読み終えると、その顔にはいっそう激しい変化が現れた。どす黒い血が首や顔にのぼったのか、それともなにか別のことが起こったのか、顔の皮膚は黄色みを失って暗褐色に変わり、目はまるで落ちくぼんだみたいになった。

これもまた、おそらく顳顬《こめかみ》にのぼって脈打ちはじめた血のせいらしかったが、このときには総督の視覚になにか異変が起こった。捕囚の頭がどこかへ消え失せ、そのかわりに別の頭が現れたように見えたのだ。その禿頭《はげあたま》には歯のこぼれた黄金の冠が載せられ、額には、皮膚に食いこみ軟膏の塗りつけられた丸い傷跡があり、歯が抜けて落ちくぼんだ口もとには奇妙なぐあいに下唇が垂れさがっていた。バルコニーの薔薇色の円柱も、庭園のはるかかなたの下のほうに望めるエルサレムの民家の屋根も消え、周囲にあるすべてのものが糸杉の木立の濃緑のなかに沈んでしまったかのように思われた。聴覚にも、なにか奇妙なことが起こり、遠くのほうで、低くはあるが威嚇するようにラッパが鳴り響き、横柄に言葉を長く延ばしながら、「皇帝の尊厳を侮辱した行為に関して、法は……」と語る鼻にかかった声が、きわめてはっきりと聞こえてくるようだった。

《破滅だ！》とか、つぎには《こいつとともに破滅だ》とかいった短くて脈絡のない異常な思考がピラトゥスの心をよぎった。それらの思考にまじって、必ずや不死でなければならぬというまったくばかげた思考が浮かび、その不死の思考がなぜか耐えがたい憂愁を惹き起こすのだった。

ピラトゥスは精神を集中して幻影を追い払い、バルコニーに視線を戻すと、ふたたび捕囚の目が待ち受けていた。

「よく聞け、ナザレの人」と総督はなんとなく奇妙な目つきでヨシュアを見ながら話しだしたが、その顔はいかめしかったのに、目は不安の色を隠しきれなかった。「これまでに、ローマ皇帝についてなにか言ったことがあるか？　答えるのだ！　言ったのか？……それとも……言わなかったのか？」ピラトゥスは《言わなかったのか》という言葉を、法廷でいつも語っているときよりもいくぶん強調したが、その目には、自分の望んでいる考えをヨシュアにもなんとかして抱かせたいという願いがこもっていた。

「真実を語ることはたやすく、愉快なことです」と捕囚は言った。

「そんなことは知りたくない」とピラトゥスは押し殺したような不機嫌な声で答えた。「真実を語ることが愉快か不愉快かなどということは。だが、おまえは真実を語らねばならぬ。避けられないばかりか、苦しみにみちたものでもある死を望まないならば、話をするときに一語一語、慎重に言葉を選ぶことだ」

ユダヤ総督の心に何が起こったのかは知るよしもないが、まるで日光をさえぎろうとでもするかのように片手をあげ、その楯のような手に隠れて、なにかを暗示しようとする視線を捕囚に送った。

「それでは」とピラトゥスは言った。「この問いに答えろ、イスカリオテのユダという男を知っているか、そしてローマ皇帝のことを語ったとするなら、いったい何を話したのだ?」

「こういうことです」と、捕囚はすすんで話しはじめた。「一昨日の夕方、神殿のそばで、イスカリオテのユダと名乗る若い男と知り合いました。下町の自宅に私を招き、ご馳走《ちそう》してくれました……」

「善人なのだな?」とピラトゥスはたずね、その目には悪魔のような炎が閃いた。

「たいへん善良で、知識欲の旺盛な男でした」と捕囚は肯定した。「私の考えに最大の興味を示し、心から歓待してくれました……」

「燈明をともしてだな……」ピラトゥスは捕囚の調子に合わせて低くつぶやいたが、そのとき、目はきらりと光っていた。

「そのとおりでした」総督があまりにもよく事情を知っているのにいささか驚かされて、ヨシュアはつづけた。「国家権力にたいする見解を聞かせてほしい、と言いました。この問題に、ひじょうに関心があったようです」

「それで、なんと言ったのだ?」とピラトゥスはたずねた。「それとも、言ったことを忘れてしまったとでも答えるつもりか?」ピラトゥスの声には、すでに絶望の調子がこもっていた。

「話の合間に言いました」と捕囚は語った。「ありとあらゆる権力は人々にたいする暴力にほかならず、皇帝の権力も、ほかのいかなる権力も存在しなくなる時が訪れるであろう、と。人間はいかなる権力も絶対に必要としない真理と正義の王国に移行することであろう」

「それから？」

「それからは、もうなにもありません」と捕囚は言った。「そのあと、男たちが押し入ってきて、私を縛りあげ、牢獄にぶちこんだからです」

書記官は一言も聞きもらすまいと努力しながら、すばやく言葉を羊皮紙に書きつけていた。

「人々にとってティベリウス皇帝[*5]の権力ほど偉大ですばらしい権力は、この世にかってなかったし、現在もなく、これからもありえないであろう！」苦しげなピラトゥスの声が、つんざくように響きわたった。

なぜか憎悪のこもった目で、総督は書記官と護衛隊とをにらみつけた。

「気の狂った罪人め、権力を論ずる資格など、おまえなんかにはない！」とピラトゥスは叫んだ。「護衛隊をバルコニーから退去させろ！」それから書記官のほうをふり返って、つけ加えた。「この罪人と二人きりにさせてくれ、これは国事にかかわる問題なのだ」

護衛隊は槍を捧げ、鋲《びょう》を打ちつけた靴の音を床に規則正しく鳴り響かせながらバルコニーから庭園に引き下がり、そのあとを追うようにして書記官も立ち去った。

バルコニーにはしばらく沈黙が訪れ、それを破るものといったら噴水から立ち昇る水の音だけだった。噴出する水が勢いよく絶頂にまで高まっては曲線を描いて砕け、細いしぶきとなって流れ落ちるのをピラトゥスは眺めていた。

最初に口を切ったのは、捕囚のほうだった。

「イスカリオテの若者と話したために、なにか災厄が起こったようですね。閣下、あの若者の身に不幸が起こるような予感がして、とてもかわいそうでなりません」

「思うには」奇妙な薄笑いを浮かべて、総督は答えた。「この世には、イスカリオテのユダよりももっと同情してやらねばならぬ人間、ユダよりもはるかにひどい目にあう運命の人間がほかにもいるのだ！　たとえば、冷酷で、情け容赦もない死刑執行人のマルク、見受けたところ」総督は醜く腫れあがったヨシュアの顔を指さした。「布教のせいで、こんなにまでおまえを打ちのめした者たち、手下とともに四名の兵士を殺害した強

＊5　前四二—後三七。ローマ第二代の皇帝。

盗のディスマスとヘスタス、そして最後に、汚らわしい裏切者のユダを加えてもよいが、このような者たちも、みんな善人なのか？」

「そのとおりです」と捕囚は答えた。

「真理の王国が到来するというのか？」

「到来します、閣下」と確信ありげにヨシュアは答えた。

「そんなものは、けっして到来しない！」いきなりピラトゥスは、ヨシュアが思わず跳び退いたほど恐ろしい声でどなった。それはちょうど、いまから何年も前に、あの処女谷で、ピラトゥスが部下の騎兵隊員に向かって、「敵を斬り倒せ！　敵を斬り倒せ！　巨漢〈鼠殺し〉が敵の手に落ちた！」とどなったのと同じような剣幕であった。数多くの号令をかけてつぶれた声をさらに張りあげると、庭園にいる者にも聞こえるほどの大声でピラトゥスは叫んだ。「罪人め！　罪人め！　罪人め！」

それから、声を落として、たずねた。

「ナザレの人ヨシュアよ、どのような神を信じているのだ？」

「神は一人しかいません」とヨシュアは答えた。「その神を信じています」

「それなら、その神に祈るがよい！　しっかりと祈るのだ！　だが、そうはいってもむだだ……」ここで、ピラトゥスの声がとぎれた。「なんの役にも立つまい。妻はいないのたずねた。

か?」ピラトゥスはわが身に何が起こっているのかも理解できぬまま、なぜか物憂げに

「いません、ひとり身です」

「呪わしい町だ」どうしたわけか、不意に総督はつぶやき、悪寒に襲われたみたいに肩をすくめ、手を洗うときのように両掌をこすり合わせた。「イスカリオテのユダに会う前におまえが斬り殺されていたら、そう、確かにそのほうがよかっただろうに」

「釈放してくださいませんか、閣下」捕囚は思いがけぬことを頼んだが、その声は不安にみちていた。「私の生命が狙われているのはわかっています」

ピラトゥスは顔をひきつらせ、炎症を起こしたみたいに血走った目をヨシュアのほうに向けて、言った。

「不幸なやつよ、いま口走ったようなことを言うやつを、ローマ総督が釈放するとでも思っているのか? おお、なんということか! それとも、わしが身代りになるとでも考えているのか? おまえの思想なんか認めてはいない! いいか、よく聞け、この瞬間から、ほんの一言でも口にするとき、誰かに話しかけるときには気をつけるのだ!くり返して言う、気をつけるのだ!」

「閣下……」

「黙れ！」とピラトゥスはどなりつけ、ふたたびバルコニーに舞いこんできた燕を怒りにみちた目で追った。「ここへ！」とピラトゥスは叫んだ。

書記官と護衛隊が二人の場所に戻ったとき、罪人ナザレのヨシュアにたいして最高法院評議会の下した死刑判決を承認するとピラトゥスは宣言し、書記官はその言葉を記録に書きとめた。

一分後には、総督の前に百人隊長マルクが立っていた。総督は、罪人を秘密護衛隊長に引き渡すよう命じ、その際、ヨシュアをほかの受刑者から隔離し、また秘密護衛隊員には、いかなることであれヨシュアと話をしたり、質問に答えたりするのを禁止し、それに違反した者は厳罰に処すことを総督指令として伝えるように命令した。

百人隊長マルクが合図を送ると、護衛隊はヨシュアを取り囲み、バルコニーから連れ去った。

そのあとで総督の前に現れたのは、ブロンドの顎ひげを伸ばした美男子で、鎧《よろい》の胸当てにはまばゆく輝くライオンの顔、兜《かぶと》のてっぺんには鷲《わし》の羽根、剣帯には黄金の飾り鋲をつけ、膝までくる三重底の編上靴をはき、赤紫のマントを左肩に投げかけていた。ローマ軍団司令官である。

セバスチア歩兵部隊はいまどこにいるのか、と総督はたずねた。これから競馬場前の広場で犯罪人にたいする判決が民衆に布告される予定なので、セバスチア歩兵部隊はその警備にあたっている、と軍団司令官は報告した。

そこで総督は、ローマ歩兵部隊から百人隊を二個分遣するよう軍団司令官に指令した。そのうちの一隊は百人隊長の指揮下に入り、ゴルゴタに向かう犯罪人、処刑に必要な用具を積んだ荷馬車、それに死刑執行人の警護にあたり、目的地に到着しだい山の頂上に非常線を張る。もうひとつの隊はただちにゴルゴタに向かい、すぐさま包囲線を敷かなければならない。これと同じ目的、つまりゴルゴタ警備のためにシリアの予備騎兵連隊を派遣してほしい、と総督は軍団司令官に要請した。

軍団司令官がバルコニーから立ち去ると、最高法院議長とその評議員二名、それにエルサレム神殿警備隊長を宮殿に呼び寄せるようにと総督は書記官に命じたが、その際、これら全員との協議に入る前に、最高法院議長と二人きりで話し合う機会をつくってほしいとつけ加えた。

総督の命令は迅速に、かつ正確に遂行され、ここ数日来、異常なまでの激しさでエルサレムを焼きつくしていた太陽がまだ頂点に昇りきらぬうちに、最高法院議長の職についているユダヤ大祭司ヨセフ・カヤファァと総督が会ったのは、庭園になっている上部テラスにある階段を見守る白い大理石でできた二頭のライオン像の近くであった。

庭園は静かだった。しかし太陽の強い光をさんさんと浴びて、巨大な象の足にも似た奇妙なふとい棕櫚の植えてある庭園の上部テラスに柱廊の下から出たとき、総督の呪いの対象となっているエルサレムの町の全景が目の前にひらけ、吊橋も、要塞も、さらに重要なことに、屋根のかわりに黄金の竜の鱗をつけた大理石の塊とでもいうべきか、言葉では表現しつくせないエルサレム神殿が眺められたが、はるか遠くの下のほう、石の壁によって宮殿の庭園の下部テラスと町の広場とが区分けされているあたりで、弱く、かぼそい、呻きともつかず叫びともつかぬものでときおり破られる低いざわめきが、総督の鋭敏な耳に聞こえてきた。

あそこの広場には、最近の一連の騒動に興奮したエルサレムの住民が無数の群衆となってすでに集まっていること、その群衆が判決の下るのを待ちきれぬ思いで待っていること、不安にかられた水売りたちが群衆のあいだで大声で叫んでいることを総督は理解した。

まず、無慈悲な炎熱を避けようと総督は大祭司をバルコニーに招いたが、カヤファは丁重に辞退し、祭日の前日なので、それができない理由を説明した。ピラトゥスはマントの頭巾を引っぱり、いくぶん禿げかかった頭をおおって話しはじめた。会話はギリシア語で行なわれた。

ナザレのヨシュアの一件を審理した結果、死刑判決を承認した、とピラトゥスは語った。

こうして、その日、死刑判決を受けて処刑されることになっていたのは、ディスマス、ヘスタス、バラバの三名の強盗と、そのほかにナザレのヨシュアということになる。最初の二名の強盗というのは、ローマ皇帝にたいする民衆の暴動を煽動し、武器で抵抗したあげくローマ政権に逮捕されて総督の権限下に入っているので、したがってこの二人は、ここでは問題にならない。しかしながら、あとの二名、バラバとヨシュアは現地のユダヤ政権の手で逮捕され、最高法院によって刑を宣告された。それゆえ、法と慣習にもとづき、この二名の犯罪人のうちいずれか一名を、今日からはじまる偉大な過越祭[*6]を記念する特赦によって釈放しなければならない。

そういうわけで、二名の犯罪人のうちバラバかヨシュアか、いずれを最高法院が釈放しようとしているのか、その意向を総督は知りたいのである。カヤファは質問の意味はよくわかったというようにうなずいて、答えた。

「最高法院はバラバの釈放を要請します」

＊6　ユダヤ民衆がエジプトを脱出した記念の祝日。

まさしく、そのような答えが大祭司から返ってくることを予測してはいたものの、総督は、この答えにはまったく驚かざるをえない、というふりをする必要があった。ピラトゥスはそれをきわめて巧妙にやってのけた。傲慢な顔に眉を吊りあげて、いかにも驚いたように、まじまじと大祭司の目を凝視した。

「正直なところ、その答えには驚かされた」と総督はおだやかに切りだした。「だが、これにはなにか誤解があるような気がしてならぬが」

ピラトゥスは説明しはじめた。ローマ政権はこの地のユダヤ教聖職者の支配権をいささかも侵害するものではなく、そのことは大祭司もよくご承知のはずであるが、この問題にかぎっては過ちはあまりにも明白である。この過ちを正すのに、当然のことながらローマ政権は関心を払わずにはいられない。

実際、バラバとヨシュアの犯罪は、その軽重においてまったく比較にならない。もしも後者、つまり気の狂った人間が、エルサレムやその他の各地で民衆を迷わす愚かな説教を行なったことで罪に問われているとするならば、前者はそれよりもはるかに重大な罪に問われている。バラバは公然と暴動を呼びかけたのみならず、逮捕しようとした護衛兵の殺害にまで及んでいるのだ。バラバのほうがヨシュアよりもはるかに危険ではないのか。

こういったすべての事実から判断して、総督は決定の再考と、二人の受刑者のうちより危険性の少ない者、それは疑いの余地なくヨシュアのほうであり、その者の釈放を大祭司に望むが、それはいかがなものであるかというのである。

カヤファはピラトゥスの目を直視して、静かではあるが確信にみちた声で、最高法院は本件を慎重に調査したと語り、バラバを釈放する意志に変わりはないとくり返した。

「なんだと？　こうして頼んでもか？　ローマ政権を代表するこの私が頼んでもか？　大祭司、三度めだが、くり返してみよ」

「三度めにも申しあげよう、バラバを釈放します」とカヤファは静かに言った。

これですべては終わり、もはや話すことはなにもなかった。ナザレ人《びと》は永久に去ってゆき、総督の恐ろしく激しい痛みを癒してくれる者もいなくなり、痛みから逃れる手段は死のほかにはなにもなくなってしまったのだ。しかし、いまのピラトゥスに衝撃を与えていたのは、その思いではなかった。バルコニーに出たときからすでにつきまとっていた理由のわからぬ憂愁が、いまや全身に執拗にひろがっていたのだ。その理由を総督は説明しようとしてみたのだが、その説明は奇妙なもので、あの捕囚になにかしら言い残したことがある、いや、あるいはなにか聞き残したことがあるのではないかと漠然と思えただけだった。

ピラトゥスがこの思念を追い払おうとすると、それは現れたときと同じように一瞬のうちに去ってしまった。思念は去り、憂愁は謎のまま残ったが、稲妻のごとく閃いてはすぐさま消えてしまった別の短い思念、《不死……不死がやってきたのだ……》という思念によってもそれは説明できなかったからだ。誰の不死がやってきたというのか。総督には理解できないことではあったが、この謎めいた不死の思念にとらわれて、強烈な日光の降り注ぐなかにあっても全身が冷たくなるのを覚えた。

「よかろう」とピラトゥスは言った。「そうするがよい」

そこでピラトゥスは周囲を見まわしたが、目に見える世界は驚くほどの変化を起こしていた。花を豊かにつけた薔薇の生垣は消え、上部テラスを縁どっていた糸杉も消え、柘榴《ざくろ》の木も、緑葉のなかに散在していた白い彫像も、それに緑葉そのものまでが消え失せていたのである。こういったすべてのもののあったところに赤紫の濃密な塊のようなものが現れ、そのなかでは藻が揺れながらどこへともなく動いていて、それらとともにピラトゥス自身も動いていた。いま、息をつまらせ、身を焦がしながらピラトゥスを動かしていたのは、なににもまして恐ろしい憤怒、自分自身の無力にたいする憤怒にほかならなかった。

「息がつまりそうだ」とピラトゥスは言った。「息がつまる！」

冷汗のにじみ出た手でピラトゥスがマントの襟の留金をもぎ取ると、それは砂の上に落ちた。

「今日はむし暑い、どこかで雷雨でも降っているのでしょう」紅潮した総督の顔から目をそらさず、まだこのさきに待ち受けている苦しみのすべてを予測しながら、カヤファは答えた。そして、《おお、今年のニサンはなんと恐ろしい月なのだろう！》と思った。

「いや」とピラトゥスは言った。「むし暑さのせいではない、息苦しくなるのは、あなたと一緒にいるせいなのだ、カヤファ」と言うと、目を細くして笑い、ピラトゥスはつけ加えた。「わが身に気をつけるのだな、大祭司」

大祭司は黒い目をきらりと光らせ、さきほどの総督よりももっと巧妙に、驚きの色を顔に浮かべて見せた。

「何をおっしゃる、総督閣下」とカヤファは誇らしげに、落ちつきはらって答えた。「ご自分で判決を承認しておきながら、いまになって脅かすのですか？　それはないでしょう？　ローマ総督がなにかを口にする前には、よくよく言葉を選んでおられるものと思いこんでいました。誰かに立ち聞きされてはいないでしょうね、閣下？」

ピラトゥスは生気のない目を大祭司に向け、歯を見せて笑った。

「何を言うのだ、大祭司！　いまここで、いったい誰が盗み聞きなどできる？　私のことを、今日処刑されるあの若い放浪者、聖なる愚者みたいに思っているのか？　世間知らずとでも言うのか、カヤファ？　何を話し、いま、どこで、何をしゃべっているかぐらいは知っている。庭園も、宮殿も、厳重な警備網が敷かれていて、鼠一匹、入りこめはしないのだ！　そう、鼠だけではない、あの、なんという名前だったか……イスカリオテのあの男だって忍びこめはしない。ところで、大祭司、あの男のことは知っているか？　そうだ……あの男がここに忍びこんだら、きっと後悔するにちがいない、もちろん、私の言っていることを信じてくれるな？　肝に銘じておいてほしい、大祭司、このさき、心の安らぎはないであろう！　あなたにも、あなたの民にも」とピラトゥスは言って、はるか遠い右のほう、神殿が高く輝いていたほうを指さした。「黄金の槍をもつ騎士ポンティウス・ピラトゥスが断言する！」

「知っています、知っていますとも！」と黒いひげを生やしたカヤファは恐れたようすも見せずに言い、目をきらりと光らせた。片手を高く挙げてつづけた。「激しい憎悪を抱き、数知れぬ苦しみをもたらそうとしているのをユダヤの民はよく知っていますが、ユダヤの民を滅ぼすことなどけっしてできません！　神のご加護があるのです！　神は、全能の皇帝はわれわれの声を聞いてくださり、迫害者ピラトゥスからお守りくださるのだ！」

「おお、そうではない！」とピラトゥスは叫んだが、もはや、これ以上、心にもないふりをしたり、言葉を慎重に選んだりする必要もなくなったためか、一言話すごとに、しだいに気分も楽になっていった。「これまで、あまりにも頻繁に私のことを皇帝に直訴してきたが、今度はこちらの番だ、カヤファ！　これからは通報する、それも、アンティオキア[*7]にいるシリア総督やローマにではなく、直接、カプリにおられる皇帝のもとにだ、悪名高い暴徒たちをエルサレムに匿《かくま》い、処刑から守っていると通報する。そのときには、エルサレムに飲ませてやるのは、かつて、住民の利益のためにと望んで作ったソロモン池の水ではない！　そう、水ではないのだ……思い起こせ、あなたたちのために、皇帝の頭文字の入った楯を壁から取り、軍隊を移動させ、この地で起こっていることを見るために私がやってきたときのことを！　この言葉を覚えておいてほしい、大祭司。エルサレムの町で目にするのは一隊の歩兵どころではけっしてない！　町の城壁の近くには稲妻軍団が全員そろって集結し、アラブ騎兵隊も押し寄せてくるのだが、そのときには、痛ましい号泣と呻きを聞くことになろう！　そのときこそ、バラバを救った

＊7　古代シリア王国の首府。

ことを思い出し、平和な教えを説いた哲人を死に追いやったことを後悔するであろう！」

　大祭司の顔が紅潮し、目が燃えていた。カヤファは総督と同じように歯を見せて笑って、答えた。

「総督、いま、お話ししていることを、ご自分でも本心では信じていないのでしょう？　いや、信じているはずがありません。民衆の煽動者がエルサレムにもたらしたのは、けっして平和ではない、そのことは、騎士よ、よく理解しているはずです。あの男の釈放を望んだのは、民衆を迷わせ、信仰を侮辱させ、民衆をローマの剣の下に追いやらせるためだった！　しかし、ユダヤ大祭司であるこの私が生きているかぎりは信仰の冒瀆を許さず、民衆を守り抜いてみせます！　聞こえるでしょう、ピラトゥス？」ここでカヤファは、威嚇するように片手を高く挙げた。「耳を澄まして、よく聞いてください、総督！」

　カヤファが口をつぐむと、またしても、ヘロデ大王の庭園の壁ぎわまで押し寄せてくる海鳴りのようなざわめきが総督の耳に聞こえてきた。そのざわめきは下のほうから総督の足もとへ、顔へと昇ってくる。背後の宮殿の両翼の向うからは、けたたましく鳴り響く集合ラッパ、何百という重たげな足音、鉄がぶつかる音などが聞こえ、そこで、命令どおり、ローマの歩兵部隊が暴徒や強盗にとっては恐ろしい死刑執行の現場に向かってすでに出発しつつあることを総督は理解した。

「聞こえるでしょう、総督?」と大祭司は小声でくり返した。「まさか」と言いかけて、両腕を高く挙げたので、黒い頭巾が頭からずり落ちた。「これがすべて、あのつまらぬ強盗バラバの仕業とでも言うのでしょうか?」

総督は冷たい汗のにじんだ額を手の甲で拭い、地面にちらりと目をやり、それから目を細くして空を仰いだが、灼熱した球体はほぼ頭の真上まで昇り、カヤファの影がライオン像の尻尾のそばですっかり小さくなっているのを見ると、低い声で、興味なげに言った。

「正午が近い。おしゃべりに夢中になってしまったが、こうしてはいられない」

総督はわざとらしい言いまわしで大祭司に弁解すると、それから木蓮《もくれん》の木蔭のベンチで、最後の短い協議に必要なほかの人々を招集し、処刑に関連する指令をもうひとつ出すまで、少し待っていてほしいと頼んだ。

カヤファは片手を胸に当て、丁重にお辞儀をして庭園に残り、ピラトゥスはバルコニーに戻った。バルコニーで待ち受けていた書記官に向かって、軍団司令官、歩兵隊長、それに庭園の下部テラスの噴水のそばにある円形をした園亭で呼び出しを待っていた二人の最高法院評議員と神殿警備隊長とを庭園に呼び寄せるようにとピラトゥスは命じ、すぐに庭園に戻るからとつけ加えて、宮殿に退いた。

書記官が協議会を招集しているあいだに、総督は暗幕で太陽をさえぎった一室で、日光の射しこむおそれのまったくない部屋のなかだというのに、頭巾で顔を半分ほど隠している一人の男と会った。この会見は驚くほど短かった。総督が低い声で二言三言囁いただけで、相手の男は姿を消し、ピラトゥスも回廊を通り抜けて庭園に出た。

招集していた顔ぶれが全員そろったところで、ナザレ人《びと》ヨシュアの死刑判決を承認すると総督は厳粛に、かつ簡潔に述べ、犯罪人のうち誰を生かしておくのがよいのかと最高法院の評議員たちに正式に質問した。それはバラバであるとの回答を受けると、言った。

「たいへん結構だ」それから、これを議事録にただちに記録するようにと書記官に命じ、砂の上から拾いあげたマントの襟の留金をかたく手に握りしめている書記官を見ると、もったいぶって言った。「時は来たのだ！」

この言葉と同時に列席者一同は打ちそろって、意識を朦朧《もうろう》とさせる強い芳香を放つ薔薇の生垣が壁のように両側につづいている広い大理石の階段を、宮殿と広場を仕切る壁のほうに一段ずつ降りてゆき、平坦に舗装された大きな広場に通ずる門のところまで来ると、はるか向うの端にエルサレム競馬場の円柱や彫像が見えた。

一行が庭園から広場に出、広場全体を見わたせる高さに作られたかなり広い石造りの演壇に上がるや、すぐさまピラトゥスは目を細くしてあたりを見まわして、その場の状況を把握した。たったいま通り過ぎてきた空間、つまり宮殿の壁から演壇にいたる空間はがらんとしていたが、前方は群衆に埋めつくされていたので、もはやそこに広場を見ることはできなかった。もしもピラトゥスの左側に三重の包囲線を敷いているセバスチア歩兵部隊、そして右側にイトゥリア予備歩兵部隊の兵士が厳戒態勢をとっていなかったなら、演壇そのものも、誰もいない空間をも群衆がすっかり埋めつくしていたに相違ない。

かくして、ピラトゥスは必要のないマントの留金を無意識のうちに拳に握りしめ、目を細めながら演壇に上った。目を細めたのは、太陽がまぶしかったせいではけっしてなかった。自分のあとからすぐさま演壇に引き出されることになっている有罪判決を受けた人々を、どういうわけか見たくなかったからである。

純白のマントと真紅の裏地が人海の上にそそり立つ巌《いわお》のような演壇の上に現れるや、「うわあーあー……」という音の波が押し寄せ、目を細くしたピラトゥスの耳を打った。それは最初、はるか遠くの競馬場のそばあたりで低く発生し、それから雷鳴のように高まると、数秒間、そのままの状態がつづき、やがて低くなりはじめた。《私に気がついたのだな》と総督は思った。波は完全に引いてしまったわけではなく、不意にまた高まりはじめると、うねりながら、最初よりももっと高くなり、その第二の波に、ちょうど海の波濤《はとう》に逆巻く泡のように、口笛にも、雷鳴にもかき消されないきれぎれな女の呻き声が聞こえた。《あの連中が演壇に引き出されたのだな……》とピラトゥスは思った。《あの呻き声は、群衆が前に殺到したときに女たちが押しつぶされたためだ》

内部に鬱積したものを残らず吐き出して、ひとりでに静まるまでは、いかなる力をもってしても群衆を黙らせられないのをピラトゥスは知っていたので、しばらく待っていた。

その瞬間が訪れたとき、総督が右手をさっと挙げると、最後のざわめきは潮のように引きはじめ、やがて消えた。

そこでピラトゥスは、熱した空気を胸一杯に深く吸いこんで叫び、うわずった甲高い声が何千という頭の上に響きわたった。

「皇帝陛下の御名において!」

するとすぐさま、鉄の音の入り混じった断続的な叫喚が何度か耳にとびこんできたが、歩兵部隊の兵士たちが槍と小旗を高く揚げて絶叫したのである。

「皇帝陛下万歳！」

ピラトゥスは頭をぐいともたげて、ひたと太陽を見すえた。瞼の下で緑の火玉が飛び、そのために脳髄がかっと燃えあがり、しわがれたアラム語が群衆の頭上に飛びだした。

「ここエルサレムにおいて、殺人、暴動をそそのかす煽動、法ならびに信仰にたいする冒瀆の罪によって逮捕された罪人四名は不名誉な刑、すなわち磔刑《たっけい》を宣告された！刑の執行はこれからゴルゴタの丘にてとり行なわれる！　罪人どもの名前は、ディスマス、ヘスタス、バラバ、それにナザレのヨシュアである。いま、諸君の前にいるこの四名である！」

ピラトゥスは犯罪人には目もくれず、四名が所定の場所にいるのを知っていたので、手で右のほうを指した。

群衆は驚いたのか、ほっとしたのか、長くつづく唸り声で応じた。唸り声がようやくおさまったあと、ピラトゥスはつづけた。

「しかし、刑の執行を受けるのは、このなかの三名だけである。なぜなら、法と慣習に従い、過越祭を祝って、最高法院評議会の決定とローマ政権の決裁にもとづき、寛大な皇帝陛下は受刑者の一名にその卑しい生命をお戻しになるからである！」

ピラトゥスは大声で叫びながらも、唸り声が大きな沈黙に変わってゆくのに気づいていた。いまや、ため息ひとつ、かすかな物音ひとつ耳には届かず、そればかりか周囲にあるすべてのものがことごとく消えてしまったかのように思える瞬間が訪れた。ピラトゥスの憎悪する町は死滅し、ただ自分だけが真上から降り注ぐ日光に焼かれ、空を仰いで立っている。しばらく沈黙を守ってから、ピラトゥスは叫びはじめた。

「これから、諸君の目の前で自由にされる者の名前は……」

名前を口に出さずに、もう一度間を置いたが、その幸運な男の名前をいったん公表したら、死んだような町は生き返り、それからさきはいかなる言葉も聞かれなくなってしまうのを知っていたので、すべてを言いつくしたかどうかを反芻《はんすう》した。《言い残したことはないか？》とピラトゥスは心のなかで囁いた。《すべて言った。つぎは名前だ！》

そこでピラトゥスは、沈黙している町の上に《R》の音を転がすようにして叫んだ。

「バラバ！」

この瞬間、耳をつんざく音響とともに太陽が頭上で炸裂し、耳に炎を流しこんだようにピラトゥスには思われた。その炎につつまれて、咆哮《ほうこう》、金切り声、呻き、哄笑、口笛が荒れ狂った。

ピラトゥスはくるりと向きを変えると、なにものにも目をくれず、ただ躓《つまず》かないように足もとの色とりどりの碁盤模様だけをみつめながら、演壇から階段のほうに引き返しはじめた。いま背後の演壇の上には銅貨や棗椰子《なつめやし》の実が霰《あられ》のように投げこまれていることと、喚き叫んでいる群衆のなかでは、たがいに押し合いへし合いしながらも肩によじのぼって、奇蹟を、いったんは死の腕にとらわれたものの、すでに死の腕を振り切って逃れた男をひと目見ようとしていることをピラトゥスは知っていた。演壇の上では、軍団兵たちが縄をほどいてやりながら、審問のときに脱臼した腕にたまたま触れて焼けるような痛みを覚えさせたが、男のほうは顔をしかめて泣きごとを言いつつも、やはり意味のない狂人のような微笑を浮かべていたのである。

いまこのとき、西の郊外にあるゴルゴタの丘へと通ずる道に向かうために、すでに護衛隊が両手を縛りあげた三人の男を脇の階段のほうに引き立てているのもピラトゥスは知っていた。演壇の裏側に降り立ったとき、いまはもう安全だ、受刑者たちの姿を見ないでもすむと知って、ピラトゥスははじめて目を開いた。

いまや、いくぶん静まりかけた群衆の呻き声に混じって、ひときわはっきりと聞こえていたのは、アラム語とギリシア語で、総督が演壇から叫んだ言葉を一語一句くり返している伝令官たちの甲高い叫び声だった。そのほかにも、小刻みに蹄《ひづめ》を響かせて近づいてくる馬の足音と、短く、愉しげに鳴りわたるラッパの音が耳に届いていた。そのような音に、市場から競馬場前の広場にかけての通りに面した建物の屋根から耳をつんざくような少年たちの口笛と、「気をつけろ！」と叫ぶ声が応じていた。

群衆の去った広場の空間に、ただ一人、小旗を手にぽつんと立っていた兵士が、なにやら警告するように旗を振ったので、総督、軍団司令官、書記官、護衛隊員は立ちどまった。

速歩《トロット》にいっそう拍車をかけながら広場に突進してきた騎兵隊が、ひどい雑踏の表通りを避けて広場の脇を通り抜け、葡萄《ぶどう》の蔓《つる》のからまる石壁に沿った裏通りづたいに最短距離でゴルゴタの丘を目ざしていたのである。

速歩で疾走してきた騎兵隊長は少年のように小さく、黒人との混血のように黒いシリア人だったが、ピラトゥスのそばまでくると、なにやらひと声、甲高く叫んで、剣の鞘《さや》を払った。気性の激しい、汗びっしょりの黒毛の馬は勢いよく脇に寄り、後脚で立った。隊長は剣を納めてから馬の首に鞭を当て、前脚を降ろさせて態勢を整えると、ギャロップに移りながら裏通りのほうに駆け去った。そのあとを三列になった騎兵隊がもうもうと砂埃を舞いあげて進み、いかにも軽そうな竹槍の先端が跳びはね、白いターバンを巻いているせいか、とりわけ浅黒く見える顔が愉しげに剝き出した白い歯を光らせながら総督のそばを駆け抜けていった。

騎兵隊は砂埃を高々と舞いあげて裏通りへと駆けこんでゆき、ピラトゥスのそばを最後に駆け抜けていった騎兵の背中につけたラッパが太陽に光り輝いていた。片手で顔をおおって砂埃を防ぎ、不機嫌に顔をしかめながら、ピラトゥスは宮殿の庭園へと通じる門のほうに急ぎ足で歩いて行き、軍団司令官、書記官、それに護衛隊がそのあとに従った。

午前十時ごろのことであった。

3　第七の証明

「そうです、午前十時ごろのことでしたよ、尊敬する〈宿なし〉のイワンさん」と教授は言った。

たったいま目をさましたばかりのように、詩人は片手で顔を撫でまわし、パトリアルシエには、すでに夕暮れが訪れているのに気づいた。

池の水は黒ずみ、ボートが水面を軽やかに滑り、水をかく櫂《かい》の音やボートに乗った女性の忍び笑いが聞こえてくる。並木道のベンチにもちらほらと人影が現れたが、それも四角い地形のほかの三辺ばかりで、すでにご存じの三人が話し合っていた場所は相変わらずひっそりとしていた。

モスクワの空は色褪《いろあ》せたかのようで、高みには月がくっきりと見えていたが、まだ金色に輝いてはいない白い満月であった。呼吸をするのもずっと楽になり、菩提樹の下の話し声も、いかにも夜らしく、さきほどよりもはるかになごやかに響いていた。

《いったい、どうしてこの男が、ありもしなかった話を延々とでっちあげていたのに気づかなかったのだろうか?》とイワンは愕然として思った。《だって、もうすぐ夜ではないか！　ひょっとすると、こいつが話していたのではなくて、おれがぐっすり眠りこんで、こんな夢を見ただけなのではないか?》

しかし、これはやはり教授が語って聞かせたと考えるべきで、そうでなければ、そっくり同じ夢をベルリオーズも見たと想像しなければならなくなるのだが、それというのも、外国人の顔をまじまじとみつめながら、こう言ったからである。

「お話はたいへん興味深いものでしたよ、教授、それにしても、福音書の話とはまったく一致しませんがね」

「おやおや」鷹揚《おうよう》に薄笑いを浮かべて、教授は答えた。「ほかの人ならともかく、あなたならご存じのはずです、福音書に書かれていることなんて、なにひとつ実際に起こった話でないことぐらい、だから、もしも福音書を史料として引用しはじめたなら……」

またもや薄笑いを浮かべ、ベルリオーズが二の句も継げなかったのは、ブロンナヤ通りからパトリアルシエ池にくる途中、まったく同じことを自分もイワンに語っていたからである。

「ごもっともです」とベルリオーズは言った。「しかし、あなたのお話だって、実際にあったことかどうか、誰も証明できないではありませんか」

「いや、それは違います！　これを証明できる者がいるのです！」と教授は外国人らしい訛《なまり》のあるロシア語で自信たっぷりに答えると、突然、もっと近くに寄るようにと秘密ありげに二人を手招きした。

二人が左右から身を屈めて顔を近寄せると、教授は話しだしたが、どういうわけか、このときはもう出てきたり出てこなかったりする奇妙な外国人らしい訛がすっかり消えていた。

「じつを言いますと……」ここで教授は怯えたようにあたりを見まわし、声をひそめて話しだした。「こういったすべての現場に私自身が立ち会っていたのです。ポンティウス・ピラトゥスのバルコニーにも、ピラトゥスがカヤファと話をかわしたあの庭園にも、演壇にもね、ただし、こっそりと、いわばお忍びでというかたちでして、だからお願いしますよ、誰にも絶対に内緒、極秘にしておいてください！……しいっ！」

沈黙が訪れ、ベルリオーズの顔はまっさおになった。

「あなたは……モスクワに来られてどのくらいになります？」とベルリオーズは震える声でたずねた。

「つい、いましがたモスクワに着いたばかりです」と教授はどぎまぎしながら答えたが、このときになってはじめて、二人の友人は教授の目をしっかりと見る必要のあることを思いつき、緑色をした左の目は完全に狂気じみていて、右の目はうつろで黒く、生気がないのを確認した。

《これでなにもかも説明がつく！》とベルリオーズは不安にかられつつ思った。《気の狂った男がドイツからやってきたのか、それとも、たったいま、このパトリアルシエで気が狂ったかだ。まったく、とんだお話だ！》

そう、確かにこれで、いまは亡き哲学者カントのところでの奇妙な朝食も、向日葵《ひまわり》油とアーンヌシカについてのばかばかしい話も、首が切断されるとかいう予言も、なにもかもが説明できる、要するに教授は気違いなのだ。

何をすべきかをベルリオーズはただちに考えだした。ベンチの背によりかかると、教授の背後から、この男に逆らうのではないぞとイワンに目配せしてみせたのだが、すっかり狼狽《ろうばい》していた詩人は、その合図も理解できなかった。

「そう、そう、そう」と興奮を抑えきれずに、ベルリオーズは言った。「なるほど、それもありうることです！　おおいにありうることです、ポンティウス・ピラトゥスも、バルコニーも、そのほかのことも……ところで、お一人でこちらへいらっしゃったのですか、それとも奥さまご同伴で？」

「一人です、一人です、私はいつも一人ですよ」と教授は悲しそうに答えた。

「それで、教授、お荷物はどちらに？」とベルリオーズは取り入るようにたずねた。「《メトロポール・ホテル》にでも？　どちらにご宿泊で？」

「私ですか？　どこにも」と気の狂ったドイツ人は答え、きょとんとして、憂鬱そうに緑色の目でパトリアルシエ池を見まわした。

「なんですって？　でも……どちらにご宿泊の予定です？」

「お宅にですよ」突然、気の狂ったドイツ人はなれなれしい態度で答えて、まばたきした。

「それは……それはたいへん光栄ですが」とベルリオーズはつぶやいた。「でも、実際のところ、わが家ではなにかとご不便でしょう……《メトロポール》でしたら、すばらしい部屋がありますよ、なにしろ一流のホテルですから……」

「それでは、悪魔もいないのですね？」急に浮き浮きしだして、この狂人はイワンにたずねた。

「だいたい悪魔なんか……」

「逆らうのではない！」ベルリオーズは教授の背後から身を乗り出さんばかりにして、しかめた顔の唇だけを動かして囁いた。

「悪魔なんかいるものか！」こうしたくだらぬたわごとにすっかり混乱したイワンは、

われを忘れて余計なことを叫んだ。「うんざりだ！　気のふれた真似なんか、やめてくれ」

このとき、気の狂った男が大声で笑いだしたので、頭上の菩提樹にとまっていた雀が驚いてぱっと飛び立った。

「いや、まったく面白い」身を揺すって大笑いしながら、教授は言った。「この国には、私の知りたいものはなにもないのですね！」不意に大笑いをやめ、精神病の場合によくある変化ではあるが、笑ったあとは正反対の気分に陥り、いらだって、不機嫌に叫んだ。「それでは、どうしても悪魔は存在しないと言うのですか？」

「まあ、まあ、落ちついてください、教授」とベルリオーズは、狂人を興奮させるのを恐れて、つぶやいた。「ほんの少し、ここでイワンと待っていてください。あの角までひとっ走りして、電話をかけてきますので、そうしたら、どこへなり、お好きなところにご案内しましょう。だって、この町ははじめてなのでしょう……」

最寄りの公衆電話に駆けつけ、外国人観光局に電話をかけて、外国からやってきた特別顧問が明らかに精神異常の状態でパトリアルシエ池のほとりにいると知らせようとするベルリオーズの計画は、正当なものと認めざるをえない。なんらかの手段を講じる必要があり、そうしなければ、なにか不愉快なことが発生しかねなかったからである。

「電話ですか？　まあ、いいでしょう、おかけなさい」と狂人は悲しげに同意すると、いきなり熱っぽく嘆願しはじめた。「しかしお別れに、お願いです、せめて悪魔が存在することだけでも信じてください！　それ以上は、もうなにもお頼みしません。いいですか、これには第七の証明があり、しかも、それはもっとも信頼できる証明なのです！間もなく、あなたにも論証されることでしょう」

「わかりました、わかりました」不自然なまでに愛想よくベルリオーズは言い、気の狂ったドイツ人を見張らなければと思っただけでも憂鬱になり、笑うどころでなかった詩人に目配せすると、ブロンナヤ通りとエルモラーエフ横町の角にあるパトリアルシエ公園の出口のほうに駆けだした。

教授のほうはすぐに元気を取りもどし、意識もはっきりしてきたように見受けられた。

「ベルリオーズさん！」と教授はベルリオーズの背後から叫んだ。

ベルリオーズはぎくりとしてふり返ったが、自分の名前を教授が知っているのも、やはり新聞ででも読んだからだろうと考えて、心を落ちつかせた。だが、両手をメガフォンのように口に当てて教授は叫んだ。

「いますぐ、キエフにいる伯父さんに電報を打つように命じなくてもよいのですか？」

またしても、ベルリオーズはぎくりとした。いったいどうして、キエフに伯父がいるのを知っているのだろうか。いくら新聞だって、そんなことまで記事にするはずがない。なるほど、それでは、やはりイワンの言ったとおりなのか。あの身分証も贋物というわけか。ああ、なんとおかしなやつなのだろう。電話だ、電話をすることだ。いますぐ電話をしなければ。あいつの正体はたちどころに判明することだろう。

そして、それ以上はもはやなににも耳を貸さずに、ベルリオーズはさきを急いだ。

ブロンナヤ通りへの出口のすぐ近くまできたとき、ついさきほど、焼きつくような炎熱から夕陽を浴びて出現した男とそっくりの人物が編集長を迎えるようにベンチから立ちあがった。ただこのときは、もう宙に浮いているみたいではなくて普通の肉体をもった男で、鶏の羽根そっくりの口ひげ、ほろ酔いかげんの皮肉そうな小さな目、汚れた白い靴下まで見えるほど吊りあげたチェックのズボンなどが訪れた黄昏《たそがれ》の薄闇にはっきりと目にとまった。

ベルリオーズは思わずあとずさりしたが、これはばかげた他人の空似にすぎず、だいたい、いまはこんなことにかかずりあっている暇はないのだと考えて、心をしずめた。

「回転木戸をお探しですか、あなた?」かすれたようなテノールで、チェックのズボンの男はたずねた。「こちらへどうぞ！　ここをまっすぐ行くと、出られますよ。教えてあげたお礼に、ウォッカの小壜一本というのはいかがです……教会の聖歌隊長だった哀れなこの男に……どうか、二日酔いの迎え酒のお恵みを！」と男はもったいぶって言いながら、競馬の騎手のかぶる帽子をさっと脱いで、それを差し伸べた。

元聖歌隊長のもったいぶった物乞いにベルリオーズは耳もかさず、回転木戸まで駆け寄ると、それに手をかけた。回転木戸をぐるりとまわして、すでに電車線路に足を踏み出そうとしたそのとき、赤と白の光が顔に降りかかり、《電車に注意！》と、ガラス箱の標識に明りがともった。

それと同時に、エルモラーエフ横町からブロンナヤ通りに曲る新たに開通した線路を電車が突進してきた。角を曲って直線コースに差しかかると、突然、電車は車内燈をつけ、警笛を鳴らして、速度を増した。

注意深いベルリオーズは安全な場所に立ってはいたが、回転木戸に戻ろうと決心し、横棒に載せた手を置き変えて一歩あとずさりした。そのとたん、手がつるりと滑ってはずれ、足の踏んばりがきかず、線路につづく砂利の斜面を片足がまるで氷の上を滑るみたいにずり落ち、もう一方の足を宙に上げたままベルリオーズは線路に投げ出された。

なにかにしがみつこうと努力しながら、ベルリオーズは後頭部を砂利に軽くぶつけて仰向けに落ちてゆき、右か左かはもうわからなかったが空の高みに輝く金色の月を見た。

その瞬間、両足を腹部に引きつけて必死に脇を向こうとして向きを変えたとき、抑えがたい力とともに間近に迫ってくる、恐怖のあまり蒼白になった女性運転士の顔と真紅のスカーフをはっきりと見た。ベルリオーズは声ひとつ立てなかったが、周囲の通り全体が女たちの絶望的な悲鳴にあふれた。女性運転士が急ブレーキをかけたので電車は前方に突っこみ、そのつぎの瞬間、跳ねあがり、すさまじい轟音《ごうおん》とともに窓ガラスが吹き飛んだ。このとき、「もうだめ……」と叫ぶ誰かの絶望的な声がベルリオーズの脳裡をかすめた。もう一度、これを最後にと月が閃いたが、それはもう粉々に砕かれていて、やがて暗くなった。

電車がベルリオーズにおおいかぶさり、パトリアルシエの並木道の柵に近い砂利の斜面に黒くて丸い物体が投げ出された。それは斜面から転がり落ちて、ブロンナヤ通りの舗道に敷きつめられた丸石の上で跳びはねた。

ベルリオーズの切断された首であった。

4 追跡

女たちのヒステリックな叫び声がおさまり、警官の呼子も鳴りやみ、現場に出動した二台の救急車のうち一台は、首のない胴体と切断された首を屍体公示所へ、もう一台はガラスの破片で負傷した美しい女性運転士を病院へと運び去り、白い前かけをつけた掃除夫たちがガラスの破片を片づけて血の溜まった場所に砂を撒き終えたが、イワンは回転木戸まで駆けつけられずに、ベンチにしゃがみこんだなり、身じろぎもしなかった。

イワンは何度か立ちあがろうと試みはしたものの、足がいうことをきかず、どうやら全身麻痺にかかったみたいになった。

最初の悲鳴を聞きつけるや、詩人はすぐさま回転木戸めがけて突進し、舗道の上に跳びはねる首をみたのだった。そのために、すっかり気が転倒して、ベンチにへなへなとすわりこみ、血の滲むほど自分の腕に噛みついた。もちろん、気の狂ったドイツ人のことなどすっかり忘れ、理解しようとつとめていたのはただひとつ、こんなことってあるのだろうか、ついいましがたまで話し合っていたベルリオーズが一分後には首だけになるなんて……

並木道に沿って、なにやら叫びながら興奮した人々がそばを駆け抜けて行ったが、イワンの耳にはその言葉も入らなかった。

しかし不意に、すぐ近くで二人の女がばったり出会い、詩人の耳もとで、鼻がとがり、頭になにもかぶっていないほうの女が相手の女に叫びだした。

「アーンヌシカ、あのアーンヌシカだよ！　サドーワヤ通りの！　あの女の仕業だ……雑貨店で向日葵《ひまわり》油を買ったのだよ、そう、一リットル壜をね、それを回転木戸にぶつけて割ってしまったのさ！　スカートが油まみれになって……あの女のぼやくこと、ぼやくこと！　でも、そのせいで、あの気の毒な人は滑って線路に落ちてしまったのだよ……」

叫びたてる女の話から、《アーンヌシカ》という言葉だけがイワンの混乱した脳裡にまつわりついて離れなかった。

「アーンヌシカ……アーンヌシカだと……」不安げにあたりを見まわしながら詩人はつぶやいた。「なんだと、なんだと……」

《アーンヌシカ》という言葉に《向日葵油》という言葉が、そのつぎには、なぜか《ポンティウス・ピラトゥス》という言葉がつながった。ピラトゥスのことはさておき、

《アーンヌシカ》という言葉から詩人は一連の鎖をつなぎはじめた。その鎖は間もなくつながり、ただちに気の狂った教授と結びついたのである。

あの教授のせいだ。そうだ、確かに言っていた、会議は開かれない、アーンヌシカが油をこぼしてしまったから、と。このとおり、会議は開かれないことになった。そればかりか、ベルリオーズが女に首を切断されると、あの男ははっきり言っていたではないか。そう、そう、そうだ。あの運転士だって女ではないか。いったい、これはどういうことなのか。

あの謎めいた特別顧問がベルリオーズの恐ろしい死の光景をことごとく正確に予知していたことは、まったく疑いなかった。すぐさま、二つの考えが詩人の脳裡に閃いた。ひとつは、《あいつはけっして気が狂ってなんかない！　そう考えるのは愚かなことだ！》というのであり、もうひとつは、《まさか、こういったすべてを、あいつが仕組んだのではないだろうか？》というのであった。

それにしても、いったい、どのようにやったのだろうか。

「えい、構うものか！　いまに正体を暴いてやる！」

イワンは全力をふりしぼってベンチからようやく立ちあがり、教授と話していた場所に駆け戻った。幸いにも、教授はまだ立ち去らずにいた。

ブロンナヤ通りにはすでに街燈がともり、パトリアルシエ池の上空には金色の満月が輝いていたが、いつも人を迷わす月明りのもとでは、相手がステッキではなくて剣を小脇に抱えて立っているようにイワンには見えた。

ついさきほどまでイワンがすわっていた場所に、いかにも狡猾《こうかつ》そうな聖歌隊長だった男が腰をおろしていた。この男は、いまは明らかに必要のない鼻眼鏡を、それも片方はガラスがまったくなく、もう一方はひびの入っているものを鼻にかけていた。そのためか、チェックの男は、ベルリオーズに線路への道を教えたときよりもいっそう厭《いと》わしく見えていた。

心臓の凍りつくような思いでイワンは教授のほうに近づいて顔を覗きこんだが、そこには精神錯乱の兆候など露ほどもなく、過去にもありえなかったことも確信した。

「正直に白状しろ、何者なのだ？」とイワンは低い声でたずねた。

外国人は眉をひそめ、まるではじめて見るように詩人に目をやり、不快そうに答えた。

「わかりません……ロシア語は話せません……」

「わからないのですよ！」頼まれもしないのに、聖歌隊長だった男はベンチから口をはさんだ。

「とぼけるな！」とイワンは威嚇するように言い、鳩尾《みぞおち》のあたりが冷たくなるのを覚えた。「ついさっきまで、ロシア語を流暢《りゅうちょう》にしゃべっていたじゃないか。ドイツ人でもなければ教授でもない！　人殺しだ、スパイだ！　身分証を見せろ！」とイワンは憤慨して叫んだ。

謎めいた教授は、それでなくとも歪んだ唇をさも不快そうにひん曲げて、肩をすくめた。

「ちょっと、あなた！」またしても、不愉快な元聖歌隊長が口をはさんだ。「外国から来たお客さまをなんで困らせるのです？　そんなことをすると、あとで厳罰を食らいますぜ！」怪しげな教授のほうは不遜な表情を浮かべて、くるりとうしろを向くと、イワンのそばを離れかけた。

イワンは狼狽《ろうばい》しはじめた。息をはずませながら、聖歌隊長だった男に言った。

「おい、犯人を捕まえるのを手伝ってくれ！　それがあなたの義務なのだ！」

聖歌隊長だった男は異常に活気づき、跳びあがって喚きだした。

「犯人だって？　どこにいる？　外国人の犯人だって？」聖歌隊長だった男の小さな目が嬉しそうに輝きだした。「あいつか？　あいつが犯人なら、なにはさておき、「助けてくれ！」と叫ぶのだ。そうでないと逃げてしまう。それじゃ、いいか、一緒に叫ぼう！　そうら！」と言って、男は大きな口を開いた。

どうしたらよいかわからなくなっていたイワンは、剽軽《ひょうきん》な元聖歌隊長の言葉に従って、「助けてくれ！」と叫んだが、元聖歌隊長のほうはなにも叫ばず、相手をだましたのである。

イワンだけが叫んだかすれた声は、よい結果をもたらすはずもなかった。若い二人の娘がさっと跳びのき、「酔っぱらい！」という言葉が耳に聞こえたばかりであった。

「さては、おまえもぐるだったのか」怒りにかられて、イワンは叫んだ。「これはいったい、どういうことだ、ひとをばかにする気か？　そこをどけ！」

イワンが右に突進しようとすると、元聖歌隊長もやはり右に行くではないか。左に行けば、この卑劣漢もそちらに行く。

「わざと邪魔をしているのだな？」野獣のように怒り狂って、イワンは喚いた。「まず、おまえのほうから警察に突き出してやる！」

このろくでなしの袖をイワンはつかもうとしたが、失敗し、宙をつかんだだけだった。いずこともなく、聖歌隊長だった男は姿を消していた。

あっと叫び声をあげて、イワンが前方を見ると、憎むべき見知らぬ男の姿が目に入った。男はすでにパトリアルシエ横町に通ずる出口の近くにいて、しかも一人ではなかった。いつの間にか、まったくもってうさん臭い元聖歌隊長が合流していた。だが、それだけではなく、この一味の三人めとして加わっていたのは、どこから現れたのか、去勢豚のように大きく、煤《すす》か烏《からす》のように黒く、向う見ずな騎兵のようにみごとな口ひげを伸ばした猫であった。三人組はパトリアルシエ横町を目ざして進んでいたが、その猫ときたら、うしろ足二本で立って歩いていくではないか。

イワンは悪漢どものあとを追って駆けだしたが、すぐさま、追いつくのは至難のわざであることを知らされた。

三人組はあっという間に横町を通り抜け、スピリドーノフカ通りに出た。イワンがいくら足を速めても、逃げ手との距離は少しも縮まらない。いつの間にか、詩人は閑散としたスピリドーノフカ通りを過ぎて、ニキータ門のあたりにさしかかっていて、状況はきわめて不利だった。なにしろ、そこは押し合いへし合いの雑踏で、絶えず通行人にぶつかっては、イワンは罵声を浴びせられた。しかも、ここにいたって、悪漢の一味は、ばらばらになって逃走するという得意の作戦を用いることに決めたのである。

聖歌隊長だった男は、通りかかったアルバート広場行きのバスにひらりと飛び乗り、姿を消してしまった。追跡していた一人を見失ったあと、イワンは猫に注意を集中すると、この奇妙な猫が、ちょうど停留所に停車していた《A》系統の路面電車のステップに歩み寄り、悲鳴をあげた女性客を無理やり押しのけて手すりにつかまり、そのうえ、むし暑さのために開け放されていた窓越しに十コペイカ硬貨を女性の車掌の手につかませようとするのを見た。

この猫の振舞いにすっかり驚かされて、イワンは町角の食料品店の前で棒立ちになったが、そのとき、もう一度、より強い衝撃を受けて愕然としたのは、車掌の振舞いであった。電車に入りこもうとする猫の姿を見るや、車掌は身ぶるいするほどの憎悪をこめて叫んだのだ。

「猫はだめよ！　猫連れはお断り！　しっ！　降りないと、警官を呼ぶわよ！」

車掌にしても乗客たちにしても、事態の本質に驚かされたわけではないようで、猫が電車に乗りこむくらいならまだしも、猫が乗車賃を払おうとした事実こそ驚くべきことではないか。

この猫は乗車賃の支払能力があるばかりか規則を順守する、しつけのよい動物でもあるらしかった。車掌の最初の叫び声を聞いただけで突入を断念し、ステップから跳び降りると、十コペイカ硬貨で口ひげを撫でながら停留所にすわりこんだ。ところが、車掌が紐を引いて電車が動きだすと同時に、この猫は、たとえ乗車拒否されようとも乗って行かなければならぬ者なら誰でもやる手段に訴えた。三つの車両をやり過ごしておいて、最後の車両の後部のパンタグラフに猫は跳び乗り、車体から突き出ているパイプのようなものに片足でしがみつき、かくして、十コペイカを節約して去っていったのである。

いまいましい猫に気をとられているうちに、イワンは三人組の最重要人物である教授を危うく見失うところだった。しかし、さいわいにも相手はまだ姿をくらましたわけではなかった。ニキータ大通り、すなわちゲルツェン通りにさしかかったあたりの雑踏にイワンはグレーのベレー帽を見つけたのだ。一瞬ののちに、イワンもそこに来ていた。しかし、うまくはゆかなかった。足を速め、通行人を突きとばしながら全速力で走りだしたが、ほんの一センチも詩人は教授に接近できなかったのだ。

いくら混乱していたとはいえ、それでも、この追跡の超自然的な速度には驚かざるをえなかった。ニキータ門をあとにして二十秒と経たぬうちに、すでにイワンはアルバート広場のまばゆい明りに目をくらまされていた。さらに何秒かのちには、歩道のでこぼこした暗い横町に出ていて、そこで躓《つま》ずいて転び、片膝を強く打った。ふたたび明るい目抜き通りのクロポトキン通り、それから横町、それからオストジェンカ通り、そしてまたうらぶれて汚らしい街燈もほとんどない横町。ほかならぬここで、どうしても必要としていた人間をイワンは最終的に見失ってしまった。教授は跡かたもなく消え失せていたのである。

途方に暮れたが、それも長くつづかなかったのは、突如として、一三番地四七号室に教授はいるにちがいない、とイワンが思いこんだからだ。

正面玄関に勢いよく入りこむや、イワンは二階に駆け昇り、たちどころに部屋を見つけだし、せっかちに呼鈴を押した。長くは待たされずに、ドアを開けてくれたのは五歳くらいの少女だったが、なにもたずねずに、さっさと引きさがった。

ひどく殺風景で、だだっ広い玄関ホールは、汚れてまっ黒な高い天井から吊るされた豆電球のほの暗い光にかすかに照らされているだけで、壁にはタイヤの取れた自転車が掛けられ、その下には鉄を張った巨大な箱が置いてあり、コート掛けの上の棚には冬物の毛皮帽があり、その長い耳当てが垂れさがっていた。ひとつのドアの向うから、よく響く男の声が怒りをこめてなにかの詩をラジオで朗読していた。

はじめて目にするこの状況に、イワンはいささかもたじろぐことなく、《きっと、あいつは浴室に隠れているにちがいない》と考えて、まっすぐ廊下に突進した。廊下は暗かった。壁にぶつかったりしたあと、ドアの下からもれているかすかな光を見つけ、探りあてた取っ手を軽く引いてみた。掛金がはずれ、そこは間違いなく浴室だったので、これはついているぞ、とイワンは思った。

しかしながら、期待していたほどついていたわけではなかった。湯気につつまれたイワンは、湯沸器のなかでかすかに燃えている石炭の火に照らされて壁に掛かっている大きな桶と、エナメルが剝げ落ちて、いたるところにすさまじい黒い地金が出ていた浴槽とをからくも見分けられただけだった。浴槽には、スポンジの垢すりを手にして、全身、石鹼の泡だらけの女の裸体が立っていた。近視のせいか、女は目を細くして闖入者《ちんにゅうしゃ》を見たが、どうやら、いまわしい照明のために誰かほかの男と見間違えたものか、声を落として、はしゃいだ口調で言った。

「キリューシカったら！　うろうろするのはやめて！　どうしたの、気でも狂ったの？……主人のフョードルがもうすぐ戻ってくるのよ。さあ、すぐに出て行ってちょうだい！」そして、イワンにスポンジの垢すりを振ってみせた。

誤解は明らかで、もちろん原因はイワンにあった。しかし、それを認めようとはせず、「おい、この浮気女め！」と責めるように叫んだあと、ふと気づくと、なぜか台所にいた。そこには誰もいず、ほの暗い調理台には火の消えた十台ほどの石油こんろがひっそりと並んでいた。何年ものあいだ拭かれた形跡もない埃だらけの窓から射しこむ月の光だけが台所の一隅をぼんやりと照らしだしていたが、そこには埃にまみれ、蜘蛛《くも》の巣の張った聖像画が誰からも忘れられたように掛かっていて、聖像龕《せいぞうがん》の陰からは二本の短くなった婚礼用蠟燭《ろうそく》が突き出ていた。大きな聖像画の下には、紙に描かれた小さな聖像画がピンで留められてぶらさがっていた。

このとき、イワンが何を思いついたのかは誰にもわからないが、裏口から逃げ出す前に、蠟燭を一本と紙に描かれた聖像画を無断で持って行くことにした。これを持って、なにやらつぶやき、ついいましがた浴室で経験したことを思い出しては困惑し、あの浮気相手のキリューシカとは何者なのか、嫌らしい耳当てつきの毛皮帽子はその男のものではなかろうか、などと心ならずも思いめぐらしながら、はじめて足を踏み入れた住居をあとにした。

荒涼として陰気な感じのする横町で、詩人はあたりを見まわしながら逃げ出した相手を探してみたが、どこにもいなかった。そのとき、イワンは自分自身に言い聞かせた。

「きっと、あいつはモスクワ河にいるはずだ！　前進！」

おそらく、ほかならぬモスクワ河に教授がいると思ったのはなぜなのか、とイワンにたずねるべきであったろう。悲しいことに、たずねようにも誰もいなかった。いまわしい横町には、人っ子一人いなかったからである。

ほどなくして、イワンの姿はモスクワ河の岸にある半円形を描く花崗岩《かこうがん》の階段の上に見ることができた。

着ていた服を脱ぐと、ぼろぼろの白いシャツを着、紐のほどけた擦りへった靴をはいて、手巻き煙草をすっていた見るからに感じのよさそうなひげの男に、イワンは着ていたものを預けた。両腕を何度か振りまわしてから、気持を静めるために燕《つばめ》のように両腕をひろげたまま水中に跳びこんだ。息がつまりそうになるほど水は冷たく、ひょっとすると、このまま二度と水面に浮かび上がれないのではないかという思いさえ閃いた。しかし、なんとか水面に浮かび上がり、大きく呼吸をして鼻を鳴らすと、恐怖に目を丸くしたまま、石油の臭いが鼻につき、岸辺の明りが屈折して映っている黒い水面を泳ぎはじめた。

ずぶ濡れになったイワンが階段を跳びはねながら、見張りを頼んだ例のひげの男のいた場所に戻ってみると、服がないばかりか、ひげの男もいなくなっていた。確かに、脱いだものを積み重ねておいた場所には、縞のズボン下、ぼろぼろのシャツ、蠟燭、小さな聖像画、それにマッチ箱がひとつ残っていただけだった。やり場のない怒りにかられたイワンは、遠方をにらみ、誰にともなく拳を振りあげると、そこにあったものを身につけた。

ここで、二つのことが心配になりはじめたが、ひとつは、どこに行くときにも必ず持ち歩いていた〈マスソリト〉の会員証がなくなっていたことであり、もうひとつは、こんな恰好で無事にモスクワの町を歩けるものかということであった。それでも、ズボン下をはくよりほかなかった……実際、他人からすればどうでもよいことにはちがいないのだが、それでもやはり、言いがかりをつけられるかもしれないし、あるいは逮捕されるかもしれない。

　もしかすると、これでも夏用のズボンに見てもらえるのではないかと考えて、踝《くるぶし》のあたりについているズボン下のボタンをもぎ取り、聖像画と蠟燭とマッチ箱を手に取ると、イワンは歩きだし、自分自身に言って聞かせた。

「グリボエードフへ！　間違いなく、あいつはあそこにいる」

　町では、すでに夜の生活がはじまっていた。何台ものトラックが鎖をがちゃつかせながら埃のなかを走り過ぎてゆき、その荷台の袋の上には男たちが仰向けに寝ころんでいた。窓という窓はことごとく開け放されていた。どの窓にも、オレンジ色の笠をつけた電燈がともり、どの窓からも、どのドアからも、どの門口からも、屋根や屋根裏部屋からも、地下室や中庭からも、オペラ『エヴゲーニイ・オネーギン』のポロネーズを歌うしわがれた号泣が勢いよく流れ出ていた。

　イワンの懸念はみごとに適中し、道を行く人々はじろじろと眺めまわしたり、ふり返ったりした。そのため、大通りは避けて裏通りを抜けて行くことに決めたが、裏通りだと、人もそれほどしつこくしないだろうし、裸足の男につきまとっては、ズボンに似ることを執拗に拒みつづけているズボン下に関してあれこれと質問を浴びせてくる機会も少ないだろう、と判断したからである。

こうして、イワンはアルバート街の裏通りの迷路の奥深くにもぐりこみ、絶えず、おずおずと横目であたりをうかがったり、ときには玄関口に身を隠したり、信号のある交差点や外国大使館の豪奢な正面玄関を避けたりしながら、壁に隠れるようにして、こっそりと通り抜けていった。

この困難にみちた行程のあいだじゅう、ずっと耳につきまとい、なぜか言いようもなくイワンを悩ませていたのは、タチヤーナ[*1]に寄せる愛を歌いつづけている重苦しいバス歌手の声の伴奏をする、いたるところから鳴り響いてくるオーケストラの音であった。

＊1　プーシキン原作、チャイコフスキイ作曲のオペラ『エヴゲーニイ・オネーギン』に登場する女主人公。

5　グリボエードフでの事件

モスクワの中心部を環状に囲む並木道に面した緑もとぼしい樹々の奥に、彫刻のある鉄柵で歩道から仕切られて建っていたのは、クリーム色の古風な二階建ての建物であった。その建物の前のさして広くない前庭はアスファルトで舗装されていて、冬場には、シャベルで掻き寄せられた高い雪だまりができるのだが、夏には帆布のテントが張られて、すばらしい野外レストランとなっていた。

かつて、この建物は劇作家のアレクサンドル・グリボエードフ[*1]の伯母の持家であったとかいうことから、《グリボエードフの家》と名づけられていた。はたして、劇作家の伯母がこの建物を本当に所有していたものかどうか、真偽のほどはさだかではない。思い起こせば、グリボエードフには屋敷持ちの伯母なんかいなかったはずだが……ともあれ、この建物はそう呼ばれていた。そればかりか、モスクワでは、この建物の二階の円

＊1　ロシアの劇作家。一七九五―一八二九。『知恵の悲しみ』の作者。

柱のある円形ホールのソファにくつろいでいた伯母に、有名な劇作家が『知恵の悲しみ』の一節を読んで聞かせたとかいう真《まこと》しやかな話まで語られているのである。もっとも、そんなことは誰が知ろうか、あるいは読んで聞かせたかもしれないが、それは重要なことではない。

重要なのは、この建物の現在の持主が、あの不幸なミハイル・ベルリオーズがパトリアルシエ池に姿を現すまで議長を務めていた〈マスソリト〉であったということにほかならない。

〈マスソリト〉の会員のおかげで、この建物を《グリボエードフの家》と呼ぶ者は誰一人としてなく、誰もが簡単に《グリボエードフ》と呼んでいて、たとえば、「昨日、グリボエードフで二時間もねばったよ」「それで、うまくいったのか?」「一カ月のヤルタの保養所行きの許可をせしめたよ」「そいつはよかった!」というぐあいである。あるいは、「ベルリオーズのところに行けよ、今日、グリボエードフで四時から五時までを面会時間にしているぞ」などとなる。

このグリボエードフのなかで、これ以上に快適なところは考えられないほどの場所を〈マスソリト〉は占めていた。グリボエードフに足を踏み入れた者なら誰でも、まず否応なしに各種のスポーツ・クラブの掲示、ついで〈マスソリト〉の会員の集合写真や個人の写真に顔を突き合わせる仕組みとなっていたが、それら(もちろん写真だが)は二階に通ずる階段の壁に所狭しと掲げられてあった。

二階の最初の部屋のドアには、《魚釣り用別荘課》と大きな文字で書かれた掲示があり、そばには釣り針にかかった鮒《ふな》の絵が描かれている。

二号室のドアには、《日帰り創作旅行。お問い合わせはポドロージナヤまで》と、なんだかよくわからないことが書かれてある。

そのつぎのドアには、《ペレルイギノ》と簡潔ではあるが、まったくわけのわからないことが書かれているだけである。このさきには、《予約申し込みはポクレーフキナまで》《出納窓口》《ルポライターの個人会計》などがつづき、グリボエードフをたまたま訪れた者は、作家の伯母の胡桃《くるみ》材のドアに張り出されているさまざまな掲示のために目がちかちかしはじめるであろう。

一階の守衛室のあたりからすでにはじまっている長蛇の列をかきわけて先頭に出てみると、一秒ごとに人々がなだれこんでいるドアがあり、そこには《住宅問題》という掲示が見えた。

《住宅問題》を通り過ぎると、断崖絶壁の頂きでコーカサス・マントをはおり、ライフル銃を肩にした男が馬にまたがっている豪華なポスターがある。その下には棕櫚《しゅろ》とバルコニーが描かれ、バルコニーには前髪を垂らした若い男が腰をおろし、どこか高い所を自信にみちあふれた目で凝視して万年筆を握りしめている。そこには、《完全保証の創作休暇、二週間（短編・中編）から一年間（長編・三部作まで）。ヤルタ、スーク・スー、ボロヴォエ、ツィヒジーリ、マヒンジャウリ[*2]、レニングラード（冬宮）》と書かれてある。このドアにも行列ができていたが、たいしたものではなく、せいぜい百五十人ほどの行列であった。

そこからさきは、グリボエードフの家の気まぐれな廊下が曲りくねったり、昇ったり下ったりするにつれて、《マスソリト幹部会》《出納窓口二号、三号、四号、五号》《編集部》《マスソリト議長室》《ビリヤード室》、さまざまな付属機関とつづき、そして最後に、天才の甥の書いた喜劇を伯母が心ゆくまで楽しんだという例の円柱のホールがあった。

もちろん、よほど鈍感でない者の話ではあるが、いかなる訪問者でもグリボエードフに一歩足を踏み入れるなり、たちまち、〈マスソリト〉の会員という幸福な人間の生活がどれほどすばらしいものであるかに思いいたり、いつの間にか、暗い羨望に胸をかきむしられるようになることであろう。そして、その場で天を仰ぎ、生まれながらの文才がどうして自分には与えられなかったのかと、にがい叱責の言葉をつぶやくことだろうが、当然のことながら、その文才がなければ〈マスソリト〉の会員証、モスクワで知らない者とてない、あの茶色で上質の革の匂いのする金色で広い縁取りのある会員証を手に入れることなど見果てぬ夢なのである。

羨望に肩入れしてなにか発言しようとする者など、どこにいるだろうか。それはきわめて卑劣な取るに足りぬ感情に相違ないが、それでもやはり訪問者の身にもなってみる必要がある。二階で目にしたものは、まだすべてではなく、ほんの序の口にすぎなかったからだ。グリボエードフの伯母の家の一階のすべてを占めていたのはレストランで、それも、なんとすばらしいレストランであったことか。公平に見て、モスクワでも最高のレストランとみなして間違いない。それは、このレストランがアッシリア風のたてがみをなびかせた薄紫色の馬を描いた円天井のある大ホール二つを占めていたせいだけではなく、どのテーブルにもレースの笠つきのランプが置かれていたせいでも、また誰もが気楽にふらりと立ち寄れなかったせいだけでもなく、料理の質の高さで、モスクワのどんなレストランにもひけをとらず、しかもその料理を、けっして法外ではなく、ごく手頃な料金で提供していたせいであった。

＊2　クリミヤ、カザフスタン、カフカースなどにある「創作休暇」の保養地。

それゆえ、まぎれもない真実の文章を書いている作者が、あるとき、グリボエードフの鉄柵のそばでこんな会話を聞いたとしても、なにも驚くにはあたらないのである。

「今夜はどこで食事をするつもりだね、アムヴローシイ?」

「聞くだけ野暮だよ、もちろん、ここさ、フォーカ! さっき、アルチバリド・アルチバリドヴィチがそっと教えてくれたのだがね、今夜のメニューには鱸《すずき》のオー・ナチュレールの特別料理があるそうだ。こいつは絶品だよ!」

「長生きするよ、きみは、アムヴローシイ!」やせこけて、やつれ、首の吹出物を悪化させているフォーカが、唇が赤くて髪はブロンド、ふっくらした頬の大男の詩人アムヴローシイにため息まじりに答えた。

「特別な才能なんかあるわけじゃない」とアムヴローシイは反駁《はんばく》した。「ただ世間並に、人間らしく生きていきたいだけさ。フォーカ、きみは言いたいんだろう、鱸だったら《コロシアム》でだって食べられるとね。ところが、《コロシアム》だと、鱸は一人前十三ルーブル十五コペイカもするが、ここでは五ルーブル五十コペイカだ! それに、《コロシアム》の鱸ときたら三日前のやつだ、そればかりか《コロシアム》だと、劇場通りからふらりととびこんでくる若い連中に葡萄《ぶどう》の房で顔を引っぱたかれかねないからね。いや、とにかく、《コロシアム》には断固反対だ」と食通のアムヴローシイは並木道じゅうに轟《とどろ》くほどの声をあげた。「お説教はやめてくれ、フォーカ！」

「お説教なんかしていないよ、アムヴローシイ」とフォーカは蚊の鳴くような声で言った。「自宅でだって食べられるじゃないか」

「ごめんこうむりたいね」とアムヴローシイは大声で言った。「アパートの共同炊事場で、きみの奥さんが鍋で鱸のオー・ナチュレールを作っている姿が目に浮かぶよ！　ひ、ひ、ひ！　それじゃ、また《オー・ルヴォアール》、フォーカ！」と言うと、アムヴローシイは歌を口ずさみながらテントを張ったテラスのほうに突進した。

はっ、はっ、はっ……そうとも、昔はよかったものだ。……昔からモスクワに住んでいる者なら、あの有名なグリボエードフをよく記憶している。煮こんだ鱸の料理だと。そんなのは安っぽいものだよ、親愛なるアムヴローシイ。それよりも蝶鮫《ちょうざめ》はどうです、銀製の器に入れた蝶鮫、身をほぐした海老と新鮮なキャビアを添えた蝶鮫の切身はいかがです。小鉢に入れたシャンピニヨン・ピューレあえの鶏卵はいかがですか。鶫《つぐみ》の胸肉はお気に召しませんか。トリュフで味つけしたやつ、ジェノア風の鶉《うずら》はどうですか。九ルーブル五十コペイカ。それにジャズと礼儀正しいサービス。七月になって、家族全員が別荘に出かけ、あなたのほうは差し迫った原稿締切りのためにモスクワを離れられないようなときには、テラスの蔓《つる》のからまる葡萄の樹の蔭で、純白のテーブルクロスに映る木洩れ日なんかを見ながら若鳥入りのスープなどはいかがですか。覚えていますか、アムヴローシイ。いや、たずねるまでもないことだ。その口もとを見ていると、覚えているることがよくわかりますよ。それなのに、鮭だの、鱸だのなどと。田鴫《たしぎ》をはじめとするいろんな種類の鴫、季節の山鴫、鶉、雷鳥はいかがです。咽喉《のど》にしみるナルザンのミネラル・ウォーター。だが、もうたくさん、どうやら横道にそれたようだ、読者よ。私につづけ。

ベルリオーズがパトリアルシエで非業の死を遂げた夜の十時半、グリボエードフの二階には明りのともされた部屋がひとつだけあったが、そこには会議に招集された十二人の作家たちがベルリオーズの到着をいまや遅しと待ちわびていた。

ここ、〈マスソリト〉幹部会室では、椅子ばかりか机の上にも、二つの窓べりにまで一同が腰をおろし、ひどいむし暑さにやりきれぬ思いで耐えていた。開け放たれた窓からも、爽やかな微風ひとつ入ってこない。モスクワはアスファルトに吸いこませた日中の熱を放出し、夜になっても、いっこうにしのぎやすくなりそうもなかった。この建物の地階にあるレストランの調理場からは玉ねぎの匂いがただよってきて、誰もがなにかを飲みたくなり、誰もが神経をいらだたせ、怒りっぽくなっていた。

物静かで身だしなみもよく、注意深そうでいながら、とらえどころのない目をした作家のベスクードニコフが懐中時計を取り出した。針はちょうど十一時に近づくところであった。ベスクードニコフは時計の文字盤を指で軽くたたき、そばの机に腰をおろし、ゴム底の黄色い靴をはいた両足を所在なげにぶらぶらさせている詩人のドヴブラッキイに示した。

「それにしても、まったく」とドヴブラッキイはつぶやいた。

「あの人ったら、きっとクリャージマで引っかかっているのよ」と低く響く声で答えたのはナスターシヤ・ネプレメーノワで、モスクワの商人の家庭に生まれ、幼いときに両親と死別し、〈副艦長ジョルジュ〉というペンネームで海戦をテーマにした物語を書いている女流作家であった。

「なんということだ！」と通俗コント作家のザグリーヴォフが思いきって言った。「ぼくだって、こんなところでうだっているよりも、バルコニーで紅茶でも飲んでいたいよ。だって、会議は十時からのはずだっただろう？」

「でも、いまごろのクリャージマって、すばらしいわね」〈副艦長ジョルジュ〉は、クリャージマにある作家のための別荘村ペレルイギノがみんなの癪《しゃく》の種であることをよく承知のうえで、居合わせた人々をいらだたせるかのように言った。「いまごろはきっと、もう鶯《うぐいす》も鳴いているわ。いつでも、どういうわけか郊外のほうが仕事がよくはかどるの、とくに春はそうなの」

「もう三年も金を払いこんでいるんだよ、バセドウ病の女房をあの楽園に住まわせてやりたいと思ってね、だけど、まったく見込みなしだ」と小説家のポプリーヒンが恨みがましくぼやいた。

「それはもう、人には運、不運というやつがあるものさ」と批評家のアバーブコフが窓べりから唸った。

〈副艦長ジョルジュ〉は小さな目に喜びの色を浮かべ、最低音《コントラルト》の声をいくぶんやわらげながら言った。

「羨んでもだめよ、みなさん。別荘は全部で二十二戸、いま建設中がわずかに七戸、ところが、〈マスソリト〉の会員は三千人もいるのですもの」

「三千百十一人」と誰かが隅から言葉をはさんだ。

「そう、そのとおりよ」と〈副艦長ジョルジュ〉はつづけた。「いったい、何ができるというの？　だから、当然、別荘をもらえるのは、もっとも才能のある……」

「将軍どもさ！」とシナリオライターのグルハリョフがあけすけに話に割りこんだ。

いかにもわざとらしくあくびをすると、ベスクードニコフは部屋から出て行った。

「ペレルイギノでは一人に五部屋だ」ベスクードニコフのうしろ姿を見送りながら、

グルハリョフは言った。

「ラヴローヴィチなんかは六部屋だぜ」とデニースキンが叫んだ。「それに食堂ときたら、すっかり樫材《かし》でできているのだ!」

「おい、いまは、そんなことはどうでもいい」とアバーブコフが唸った。「問題は、いまが十一時半だということだ」

その場は急に騒がしくなり、不穏な雰囲気となった。いまいましいペレルイギノに誰かが電話をかけたが、それが間違ってラヴローヴィチの別荘につながり、いま川に出かけて留守だと知らされたので、一同は完全にがっかりさせられた。心当りもないまま、急に思いついて、内線の九三〇番をまわして文学委員会を呼び出してみたが、もちろん応答はなかった。

「電話ぐらいかけられるのに!」とデニースキン、グルハリョフ、クワントの三人が叫んだ。

ああ、いくら叫んでもむだなことで、ベルリオーズはどこにも電話をかけられなかったのだ。グリボエードフからはるか遠く離れた、千ワットの電球に照らし出された広い部屋にある亜鉛メッキを施した三つのテーブルの上に、ついさきほどまでベルリオーズであった人間がばらばらに載せられていたのである。

ひとつのテーブルには、片腕が砕かれ胸腔が押し潰されて乾いた血のこびりついた裸の胴体、つぎのテーブルには、前歯がへし折られ、まぶしすぎる光にもひるまずに濁った目を見開いた顔、そして三番めには、ぼろ布のように細くちぎれた身体《からだ》の部分のごわごわした山。

首のない胴体のそばには法医学教授、病理解剖学者とその解剖助手、二、三の捜査本部員、それにベルリオーズの病気の妻からの電話で呼び出された〈マスソリト〉の副議長で作家のジェルドゥイビンが立っていた。

ジェルドゥイビンを迎えにきた自動車は、まず最初に、捜査員と一緒に故人のアパートに連れて行き(深夜の十二時近くだった)、そこで書類の封印をすませてから、ようやく屍体公示所に向かったのだった。

こうして、いま、故人の遺骸のかたわらに立っている者たちは断ち切られた首を胴体に縫いつけたものか、それとも黒い布を顎まですっかりかぶせて胴体だけをグリボエードフのホールに安置したものか、どちらがよいだろうかと協議していたのである。

こういうわけで、ベルリオーズはどこにも電話をかけられず、デニースキン、グルハリョフ、クワント、ベスクードニコフといった連中がいくら憤慨しても、いくら叫んだとしても、まったくむだなことであった。真夜中の十二時きっかりに、十二人の作家たちはそろって二階からレストランに降りていった。ここでもまた、作家たちが心のなかでベルリオーズを呪うことになったのだが、当然のことながら、もうテラスのテーブルはひとつ残らずふさがっていて、美しくはあるけれど、むし暑い屋内のホールで夜食をとるほかなかったからである。

そして真夜中の十二時きっかりに、一号ホールで、なにやら大音響が轟き、金属性の音が響き、その音は跳びはねるようにひろがりはじめた。そしてすぐさま音楽に合わせて、甲高い男の声が「ハレルヤ！」と絶叫した。有名なグリボエードフのジャズ・バンドが演奏を開始したのだ。汗びっしょりの顔が急に輝きだし、天井に描かれた馬どもも活気づき、ランプの光もひときわ明るさをましたみたいに思われ、そして突然、つながれていた鎖が解き放たれたかのように二つのホールにいた人々が踊りはじめ、それにつづいて、テラスにいた人々も踊りはじめた。

グルハリョフは女流詩人のタマーラ・ポルメーシャツと踊りだし、クワントが踊り、作家のジューコポフも黄色いワンピースを着た映画女優と踊りだした。ドラグンスキイが踊り、チェルダクチが踊り、小男のデニースキンが大女の〈副艦長ジョルジュ〉と踊り、美しい女性建築家のセメイキナ・ガルルは白い木綿のズボンをはいた見知らぬ男に強く抱き寄せられて踊っていた。作家協会の会員も招待された客も、モスクワっ子も地方からきた者も、クロンシュタットの作家ヨハンも、確かロストフの映画監督ヴィーチャ・クフチクも菫《すみれ》色の疱疹《ほうしん》を顔じゅうに浮かべて踊り、〈マスソリト〉の詩部会を代表する著名な詩人たち、つまりパヴィアーノフ、ボゴフリスキイ、スラードキイ、シピーチキン、ブズジャクらも踊り、髪はボクサー刈りで、パットで肩をいからせた職業不明の若い連中が踊り、たいそう年輩の顎ひげを伸ばした紳士が緑色のねぎの切れ端をひげにつけたまま踊り、皺の寄ったオレンジ色の絹のワンピースを着た貧血症の中年女がその紳士と組んで踊っていた。

ウェイターたちは汗びっしょりになって、踊っている客たちの頭上高く、滴《しずく》のたれるビールのジョッキをかかげて運び、しわがれた声で、「失礼します、お客さま！」と突っけんどんに叫んでいた。どこかで、両手を口もとに当ててメガフォンを作って、客が注文していた、「北極海スープをひとつ！　ビーフ二つ、王様風チキンをひとつ！」と。いまはもう、甲高い声は歌っているというのではなくて、「ハレルヤ！」と吠えているみたいだった。ジャズ・バンドの金色に輝くシンバルを打ち鳴らす音が、ときどき調理場の洗い場へと通ずる傾斜面に皿洗い女たちが乱暴に投げ入れる汚れた食器のぶつかる音でかき消されることもあった。要するに地獄である。

真夜中には、この地獄にふさわしい幻想も現れた。燕尾服《えんびふく》を身につけ、短剣のようにとがった顎ひげを蓄えた黒い目の美男子がテラスに出てきて、帝王のようなまなざしで自分の領土を眺めまわした。神秘主義に惹かれる人々の話によると、はるか昔、この美男子は燕尾服など着ていなくて、何挺もの拳銃の握りをつけた幅の広い革のベルトを腰に締め、烏《からす》の濡れ羽色をした髪には真紅の絹布を巻きつけて、彼を首領とする二本マストの海賊船が、柩《ひつぎ》のような黒い布地に頭蓋骨と二本の交叉させた骨とを白く染めぬいた旗を掲げてカリブ海を航行していた時代があったという。

しかし、違う、そうではないのだ。人をたぶらかす神秘主義者たちが嘘をついているのであって、そもそも、カリブ海などというものはこの世に存在せず、向う見ずな海賊がその海を航行したことなどなく、イギリス海軍のコルベット艦が海賊を追跡したこともなく、波の上に砲煙がたなびいたこともない。こんなことはなにもないし、なにもありはしなかったのだ。よく見るのだ、あるのは細い菩提樹、鉄柵、その向うの並木道……それに水差しに浮かんでいる氷、隣のテーブルに向かっている誰かの血走った牡牛のような目、恐ろしい、恐ろしい……おお、神々よ、わが神々よ、毒をお与えください、毒を。

するとと突然、あるテーブルで、《ベルリオーズ！》という言葉が舞いあがった。にわかに、まるで誰かに拳固の一撃を食わされたみたいにジャズは活気がなくなり、はたと鳴りやんだ。

「何、何、何、何だって?」「ベルリオーズが!」そこで、人々は駆けだし、口々に叫びはじめた。

そう、ミハイル・ベルリオーズの恐ろしい訃報に接し、悲しみの波が高くうねりはじめた。誰かがあわてふためいて駆けまわり、いますぐ、この場で、連名の電報を用意して、ただちに発信すべきだ、と叫んでいた。

しかし、どのような電報を、それもどこに宛てて打とうというのであろうか。それに、なんのために電報なんかを打つのだろうか。実際、どこに打てるというのか。そしていま、潰れた後頭部は解剖助手のゴム手袋をはめた両手に押えられ、首は曲った針で教授に突き刺されているような男に、どのような電報が必要なのであろうか。ベルリオーズは死んだ、いまさら、どんな電報も必要ないのだ。すべては終わったのだから、もはやこれ以上、電報局をわずらわすこともあるまい。

そう、死んだ、死んでしまった……しかし、われわれは生きているのだ。

そう、死者を悼む悲しみの波は高くうねり、しばらくはその状態がつづいていたが、やがて、それも引きはじめ、おだやかになり、客たちが自分のテーブルに戻ると、最初のうちはこっそりと、そのうちに人目もはばからずにウォッカを飲み、食べ物に手を伸ばしはじめた。実際、チキンカツレツをみすみすむだにすることもないではないか。ベルリオーズに何をしてやれるというのか。それとも、腹を空かしていろとでもいうのか。とにかく、われわれは生きているのだ。

当然のことながら、ピアノには鍵がかけられ、ジャズ・バンドが引きあげ、何人かのジャーナリストは追悼記事を書くために、それぞれの編集部に帰っていった。ジェルドゥイビンが屍体公示所から到着したというニュースが伝わった。二階にある故人の使っていた議長室にジェルドゥイビンが引きこもったのでベルリオーズの後任になるのはこの男が決定的だ、とかいう噂がたちまちひろまった。レストランにいた十二人の幹部会員をジェルドゥイビンは呼び寄せ、議長室でただちに会議を開き、グリボエードフの円柱ホールの飾りつけ、屍体公示所からホールへの遺体の移送、その公開など、今回の悲しむべき事件に関する緊急議題の討議がはじまった。

レストランのほうは、いつもと変わらぬ夜の生活を取りもどし、ベルリオーズの突然の訃報よりももっと強い衝撃をレストランの客に与えた異常な事件さえ起こらなかったなら、閉店時間の午前四時まで、その生活はつづいたことであろう。

最初に騒ぎだしたのは、グリボエードフの家の門の前で客を待っていた辻馬車の馭者《ぎょしゃ》たちであった。そのうちの一人が馭者席に立ちあがって、こう叫んだのが聞こえた。

「おい！　あれを見てみろ！」

それにつづいて、どこからともなく、鉄柵のそばにちらつく小さな火がテラスのほうに近づいてきた。テーブルの客たちが腰を浮かし、じっと目をこらすと、その小さな火とともに白い幽霊がレストランを目ざして進んでくるではないか。それがテラスに通ずる蔓のからまる格子垣のあたりまで近づいてきたとき、客たちはみな蝶鮫を突き刺したフォークを宙に浮かしたまま目を見はり、テーブルの前で化石になったみたいにすくんでしまった。ちょうどこのとき、煙草をすおうとして、レストランのクロークのドアから中庭に出た守衛は煙草を踏み消すと、なんとかしてレストランへの進入を阻もうと幽霊のほうに駆け寄ろうとしたのだが、どうしたわけか、途中で、愚鈍な笑いを浮かべるだけで、立ちどまってしまった。

幽霊は格子垣の隙間をくぐり抜け、誰からも邪魔されずにテラスに入りこんだ。そこではじめて、それが幽霊ではなくて、有名な詩人、〈宿なし〉のイワンであることに誰もが気づいたのである。

イワンは裸足で、ずたずたに引き裂かれた白っぽいシャツを身につけ、擦り切れて、誰だかよくわからぬ聖者を紙に描いた聖像画を安全ピンで胸に留め、縞の入った白いズボン下をはいていた。片手には火をともした婚礼用の蠟燭《ろうそく》を持っている。右頰には、なまなましい擦り傷があった。テラスを支配していた沈黙の深さは測りがたかった。ウェイターの高くかかげていたジョッキが傾いて、ビールが床にこぼれるのが見えた。

詩人は蠟燭を頭上に持ちあげると、大声で言った。

「今晩は、みなさん！」と言って、いちばん手前にあったテーブルの下を覗きこみ、がっかりして叫んだ。「いない、あいつはここにいない！」

二つの声が聞こえた。低音《バス》の声が冷酷に言った。

「すっかり、できあがっている。アルコール中毒だ」

驚いたように、別の女の声が言った。

「こんな恰好で往来を歩くのを、警察はどうして許していたのでしょうね？」

この言葉を聞きつけて、イワンは答えた。

「二度も警察に逮捕されかけましたよ、スカーテルヌイ通りと、すぐそこのブロンナヤ通りでね、それで、塀を跳び越えて逃げたんですが、このとおり、頰を擦りむいてしまいました！」ここで、イワンは蠟燭を高く掲げて、声を張りあげた。「文学の絆で結ばれた兄弟のみなさん！(かすれた声に力がこもり、熱っぽくなりはじめた)話を聞いてください！　あいつが現れたのです！　いますぐ捕まえてください、そうしないと、取り返しのつかない不幸を惹き起こすことになる！」

「何？　何？　何と言ったのだ？　誰が現れたのだ？」と、いたるところから声がとんだ。

「特別顧問です！」とイワンが答えた。「たったいま、特別顧問がパトリアルシエでベルリオーズを殺したのです」

これを聞くと、ホールにいた人々もどっとテラスに飛び出してきて、イワンの蠟燭の周囲にぎっしりと人垣を作った。

「ちょっと失礼、失礼ですけど、もっとはっきりと言っていただけませんか」イワンの耳もとで、おだやかで慇懃《いんぎん》な声が聞こえた。「おっしゃってください、どんなふうにして殺されたのです？　ベルリオーズを殺したのは誰なのです？」

答えた。「外国から来た特別顧問、教授でスパイです！」あたりを見まわしながら、イワンは

「それで、その人の名前は？」耳もとで低い声がたずねた。

「その名前なのだ！」とイワンは憂鬱そうに叫んだ。「名前がわかっていたら！　名刺の名前を読みとれなかった……覚えているのは頭文字の《W《ヴェ》》だけ、《W》ではじまる名前だった！　あれは《W》ではじまるなんという名前だったか？」額に片手をやって

イワンは自分に問いかけ、いきなりつぶやきはじめた。「ヴェ、ヴェ、ヴェ……ヴァ

……ヴォ……ヴァシネル？　ヴァグネル？　ヴァイネル？　ヴェグネル？　ヴィンテル？」緊張のあまり、髪の毛が逆立ちはじめた。

「ヴルフ？」同情したように、女が叫んだ。

イワンは激昂した。

「ばか！」女を目で探しながら叫んだ。「ヴルフになんの関係がある？　ヴルフにはなんの罪もない！　ヴォ、ヴォ……だめだ！　どうしても思い出せない！　まあ、とにかく、みなさん、いますぐ警察に電話して、教授を逮捕するために機関銃装備の警官とオートバイ五台をただちに出動させるように言ってください。そうだ、ほかに、仲間が二人いることも忘れずに伝えてほしい、のっぽで、チェックの……鼻眼鏡はひびが入っている……それに黒猫、でっぷりふとっている。そのあいだに、ぼくはグリボエードフを捜索します……確かにここにいるとにらんだのだ！」

イワンは急に落ちつきを失い、取り囲んでいる人々を押しのけて、ぽたぽたと落ちてくる蠟をわが身にふりかけながら蠟燭を振りまわし、テーブルの下を覗きこみはじめた。そのとき、「医者を！」と叫ぶ声があがり、そして角縁眼鏡をかけ、よくふとって脂ぎり、ひげをきれいに剃《そ》りあげたやさしそうな顔がイワンの前に現れた。

「イワン」その顔は厳粛な声で語りはじめた。「落ちつきたまえ！　誰もが敬愛するミハイル……いや、ざっくばらんに言えば、ミーシャ・ベルリオーズが死んで、気が転倒しているんだ。それはよくわかる。きみには安静が必要だ。これからベッドまで送り届けよう、なにもかも忘れて……」

「あんたにはな」歯を剝き出して、イワンはさえぎった。「あの教授を捕まえねばならぬことがわかっているのか？　よくもまあ、そんなばかばかしいことでお節介を焼く気になれたものだ！　間抜け！」

「まあ、許してくれたまえ、イワン」顔をまっかにしてあとずさりし、この件に口出ししたことを早くも後悔しながら、男は言った。

「いやだね、ほかの人ならともかく、あんただけは絶対に許すものか」とイワンは秘かな憎悪をこめて答えた。

顔を痙攣《けいれん》させながら、すばやく蠟燭を右手から左手に持ちかえ、右手を大きく振りかざすと、同情するような顔をした男の耳をイワンは殴りつけた。

ここにいたって、イワンを取り押えなければと気づいて、何人かがとびかかった。蠟燭の火が消え、顔から飛んだ眼鏡は一瞬のうちに踏みつぶされた。はた迷惑にも、並木道にまで聞こえるほどの恐ろしい鬨《とき》の声をあげてイワンは防戦しはじめた。テーブルから落ちる食器がすさまじい音を立て、女たちが悲鳴をあげた。

ウェイターたちがタオルで詩人を縛りあげているとき、クロークでは、二本マストの海賊船の首領と守衛とのあいだに、つぎのような会話が交わされていた。

「ズボン下しかはいていないのを見たんだろう?」と海賊は冷やかにたずねた。

「はい、確かに、アルチバリド・アルチバリドヴィチ」と守衛はおずおずと答えた。

「ですけれど、〈マスソリト〉の会員でしたら、お通ししないわけには?」

「ズボン下しかはいていないのを見たのだろう?」と海賊はくり返した。

「申しわけありません、アルチバリド・アルチバリドヴィチ」と守衛は顔をまっかにしながら言った。「ですけれど、いったい何ができましょうか? わかっております、テラスにはご婦人がたがすわっておいでですし……」

「ここでは、ご婦人がたは関係ない、ご婦人がたにしてみれば、どうでもよいことだ」文字どおり、守衛を目で焼きつくすようにしながら海賊は答えた。「だが警察にしてみれば、どうでもよいことではないのだ! 下着しか身につけていない人間がモスクワの町を歩けるのは警官に連行される場合だけで、しかも行き先は警察分署だけなのだ! 守衛なら、そんな恰好をした者を見かけたら一刻もためらわずに呼子を吹き鳴らさねばならぬことぐらい知っているはずだ。騒ぎが聞こえるだろう?」

すっかり気も転倒していた守衛の耳に届いたのは、テラスから聞こえてくる轟音《ごうおん》、食器の割れる音、女たちの悲鳴などであった。

「そこでだ、この責任を、どのようにとってもらおうか?」と海賊はたずねた。

守衛の顔の皮膚がチフス患者のような色合いをおび、目は輝きを失った。そのときの守衛には、いまはきれいに分けられている相手の黒い髪が炎のような絹布でおおわれていたように見えた。白い胸当ても燕尾服も消えて、革のベルトにつけた拳銃の握りが現れた。守衛は海賊船のいちばん前のマストに吊るされた自分自身の姿を思い描いた。だらりと垂れさがった舌、がっくりと肩に落ちた生気のない首をわが目で見、船べりを打つ波の音までも聞いた。膝ががくがくしてきた。しかしこのとき、海賊は不憫《ふびん》に思ってか、その鋭い視線をやわらげた。

「いいか、ニコライ! これが最後だぞ。このレストランには、おまえみたいな守衛は無給でも必要ない。教会の門番にでも雇ってもらうがいい」と言うと、この海賊の首領は正確に、明瞭に、迅速に命令を下した。「ビュッフェのパンテレイを。警官を。調書。車を。精神病院に」そして、つけ加えた。「呼子を鳴らせ!」

十五分後に、レストランに居合わせた者ばかりか、並木道やレストランの庭に面した建物の窓ぎわに集まって、驚嘆しながらなりゆきを見守っていた人々は、パンテレイ、守衛、警官、ウェイター、それに詩人のリューヒンが、人形を包むみたいにがんじがらめに縛りあげられた若い男をグリボエードフの門から担ぎ出すのを見ていたが、若い男は泣きだし、涙を流しながら、ほかならぬリューヒンを狙って唾を吐きかけ、涙に息をつまらせつつ叫んでいた。

「こん畜生!……こん畜生め!」

トラックの運転手は意地の悪そうな顔をしてエンジンをかけた。そのそばでは馭者が馬をどやしつけ、薄紫の手綱で尻をびしびしとたたいて、叫んでいた。

「さあ、競走だ!　わしだって精神病院に客を運んだことがある!」

周囲には人々が群がり、前代未聞のこの事件をめぐって、あれこれと声高に論議していた。要するに、これは嫌悪を催し、いまわしくも卑劣でありながら心をそそられるスキャンダルで、それがようやくにして終りを告げたのは、不幸なイワンと警官、パンテレイとリューヒンを乗せたトラックがグリボエードフの門の前から走り去ったときであった。

6　予言どおりの精神分裂症

つい最近、モスクワ郊外の河岸に建てられた有名な精神病院の診察室に、白衣をはおり、鋭くとがった顎ひげをたくわえた男が入ってきたのは深夜の一時半のことであった。ソファに腰をおろしている〈宿なし〉のイワンから三人の看護員は目を離さなかった。そこには、極度に興奮した詩人のリューヒンもすわっていた。また同じソファの上には、イワンを縛るのに用いたタオルが堆《うずたか》く積みあげられている。いまは、イワンの手足も縛られてはいなかった。

診察室に入ってきた男を見ると、リューヒンは顔を蒼白にし、咳ばらいをしてから、おずおずと言った。

「今晩は、先生《ドクトル》」

医師は会釈を返しながらも、リューヒンにではなくてイワンのほうに目をやっていた。イワンは眉をひそめ、恐ろしい顔つきをしてずっとすわりとおしたままで、医師が入ってきても身じろぎひとつしなかった。

「先生、こちらが」リューヒンはおずおずとイワンのほうをふり返り、なぜか秘密めかした囁き声で話しはじめた。「有名な詩人の〈宿なし〉のイワン……その、じつは……強度のアルコール中毒ではないかと心配しまして……」

「酒はかなりいけるほうですか?」と医師は口をはっきり開けずにたずねた。

「いいえ、飲むことは飲みますが、それほどは……」

「ごきぶりとか鼠、悪魔だとか、じゃれついてくる犬を捕まえようとしたことはありませんか?」

「いいえ」ぎくりと身震いして、リューヒンは答えた。「昨日も今朝も会いましたが。おかしなところはまったくありませんでした……」

「それでは、ズボン下しかはいていないのはどうしてです? ベッドからいきなり連れてきたのですか?」

「いや、先生、こんな恰好でレストランに現れたのです……」

「うん、なるほど」たいへん満足そうに、医師は言った。「すると、この傷はどうしたのです? 誰かと喧嘩《けんか》でも?」

「塀から落ちたのです、そのあと、レストランで一人を殴りつけ……ほかにも誰や彼やを……」

「なるほど、なるほど」と医者はうなずき、イワンのほうを向いて、つけ加えた。「今晩は！」

「今晩は、このやぶ医者め！」とイワンは憎々しげに大声で答えた。

リューヒンはすっかりうろたえて、物腰のおだやかな医師の顔をまともに見ることもできなかった。ところが、医師のほうは少しも気にせず、いかにも慣れた器用な手つきで眼鏡をはずすと、白衣の裾をたくしあげてズボンのうしろポケットに眼鏡をしまってから、イワンにたずねた。

「お年齢《とし》は？」

「みんな、とっとと消え失せろ、まったく！」とイワンは乱暴にどなり、くるりと背中を向けた。

「どうして、そんなに怒っているのです？　なにか不愉快なことでも言いましたか？」

「二十三歳」とイワンはいらだたしげに言った。「みんなを訴えてやる。とりわけおまえをな、うじ虫め！」と、ことさらリューヒンに向かって吐き出すように言った。

「いったい、何を訴えるというのです？」

「正常な人間であるぼくを捕まえて、無理やり精神病院に連れこんだからだ！」とイワンは憤慨して答えた。

ここでイワンの顔をまじまじと凝視し、その目にいかなる狂気の徴候すらないのを知って、リューヒンはぞっとしたのだが、さきほどグリボエードフにいたときにはどんよりと濁っていたその目が、いまは以前のように明るく澄んでいたからである。

《これはたいへんだ!》と、リューヒンは愕然として思った。《まったく正常なのではないか?　こいつはなんとばかげたことなのか!　まったくの話、なぜこの男をこんなところに無理やり連れてきてしまったのだろう?　正気も正気、顔が擦りむけているだけだ……》

「ここはですね」ぴかぴか光る金属製の脚の白い椅子に腰かけながら、医師は落ちつきはらって言った。「精神病院ではなくて診療所でして、必要がなければ誰も引きとめたりはしません」

イワンは疑わしげに横目で見やったが、それでも低くつぶやいた。

「ありがたいことだ!　ばか者どものなかにも、まともな人間が一人ようやく見つかったというわけだ。そのばかどもきってのばかが、図体ばかりでかい無能なサーシカだ!」

「無能なサーシカというのは誰のことです?」と医師はたずねた。

「ほら、こいつ、リューヒンだよ!」とイワンは答え、汚れた指をリューヒンのほうに突き出した。

リューヒンは憤怒のあまり、まっかになった。

《これがお礼というわけか！》とリューヒンはにがにがしく考えた。《なまじっか同情してやった報いが、これか！　いや、まったく、なんと卑劣なやつだ！》

「その心理から判断すれば、典型的な富農」とイワンは語りだしたが、どうやら、リューヒンの本質を暴露せずにはいられなくなったものらしい。「しかも、念入りにプロレタリアの仮面をかぶった富農さ。この偽善者づらを見てやってくれ、そして、こいつがメーデーのために書いた調子のよい詩とをくらべてみてくれ！　へっ、へっ、へっ……《高く舞いあがれ！》とか《ひるがえれ！》とかいった詩をな……まあ、こいつの心の底を覗きこんでごらんよ、何を考えているか……それこそ、あっと驚くだろう！」

と言って、イワンは不気味に笑いだした。

リューヒンは苦しそうに息をし、顔面をまっかにしながら、こいつは恩を仇で返した、親切心を起こした相手は悪質な敵だったのだ、ということばかりを考えていた。しかも肝心なのは、これをどうしようもできず、狂人と罵り合うわけにもゆかないということである。

「そもそも、どういう理由で、ここに連れてこられたのです？」医師はイワンの暴露を注意深く聞きとおしてから、質問した。

「理由なんてあるものか、あの畜生めら！　いきなり捕まえて、ぼろ布かなんかで縛りあげて、トラックで連れてきたのだから！」

「おたずねしますけど、なぜ下着だけでレストランに現れたのです？」

「べつに驚くことなんてない」とイワンは答えた。「モスクワ河に水浴びに行ったら、誰かに服を盗まれて、かわりにこんなぼろ屑が置いてあったのさ！　まさか、すっ裸でモスクワの町を歩くわけにもゆかないでしょう？　とにかく、グリボエードフのレストランに急いでいたものだから、そこにあったものを着たままで」

医師が物問いたげにリューヒンの顔をうかがうと、相手は無愛想につぶやいた。

「レストランの名前です」

「なるほど」と医師は言った。「でも、どうしてそんなに急いでいたのです？　なにか仕事の約束でも？」

「特別顧問を捕まえるためです」とイワンは答え、不安げにあたりを見まわした。

「どんな特別顧問を？」

「ベルリオーズを知っていますか？」とイワンは意味ありげにたずねた。

「それは……作曲家のですか？」

イワンは当惑した。

「作曲家だって？　ああ、そうか、いや、ちがう！　あの作曲家とは偶然に同姓のミハイル・ベルリオーズ！」

リューヒンは口もききたくなかったのだが、説明しないわけにはゆかなかった。

「今夜、〈マスソリト〉の議長ベルリオーズがパトリアルシエで電車に撥《は》ねられて死亡したのです」

「出たらめを言うな、知りもしないくせに！」とイワンはリューヒンに食ってかかった。「現場にいたのは、おまえではなくてこのぼくだ！　あいつがわざと電車に轢《ひ》かれるように仕向けたのだ！」

「突きとばしたのですか？」

「《突きとばした》とはどういうことだ？」相手の物わかりの悪さに腹を立てながら、イワンは絶叫した。「突きとばす必要なんかあるものか！　とにかく、想像もできないようなことをやってのけられるのだ！　ベルリオーズが電車に轢かれることを前もってあいつは知っていたのだから！」

「それで、その特別顧問を見たのは、ほかに誰かいるのですか？」

「そう、それが困ったことに、見たのはぼくとベルリオーズだけなので」

「なるほど、その人殺しを捕まえるために、どんな手を打ったのです？」ここで医師はふり返り、少し離れた机に向かっている白衣の女に視線を投げた。女は用紙を取り出し、その空欄に書きこみはじめた。

「こんな手を打ったのだ。台所で蠟燭を取って……」

「これですね？」女が向かっていた机の上に聖像画と並べて置かれてあった折れた蠟燭を指さしながら、医師がたずねた。

「その蠟燭です、それから……」

「聖像画はなぜです？」

「そう、聖像画は……」イワンは顔を赤くした。「あいつらは聖像画をなによりも恐れていたもので……」ふたたび、汚れた指をリューヒンに向かって突き出した。「だが問題は、あいつが、あの特別顧問が、はっきりと言いましょう……悪魔とのつき合いがあるのです……それで、どうしても捕まえられないのですよ」

看護員たちはなぜか手を下にまっすぐ伸ばしたまま、イワンから目を離そうとしなかった。

「そうなんです」とイワンはつづけた。「悪魔の仲間なのです！　それを裏づける決定的な証拠がありましてね。あいつはポンティウス・ピラトゥスと直接話をしたことがあるのです。なにも、そんなふうな目でこちらを見ることはないでしょう！　本当の話なのだから！　なにもかも見ている、バルコニーも棕櫚も。要するに、ポンティウス・ピラトゥスのところにいたのだ、請け合います」

「なるほど、それで……」

「そういうわけで、聖像画を胸にピンで留めて、ぼくは駆けだした……」

ここで突然、時計が二時を打った。

「これはたいへんだ！」とイワンは叫び、ソファから立ちあがった。「もう二時か、こんな話をしているうちに時間をむだにしてしまった！　ちょっと失礼、電話はどこです？」

「電話をかけさせてやりなさい」と医師は看護員に命令した。

イワンが受話器を手にしているあいだに、白衣の女は小声でリューヒンにたずねた。

「あの人、結婚しているの？」

「独身です」とリューヒンはびっくりしたように答えた。

「組合員ですか？」

「そうです」

「もしもし、警察ですか？」とイワンは電話に向かってどなりはじめた。「警察ですね？　当直のかたですか、外国から来た特別顧問を逮捕するために機関銃装備のオートバイを五台、出動するよう緊急手配してください。なんです？　こちらに寄ってくださ い、私も一緒に行きますから……こちらは詩人の〈宿なし〉のイワン、精神病院からです……こちらの住所は？」イワンは受話器を掌でおおいながら声を低めて医師にたずね、それから、ふたたびどなりはじめた。「聞こえますか？　もしもし！　失敬じゃないか！」とイワンは突然喚きだし、受話器を壁に投げつけた。それから医師のほうに向き直ると、手を差し出し、「さようなら」とそっけなく言って、出て行こうとした。

「ちょっと、いったい、どちらへ？」と医師はイワンの目を覗きこみながら言った。「こんな夜ふけだというのに、下着だけで……ぐあいもよくないのだから、ここに泊まっていきなさい！」

「通してくれないか」とイワンはドアを固めた看護員たちに言った。「通してくれ、それとも通さないつもりか？」と詩人は恐ろしい声で叫んだ。

リューヒンは震えだし、白衣の女が脇の小机のボタンを押すと、ガラスばりの机の上に、ぴかぴか光るケースと注射用のアンプルがとび出した。

「ああ、そういう魂胆だったのか！」驚いたような、追いつめられたような目であたりを見まわしながら、イワンは言った。「よし、それなら、それでもいい！　おさらばだ……」と言うなり、ブラインドの降りた窓に頭から突進した。窓にぶつかる激しい音が鳴り響いたが、ブラインドの向うのガラスはひび割れもせずに衝突に耐え、一瞬ののちには、イワンは看護員たちの腕に取り押えられた。声をからして喚き、噛みつこうとして、叫んだ。

「いやはや、頑丈なガラスなんか入れやがって！……放せ！　放せと言っているんだ！」

医師の手に注射器がきらりと光り、ほころびかけた、ゆったりとしたシャツの袖をさっと引き裂くと、女とはとても思えぬほどの力で白衣の女がイワンの腕にしがみついた。エーテルの匂いを嗅ぐと、イワンは四人の腕に押えつけられてぐったりとなり、その瞬間を抜け目なく利用して医師は腕に注射した。さらに何秒かのあいだ、そのままイワンは人々の腕に支えられていたが、やがてソファにおろされた。

「悪党ども！」とイワンは叫んで、ソファから跳びあがったが、すぐにまた押えつけられた。みなの手が離れるや、またしても跳びあがろうとしたが、今度は自分からへなへなと腰をおろしてしまった。きょとんとした目であたりを見まわしながら、しばらく黙っていたが、やがて不意にあくびをし、それから恨みがましい薄笑いをもらした。

「やっぱり監禁される破目になったのか」とイワンは言い、もう一度あくびをすると、思いがけず、ごろんと横になり、クッションに頭をのせて子供のように拳を頰の下に当てがい、いまはもう敵意の片鱗もない眠たげな声でつぶやいた。「まあ、これもたいへん結構だ……なにもかも、あんたたちのせいなのだから。こちらは前もって警告しておいたのだが、好きなようにするがよい！　いま、なによりも気にかかるのはポンティウス・ピラトゥスのこと……ピラトゥス……」そこでイワンは目を閉じた。

「ヴァンナ、部屋は一一七号個室、見張りをつけておくこと」と医師は眼鏡をかけながら指示した。ここでリューヒンはふたたび身を震わせたが、白いドアが音もなく開き、その向うに、青い常夜燈に照らされた廊下が見えたからである。その廊下からゴムの小さな車輪のついた寝椅子が現れ、静かになったイワンをその上に横たわらせると廊下へと去っていき、ドアが閉まった。

「先生」とリューヒンは激しい不安にかられてたずねた。「本当に病気なのでしょうか？」

「ええ、もちろん」と医師は答えた。

「それじゃ、どういう病気なのです？」とリューヒンはおずおずとたずねた。

疲れきっていた医師は、リューヒンをちらりと見ると、力なく答えた。

「運動神経と言語中枢の興奮……譫妄《せんもう》状態……どうも錯綜した症例のようです……精

神分裂症と考えるべきでしょう。それに加えて、アルコール中毒……」

リューヒンは医師の言葉から、イワンの状態があまりよくないらしいということのほかはなにひとつ理解できず、ため息をついて、たずねた。

「でも、どこかの特別顧問のことをひっきりなしに口にしていたのは、どういうことなのです？」

「おそらく、混乱した想像力に衝撃を与えた誰かと会ったにちがいありません。もしかすると幻覚かもしれませんが……」

数分ののち、リューヒンを乗せたトラックは、一路、モスクワの市内を目ざして疾走していた。東の空が白みはじめていて、街道にともされたままの街燈はもう必要もなく、不快なものに思えた。運転手は夜が明けたのに腹を立てていたのか、全速力で車をとばし、角を曲るたびにスリップして車体が傾くほどだった。

たったいま森を通り抜けたかと思うと、もうはるか後方に森は置き去りにされ、河も横のほうに消え去り、見張小屋のある塀、積みあげた薪、巻き枠の電線で連結しているひじょうに高い電柱、砂利の山、下水道が縦横に走る地面など、さまざまなものがトラックの前方に現れては後方に去ってゆき、要するに、もうすぐそこにモスクワの町があるもうひとつ角を曲ると、すぐにモスクワが駆け寄って抱きしめて迎えてくれるように感じられたのだ。

リューヒンは右に左に身体《からだ》を揺すられ、腰かけていた丸太のようなものがひっきりなしに跳び出そうとしていた。ひと足さきにトロリーバスで帰った警官とパンテレイが投げ捨てていったレストランのタオルが荷台のいたるところに散らかっている。リューヒンはそれを拾い集めようとしたが、なぜか突然、「こんなの、打っちゃっておけ！　実際、なんだっておれが、ばかみたいに、あくせく拾い集めるのだ？」といまいましげにつぶやき、足で蹴ちらすと、もう二度と見向きもしなかった。

トラックに揺られてゆくリューヒンの気分は、ひどく憂鬱だった。訪れた精神病院が、きわめてやりきれない印象を残したことは明白だった。リューヒンは自分の心をかきむしっているのが何なのかを突きとめようとした。記憶にこびりついて離れない青い常夜燈に照らされたあの廊下だろうか。正気を失うことほどひどい不幸はこの世にないという思いだろうか。そう、そう、もちろん、それもある。それはしかし、誰でも考えることではないか。ほかにもまだなにかがある。それはいったい何なのか。それは屈辱だ。そう、そう、イワンに面と向かって浴びせられた屈辱的な言葉だ。しかも悲しむべきことに、それが屈辱的であるからではなくて、そこに真実がこめられているからなのだ。

もはや、詩人は周囲を眺めようともせず、絶えず振動している汚れた床をじっとみつめて、自分自身を責めながら、なにやらぶつぶつぼやきはじめた。

そうだ、詩が問題なのだ……もう三十二歳だ。正直な話、これからさき、どうなるのだろうか。これからさきも、一年に何篇かずつ詩を書いていくことだろう。老人になるまでか。そう、老人になるまで。それらの詩は、いったい何をもたらしてくれるだろうか。名誉をか。《ばかばかしい！　せめて自分を欺くのだけはやめることだ。よくない詩を書いている者には名誉はけっしてやってこない。なぜ、おれの詩はよくないのか？　真実だ、あいつが言ったことは真実だ！》とリューヒンは自分自身に容赦なく語りかけた。《自分の書いているものもおれは信じていないのだ！……》

神経衰弱の発作にかられて詩人はふらついたが、足もとの床の振動がやんだ。顔をあげて、見ると、もうだいぶ前にモスクワの市内に入っていて、そればかりか、モスクワの夜は明け、雲が金色に輝いていて、並木道にさしかかる曲り角で渋滞した自動車の列にまきこまれてトラックが立往生しており、すぐ近くには、首をややかしげた銅像[*1]が台座の上に立ち、並木道を無頓着に見おろしているのを目にした。

なにか奇妙な考えが、病んだ詩人の頭に浮かんだ。《あれこそ、まぎれもない幸福な詩人のよい例だ……》リューヒンはトラックの荷台にすっくと立ちあがり、拳を振りあげると、なぜか、誰にも迷惑をかけていないこの銅像の男を攻撃しはじめた。《人生で何をしようとも、その身に何が起きようとも、この男にとってはなにもかもが有利なものとなり、すべては名誉に変わったのだ！　しかし、プーシキンが何をしたというのか！　おれには理解できない……「嵐は霧によって……」[*2]ではじまる言葉に、なにかしら特別なものがあるのだろうか？　わからん！……ついていたのだ、運がよかったのだ！》とリューヒンがいきなり意地の悪い結論を下したとき、トラックがゆっくりと動きだしたのを感じた。《あの反動的な将校が詩人に銃火を浴びせ、腰を射ち砕き、そして不滅を確実にしたのだ……》[*3]

渋滞していた車の列が動きはじめた。すっかり病人のようになり、少し老けこんだようにさえ見えた詩人は、二分も経たないうちにグリボエードフのテラスに入った。そこは、もうがらんとしていた。隅のほうで何人かの者が酒を飲み終えようとしていたが、そのまんなかで、トルコ帽をかぶり、アブラウ・ワイン[*4]を注いだグラスを片手にはしゃぎまわっているのは、顔見知りの司会者だった。

＊1　プーシキン広場にあるプーシキン像のこと。
＊2　プーシキンの詩『冬の夜』の冒頭の句。
＊3　プーシキンは近衛将校ダンテスとの決闘で死んだ。

山のようなタオルを抱えたリューヒンは、アルチバリド・アルチバリドヴィチに愛想よく出迎えられ、すぐに呪わしいぼろ布から解放された。

病院やトラックで、あれほどの苦悩を味わわなかったならば、おそらくリューヒンは、病院での一部始終を尾鰭《おひれ》までつけて語り聞かせて、おおいに満足したにちがいない。しかし、いまはそれどころではなかったし、それに、いかに人を見る目がないとはいえ、トラックでの呵責《かしゃく》を経験したいま、海賊の顔に鋭い視線をちらりとくれただけで、相手がイワンのことをあれやこれやと質問し、「おや、まあ、それは気の毒に！」と叫びさえしても、本当のところ、イワンの運命にたいしてはまったく無関心で、少しも同情していないのを理解したのである。《たいしたやつだ！　それでいいのだ！》と皮肉と自虐的な憤りをこめて思い、精神分裂症についての話を打ち切って、頼んだ。

「アルチバリド・アルチバリドヴィチ、ウォッカをもらえないかな……」

海賊は憐れむような表情を作って、囁いた。

「わかりました……ただいま、すぐ……」と言って、ウェイターに手を振った。

十五分後に、リューヒンは完全にひとりぼっちで、小魚の皿の上に屈みこむようにしてすわり、自分の人生はもはやなにもやり直せはしない、可能なのは忘れることだけだと悟りながら、ウォッカのグラスをつぎからつぎと重ねていた。

ほかの連中が酒を飲んで騒いでいるあいだに、せっかくの一夜をつぶしてしまった詩人は、いまはもう、それを取りもどせないことは知っていた。この夜が二度と戻ることなく消えてしまったことを知るには、ランプから空のほうに頭をあげて見るだけでじゅうぶんであった。ウェイターたちはそそくさとテーブルクロスを片づけていた。テラスのあたりを駆けまわっていた猫のようすも、いかにも朝らしかった。こうして、一日が容赦なく詩人に襲いかかってきたのである。

＊4　アブラウ・デュルソーは黒海沿岸のノヴォロシースク近郊にあるシャンパンとワインで有名な町。

7　呪われたアパート

その翌朝、ステパン・リホジェーエフは、「ステパン！　いますぐ起きなければ、射ち殺されるぞ！」と誰かに言われても、おそらく面倒くさそうな、かすかに聞きとれるくらいの声で、「射ち殺してくれ、好きなようにしてくれ、だけど、おれは起きないぞ」と答えたことだろう。

起きあがるどころか、目も開けられないようだったが、もしも目を開けたら最後、稲妻が光り、頭はすぐさまばらばらに砕かれてしまいそうだったからだ。頭には重苦しい鐘の音が鳴り響いていて、閉じた瞼《まぶた》と眼球のあいだには緑の炎につつまれた茶色い斑点がちらつき、そのうえ胸がむかつき、それに吐き気は執拗な蓄音器の音響と関係があるようだった。

ステパンはなにかを思い出そうとしてみたが、思い出せたのはただひとつ、昨夜、どこだか知らない場所で、ナプキンを手にして立ちあがり、ある女性にキスしようと試み、しかも明日の正午きっかりに訪問すると約束したようだったということだけだった。その女性はこれを断わって、「だめ、だめですわ、私は家にいませんからね！」と言ったのだが、「いや、とにかく、ぼくは行きますから！」とステパンはしつこくくり返していたのだった。

その女性が誰だったのか、いま何時ごろなのか、今日が何月何日なのか、ステパンはいっさい思い出せず、なによりも悪いことに、いま自分がどこにいるのかもわからなかった。せめて自分のいる場所くらいは確かめておこうと、左目のひっついた瞼を無理やりこじ開けた。薄暗がりのなかに、なにかがぼんやりと光を反射していた。それが大きな鏡であるのにステパンはやっと気づき、寝室のベッド、つまり、かつて宝石商の未亡人のものであったベッドに仰向けに寝ていることを理解した。そのとき、急に頭がくらくらして目を閉じ、呻きはじめた。

ここで説明しておくならば、ヴァリエテ劇場の支配人ステパン・リホジェーエフは、サドーワヤ通りに面した六階建ての大きなアパートに故ベルリオーズと半分ずつ借りていた自分の部屋で、朝、目をさましたのである。

アパートの五〇号室は、かなり以前から、悪評とまではいえないが、ともかく奇妙な評判が立てられていたと言っておかねばなるまい。二年前まで、この住居の持主は宝石商ド・フージェールの未亡人アンナだった。なかなか実務家肌の立派な五十代の女性であったド・フージェール未亡人は、五部屋からなる住居の三部屋を間借人に貸していたが、間借人の一人は確かベロムートとかいう名前で、もう一人の名前ははっきりしていない。

二年前に、この住居では、住人たちが跡かたもなく消えてしまうという不可解な事件が起こったのだった。

ある休日のこと、この住居に警官が訪れ、二人めの間借人(名前がはっきりしないほう)を玄関ホールに呼び出すと、なにか書類に署名するためにちょっと警察分署までご足労願いたいと言った。その間借人は、留守中に電話があったら、十分後には戻るからと伝えるように宝石商未亡人の古くからの忠実な小間使いアンフィーサに言い残して、白い手袋をはめた礼儀正しい警官と一緒に出て行った。ところが、十分経っても戻らなかったばかりか、永久に帰ってこなかった。なによりも驚くべきことは、彼とともに警官も姿をくらましたらしいということである。

信心深いというより、もっとはっきり言うなら迷信深いアンフィーサは、すっかり取り乱した宝石商未亡人に、これは魔法の仕業で、間借人と警官とを連れ去ったのが誰なのかはよく知っているけれど、いまは夜なので話すわけにはゆかないのです、と断言した。よく知られているように、そもそも魔法というのは、いったんはじまったら最後、とどまるところを知らないもののようだ。二人めの間借人ベロムートが姿を消したのは確か月曜日だったと記憶しているが、水曜日には、状況はもちろん異なってはいたものの行方不明になった。朝、いつものように自動車が迎えにきて、勤務先まで送っていったのだが、それきり家に戻らず、またそれ以来、自動車も迎えにこなくなったのである。

ベロムート夫人の悲しみと恐怖は、言葉では表現しつくせない。しかし、ああ、その悲しみと恐怖も長くはつづかなかった。その同じ日の夜、ド・フージェール未亡人がいそいそと出かけて行った別荘からアンフィーサと帰宅してみると、もはやベロムート夫人はアパートにはいなかった。それればかりか、ベロムート夫妻の借りていた二部屋のドアは、いずれも封印されていたのだ。

それから二日間は、どうやら無事に過ぎた。そして三日め、このところずっと不眠症に悩まされていたド・フージェール未亡人は、またしてもいそいそと別荘に出かけた……それきり、戻ってこなかったことは語るまでもない。

ただ一人残されたアンフィーサは、心ゆくまで泣いて、夜中の一時過ぎにベッドに入った。それからあと何が起こったのかはさだかでないが、同じアパートに住む人々の話によると、五〇号室では、ひと晩じゅうなにやら物音がし、朝まで窓に電燈が明るくともっていたとかいうことだった。翌朝、アンフィーサもいなくなったことが判明した。

忽然《こつぜん》と姿を消した人々のことや呪われた住居について、アパートではその後も長いあいだ、ありとあらゆる伝説が語られつづけていたが、たとえば、信心深くてやせたアンフィーサが宝石商未亡人の大粒のダイヤモンド二十五個をスエードの小さな袋に入れて、あのしなびた胸に隠して持ち歩いていたという話もある。また、宝石商未亡人がいそいそと出向いていったあの別荘の薪小屋からは、やはり大粒のダイヤとか帝政時代の金貨とか、おびただしい財宝が発見されたとか……そのほかにも、これに似た話はいくらでもある。まあ、よく知らないことは請け合ったりしないほうがよい。

なにはともあれ、この住居が空っぽのまま封印されていたのはわずか一週間だけで、一週間後には、いまは亡きベルリオーズとその妻、それにこのステパンがやはり妻とともにここに入居することになった。まったくもって当然のこととはいえ、この呪われたアパートに引っ越してくるや、不可解なことが起こりはじめた。つまり、ひと月も経たないうちに、両方の妻が同じように蒸発してしまったのである。しかし、この二人の妻の場合、まったく跡かたもなく姿を消したわけではなかった。ベルリオーズ夫人については、どこかのバレエ劇場の振付師と一緒にいるのをハリコフ市で見かけた人がいるとかいうことだし、ステパンの妻のほうはモスクワのボジェドームカ街で発見されたが、噂によると、ヴァリエテ劇場の支配人が豊かな人脈を利用して、妻のための部屋を同地に手に入れてやったのだが、サドーワヤ通りには二度と姿を見せてはならぬという条件がついていたものらしい……

そういうわけで、ステパンは呻きはじめた。家政婦のグルーニャを呼んで鎮痛剤《ピラミドン》を持ってこさせようとしたが、だが待てよ、それは愚かなことだ……グルーニャが鎮痛剤を持っているはずがない、と思い直すくらいはできた。ベルリオーズに助けを求めようとして、「ミーシャ……ミーシャ……」と二度ばかり呻き声をあげたが、ご承知のとおり、返事はなかった。部屋のなかは完全な静寂に支配されていた。

足の指を少し動かしてみて、ステパンは靴下をはいたまま寝ていたのに気づき、震える手で腰のあたりをさわって、ズボンもはいたままだったかどうか確かめようとしたが、確かめられなかった。結局、自分が見捨てられ、ひとりぼっちで、助けてくれる者など誰もいないのを知るや、どれほど超人的な努力を必要としようが、とにかく起きようと心に誓った。

ステパンがひっついた瞼を無理やり開くと、ぼさぼさの髪の毛、黒い無精ひげの伸びたむくんだ顔、腫れぼったい目をし、汚れたワイシャツにカラー、ネクタイを締めて、ズボン下と靴下をつけた男が大きな鏡に映っていた。

これが鏡に映った自分の姿だったが、その鏡のそばに、黒ずくめの服に黒いベレー帽をかぶった見知らぬ男の姿も見いだした。

ステパンはベッドの上に身を起こし、充血した目をできるだけ大きく開けて、見知らぬ男をじっと見た。

沈黙を破ったのは見知らぬ男のほうで、外国人らしい訛《なまり》はあるものの、低くて重々しい口調で言った。

「おはようございます、親愛なるリホジェーエフさん！」

少し間を置いてから、やっとの思いで、ステパンが口を開いた。

「どういうご用でしょうか？」と言って、それが自分の声とはとても思えなくて、われながら驚嘆した。《どういう》という言葉を最高音で、《ご用》を低音で発音し、《でしょうか》はほとんど声にならなかったからだ。

見知らぬ男は愛想のよい薄笑いを浮かべながら、蓋に三角形のダイヤモンドをはめこんだ大きな金時計を取り出し、十一時を打つのを聞くと、言った。

「十一時です！　お目ざめまで、ちょうど一時間待ちました、十時のお約束でしたのでね。このとおり、遅刻せずに参りましたよ！」

ベッドのそばの椅子の上にズボンを探りあてると、ステパンは低く囁いた。

「ちょっと失礼……」ズボンをはくと、しわがれた声でたずねた。「どうぞ、おっしゃってください、お名前は?」

口をきくのもステパンにはつらかった。一言口にするたびに、脳を針で突き刺され、地獄の苦しみを与えられる。

「なんですって? 私の名前もお忘れになったのですか?」と言って、見知らぬ男は薄笑いを浮かべた。

「すみません……」とステパンはかすれた声で謝りながらも、二日酔いが新たな徴候をもたらしはじめたのを感じ、ベッドのかたわらの床がどこかへ消え去って、つぎの瞬間、さかさまに地獄の底へ落下していくのではないかと思われた。

「親愛なるリホジェーエフさん」なにもかも見透しているとでも言わんばかりの微笑を浮かべて、訪問者は口を切った。「鎮痛剤などなんの効き目もありませんよ。昔からの賢明な掟に従うことです。毒を以て毒を制す、と言うじゃありませんか。あなたを生き返らせるのは、ぴりっと辛くて熱いオードブルでひっかける二杯のウォッカしかありませんし」

ステパンはもともと抜け目のない人間だったので、いくら気分が悪かったとはいえ、このような姿を見られてしまったからには、すべてを白状したほうがよいと判断した。

「じつを言いますと」ようやくのことで舌を回転させながら、ステパンは言いはじめた。「昨日は、少しばかり……」

「それ以上は結構です！」と訪問者は答えて、肘掛椅子ごと脇に寄った。

ステパンは思わず目を見はったが、小さなテーブルには盆が載せられていて、それには薄く切った白パン、ガラスの小鉢に入った潰したキャビア、茸《きのこ》のマリネを載せた小皿、なにかが入った小鍋、そして最後に、精巧な細工の施された大きなデカンタに入ったウォッカが並べてあった。とりわけステパンを驚かしたのは、ウォッカを入れたデカンタが冷えていて、表面に水滴がついていたことだ。もっとも、それも当然のことで、デカンタは氷を詰めたボウルに突っこんであったからだ。要するに、心にくいばかりの配慮を示したものが用意されていたのである。

ステパンの身を案じてか、見知らぬ男はこれ以上に相手を驚かせるのを打ち切り、器用な手つきでグラスに半分ほどウォッカを注いだ。

「あなたは？」とステパンはかすれた声でたずねた。

「喜んでいただきましょう！」

ステパンはわなわなと震える手でグラスを口に持ってゆき、見知らぬ男のほうは一気にぐいとグラスを飲みほした。キャビアを口に含みながら、ステパンはかろうじて声を押し出した。

「どうなさいました……召しあがったら？」

「いや、ありがとう、飲むときには、いつもオードブルは口にしないもので」と見知らぬ男は答えて、二杯めを注いだ。小鍋の蓋を開けると、ソーセージのトマト煮があった。

こうして、いまいましい緑の炎につつまれてちらつく斑点は目の前から消え去り、自由に口もきけるようになったが、肝心なのは、ステパンにあれこれと記憶が蘇ってきたことである。昨日の一件は、スホードニャにあるコント作家フストフの別荘で起きたことで、フストフに連れられてタクシーでそこへ行ったのだ。タクシーを拾ったのは《メトロポール・ホテル》の前だったが、あのとき、俳優だったか、そうでなかったか……携帯用の蓄音器を持った男がいたとまで思い出した。……そう、そう、そうだ、あれは別荘でのことだった。ほかにも思い出せる、蓄音器が鳴ると、犬が吠えだしたのだ。ただ、キスしようとした相手の女性だけははっきりしない……いったい誰だったのか……ラジオ局に勤めていたようでもあり、ちがうかもしれない。

このように、昨日のことは少しずつ明らかになってきたが、いま、ステパンがもっとも気にかけていたのは今日のことであり、とりわけ、ウォッカとオードブルまで持って見知らぬ男が寝室に現れたことであった。どうしてもはっきりさせたいと望んでいるのは、このことなのだ。

「さあ、どうです、そろそろ名前を思い出していただけましたか？」

しかし、ステパンはきまり悪そうに笑い、両手をひろげてみせただけだった。

「これは驚きました！　どうやら、ウォッカのあとでポートワインをお飲みになったようですね！　いけませんね、よくも、そんなことができますね！」

「お願いですけど、どうか、この話はここだけのことにしていただきたいのですが」とステパンはへりくだって言った。

「おお、もちろん、もちろんですとも！　しかし、フストフのことは、無論、請け合いかねますがね」

「フストフもご存じなのですか？」

「昨日、あなたの執務室でちらりと見かけただけですが、あの顔をひと目見ただけで、どういう人間かということぐらいわかりますよ、卑劣漢で、もめごとが好き、ご都合主義者のおべっか使いです」

《まさにそのとおりだ！》とステパンは思い、これほど正しく、適確で簡潔にフストフを定義したことに驚嘆した。

そう、さまざまな断片をつなぎ合わせることで、昨日はしだいに明確な形をとりはじめていたが、それでもなお、不安はヴァリエテ劇場の支配人から去らなかった。その昨日という日に巨大な黒い穴がぽっかりと口を開けていることこそ問題だったのだ。なにはともあれ、昨日、執務室でこのベレー帽の見知らぬ男を見かけた記憶がステパンには全然なかったのである。

「黒魔術の教授ヴォランドです」ステパンの困惑ぶりを見ると、訪問客は威厳をもって言い、すべてを順を追って語って聞かせた。

昨日の午後、外国からモスクワに到着したヴォランドは、ただちにステパンのところに出向き、ヴァリエテ劇場での客演を申し入れた。ステパンはモスクワ州の演芸委員会と電話連絡をとり、この件に同意し（ステパンはまっさおになり、しきりにまばたきをした）、七回の出演契約をヴォランド教授と取りかわし（ステパンは開いた口がふさがらなかった）、詳細の打合わせのために今日の午前十時、自宅にくるようにと約束をした……それで、ヴォランドはやってきたというのである。ここへ来たとき、迎え入れた家政婦のグルーニャの話によれば、自分は通いの家政婦、たったいま来たばかりで、ベルリオーズは不在、ステパン・リホジェーエフにご面会なら、どうぞ寝室に通ってほしいということであった。ぐっすり眠っているステパンを起こす気にはならないのだ。ステパンのようすを見た魔術師は、近所の食料品店でウォッカとオードブル、薬局では氷を買ってくるようにと、グルーニャを使いに出したのである……

「立て替えていただいたぶんをお支払いしなければ」打ちのめされたみたいになったステパンは哀れっぽい声で言い、財布を探しはじめた。

「おお、ご心配なく！」と外国公演に来た魔術師は大声で叫び、もう、なにも聞こうとはしなかった。

こういうわけで、ウォッカとオードブルの件は理解できたが、それにしても契約のことなどまったく身に覚えがないし、それに昨日、ヴォランドとは絶対に会っていなかったステパンは、見るも哀れなようすでしょげかえっていた。そう、フストフは確かにいたが、ヴォランドはいなかったのだ。

「契約書をちょっと見せていただけませんか？」とステパンは小声で頼んだ。

「どうぞ、どうぞ……」

契約書を目にして、ステパンは愕然とした。なにもかもが書式に適《かな》っていた。まず第一に、ステパン自身の筆跡になる勢いのよい署名がある。その横には経理部長リムスキイの筆跡で、芸術家ヴォランドに七回分の出演料三万五千ルーブルのうち一万ルーブルの前払いを許可すると斜めに書かれてあった。それればかりか、そこには、一万ルーブルを確かに受領したというヴォランドの受領証まであったではないか。

《これはいったい、どういうことか?》と不幸なステパンは思い、頭がくらくらしはじめた。不気味な記憶喪失がはじまったのだろうか。しかし、もちろんのこと、契約書を見せてもらったいまとなっては、これ以上、疑っているような態度をとるのはまったく失礼であろう。ステパンはちょっと席をはずさせてほしいと客に頼み、靴下のまま玄関ホールの電話のところに駆けだした。その途中、台所のほうに向かって叫んだ。

「グルーニャ!」

しかし返事はなかった。ステパンは玄関ホールの隣にあったベルリオーズの書斎のドアをちらりと見て、そこで驚きのあまり、いわゆる棒立ちになった。ドアの取っ手にロープが巻かれ、大きな封蠟《ふうろう》の印が押されているのが目に入ったのだ。《なんということだ!》と何者かがステパンの頭のなかで喚いた。《そんなばかな!》ここにいたって、ステパンの思考は早くも二本のレールに沿ってひたすら走りだしたが、それは破局に向かうときのつねとして、ひとつの方向をとってはいるものの、どこへ向かっているのかはまったくわからなかった。ステパンの精神のごった煮のような混乱を伝えるのは困難だ。まず最初、黒いベレー帽をかぶり、冷えたウォッカや信じがたい契約書を持ってきた悪魔のような男、それに、こういったすべてのことにつけ加えて、やれやれ、今度はドアの封印だ。つまり、ベルリオーズがなにかをしでかしたと言いたいのではあろうが、とても信じられない、それこそ信じる者なんて誰もいやしないのだ。しかし、ここに封印があるではないか。確かに、それはそうなのだが……

このとき、ステパンの脳裡には、つい最近、雑誌に掲載してもらおうと、ベルリオーズに無理に押しつけた論文のことで、きわめて不愉快な思いがうごめきだした。しかも、その論文ときたら、ここだけの話だが、およそ愚劣なものであった。取るに足りぬうえ、たいした金になるものでもない……

この論文の記憶のあとを追うようにしてすぐに浮かんだのは、確か四月二十四日の晩、やはりここの食堂で、夕食をとりながらベルリオーズとかわした、どことなく疑わしい会話の思い出だった。もちろん、言葉の厳密な意味からいうと、その会話を疑わしいと呼ぶことはできないのだが(そうだったら、ステパンはそんな会話をしなかったはずだ)、しかし、必要のないテーマに触れる会話であったことは間違いない。なにも、あれほど会話を拡大しないでもよかったのである。封印されるまでは、疑いの余地なく、あの会話はまったく取るに足りないとみなすこともできたのだが、しかし封印されたいまになると……

《ああ、ベルリオーズ、ベルリオーズ!》ステパンの頭のなかは煮えくり返っていた。《こんなことって、まったく考えてもみなかった!》

しかし、いつまでも悲嘆に暮れているわけにもゆかず、ステパンはヴァリエテ劇場の経理部長リムスキイの電話のダイヤルをまわした。ステパンのいまの立場はきわめて微妙なものであったが、まず第一に、あの外国人のほうは、契約書を見せたのに疑っているのかと怒りだしかねなかったし、それに、経理部長と話をするのも、きわめて面倒なことだったからだ。実際、「ねえ、きみ、昨日、黒魔術の教授と三万五千ルーブルの契約を結んだのだったかね？」などと、経理部長にたずねるわけにもゆかないではないか。そんなふうにたずねるなんて、絶対にできはしないのだ。

「もしもし！」と甲高くて不愉快なリムスキイの声が受話器から聞こえた。

「おはよう、リムスキイ君」とステパンは声を落として話しはじめた。「リホジェーエフだ。電話をかけたのは、じつは……うむ……うむ……いま、こちらに……え……芸術家のヴォランドが来ているのだが……つまり、その……知りたかったのは今夜のことだが、どうなっている？」

「ああ、黒魔術の？」と受話器の向うで、リムスキイが答えた。「もうすぐ、ポスターができてきます」

「なるほど」と弱々しい声でステパンは言った。「それじゃ、また……」

「間もなく来られますか？」とリムスキイがたずねた。

うか。

「三十分後に」とステパンは答え、受話器を置くと、かっと熱くなった頭を両手で抱えこんだ。ああ、なんと厄介なことになったものだ。記憶はどうなってしまったのだろうか。

しかし、いつまでも玄関ホールにとどまっているわけにもゆかなかったので、ステパンはその場で作戦を立て、信じられないほどの自分の物忘れを、ありとあらゆる手段を用いて隠し、いまはまず、今日、ヴァリエテ劇場で何を披露しようとしているのかを外国人から巧みに聞き出すことにした。

そこで、ステパンが電話器からふり返ると、怠け者のグルーニャがもう長いこと磨いていない玄関の鏡に、竿のようにひょろ長く、鼻眼鏡をかけた奇妙な男の姿がはっきりと見てとれた（ああ、もしもここに〈宿なし〉のイワンがいたらどうだろうか。この男の正体をただちに見破ったにちがいない）。だが、鏡に映ったかと思うと、それはすぐに消え失せた。ステパンは不安にかられて玄関ホールのもっと奥のほうをうかがったが、そこでまたしても、鏡のなかを巨大な黒猫が通り、やはりすぐに消えてしまったので、激しい衝撃を受けた。

心臓がとまりそうになり、ステパンはふらふらとよろけた。

《いったい、これはなんだろうか？》とステパンは考えた。《気が狂うのではなかろうか？　鏡に映ったものは、どこから来たのか？》玄関ホールをじっと覗きこみ、怯えたように叫んだ。

「グルーニャ！　どこの猫だ、家のなかをうろついているのは？　どこから入りこんだのだ？　ほかにも、まだ誰かいるな？」

「ご安心ください、リホジェーエフさん」と答えたのは、グルーニャの声ではなくて寝室の客の声だった。「猫は私のです。落ちついてください。グルーニャはいません、故郷のヴォロネジに帰しましたから、もう長いこと休暇をもらっていないとこぼしていましたのでね」

これらの言葉はあまりにも思いがけず、また、ばかばかしかったので、ステパンは空耳にちがいないと決めつけた。完全な混乱状態のうちに足早に寝室に駆け戻り、敷居のところで立ちすくんだ。髪の毛は逆立ち、額には細かな汗がどっと吹き出してきた。

寝室にいた客は、いまや一人きりではなくて仲間がいた。もうひとつの肘掛椅子には、さきほど玄関の鏡にちらりと映ったあの男がすわっていた。いまは、はっきりと見ることができ、羽根のような口ひげをつけ、鼻眼鏡の片方のレンズはきらきら光っているが、もう一方はレンズが入っていなかった。だが、寝室にいた客のなかでもっともすさまじかったのは、宝石商未亡人の柔らかな低い椅子の上に行儀悪く横になっている三番めの客、つまり片方の前足にウォッカの入ったグラス、もう一方の前足には茸のマリネを器用に突き刺したフォークを持っている不気味なほど大きな黒猫であった。

それでなくとも弱々しかった寝室の明りが、急に暗くなりはじめた。《気の狂うときは、こんなふうにしてはじまるものか！》とステパンは思い、ドアの枠につかまった。

「どうやら、少しばかり驚かれたようですが、親愛なるリホジェーエフさん？」とヴォランドは歯の根も合わなくなっているステパンにたずねた。「だけど、なにも驚くことはありませんよ。私の部下たちです」

ここで猫がウォッカをぐいと飲みほしたので、ドアの枠にかけていたステパンの手がずり落ちた。

「部下たちにも部屋が必要なのですがね」とヴォランドはつづけた。「ここですと、誰か一人がはみ出してしまいます。それで、はみ出した余計者というのは、どうやら、あなたにほかならないようですね！」

「彼らだ、彼らだ！」と山羊《やぎ》のような声で、チェックのひょろ長い男はステパンのことを《彼ら》と複数で呼びながら話しだした。「だいたい、最近、彼らのやっていることといったら、まったく目に余るよ。酒を飲んでは騒ぐ、地位を利用しては女たちに無理やり関係を迫る、仕事はまるきりしない、まあ、しようとしても、任された仕事のことなど少しもわかっていないのだから、なにもできないのだが。お上《かみ》の目を盗んでは悪いことばかりしている！」

「やたらに公用車を乗りまわすし！」と猫も茸を頬ばりながら悪口を言った。

そして、ステパンがすでに床に這いつくばって、力の抜けた手でドアの枠にしがみつこうとしていたとき、四番めで、最後の者が現れた。

寝室の鏡のなかから、背は低いのに肩幅が異常に広く、口から牙を突き出し、それでなくとも、めったにお目にかかれないほどの不快な顔をいっそう醜くした男が山高帽をかぶって出てきた。そのうえ、この男は燃えるような赤毛の持主だった。

「おれにはまったくわからんよ」この新顔が話に割りこんだ。「こいつがどうして支配人なんかになれたのか」赤毛の男はしだいに鼻にかかった声になってまくしたてた。

「こんなのが支配人なら、おれなんかは、さしずめ主教さまだ！」

「その顔は主教さまって柄じゃないな、アザゼッロ」ソーセージを皿に取りながら猫は口をはさんだ。

「おれが言ってるのは、そのことさ」と赤毛の男は鼻声で言い、ヴォランドのほうに向き直ると、丁寧な言葉づかいでつけ加えた。「どうか、ご主人、この男をモスクワからどこか遠くへほうり出すのを許していただけますか？」

「しいっ、あっちへ行け！」突然、毛を逆立てて猫が喚いた。

するとそのとき、寝室がステパンの周囲に回転しはじめ、ドアの枠に頭をぶつけ、意識を失いながら、《おれは死ぬ……》と思った。

しかし、ステパンは死にはしなかった。かすかに目を開くと、石のようなものの上にすわっているのがわかった。周囲にはなにかがざわめいていた。もっと目を大きく見開いたとき、ざわめいているのは海で、それればかりか、足のすぐ下に波が打寄せ、手短に言えば、防波堤の突端にすわり、頭上には青く輝く空、背後の山には白い町があることを知った。

このような場合、どのように振舞えばよいのかわからぬまま、ステパンはふらつく足で立ちあがり、岸に向かって防波堤を歩きだした。

防波堤には男が一人たたずみ、煙草をふかしながら海に唾を吐いていた。けげんそうな目でステパンを見やり、男は唾を吐くのをやめた。そのとき、ステパンは突然、奇妙な行為に出て、煙草をふかしている見知らぬ男の前に跪《ひざまず》くと、言った。

「どうか教えてください、ここはなんという町でしょうか？」

「これは驚いた！」煙草をふかしていた男はそっけなく言った。

「酔っぱらいではありません」とステパンはしわがれた声で答えた。「病気なのです、なにかが起こったのです、病人なのです……ここはどこなのです？　なんという町ですか？」

「ふん、ヤルタだよ……」

ステパンは低くため息をもらし、横ざまに倒れ、防波堤の焼けた石に頭をぶつけた。彼は意識を失った。

8　教授と詩人の対決

ヤルタでステパン・リホジェーエフが意識を失ったちょうど同じころ、つまり午前十一時半ごろ、〈宿なし〉のイワンは意識を取りもどし、深くて長い眠りから目をさました。しばらくのあいだ、白い壁に囲まれ、ぴかぴか光る金属製の立派なサイドテーブルが置かれ、外に陽光も感じられる白いブラインドの降りた見覚えのない部屋にいるのは、いったいどうしてなのだろうかと思いめぐらしていた。

イワンは頭を振ってみて、痛みのないことを確かめ、病院にいるのを思い出した。それに引きずられるようにベルリオーズの事故死の記憶がよみがえったが、しかし今日のイワンには、それもさして強い衝撃を与えはしなかった。ぐっすりと眠ったせいか、イワンはいくぶん平静を取りもどし、頭もかなりはっきりとしてきた。清潔で柔らかく、スプリングのきいた心地よいベッドにしばらくじっと身動きもせずに横になっているうちに、すぐそばにベルの押ボタンがあるのを見つけた。なにかがあると、必要もないのに触れてみたくなるいつもの癖で、ボタンを押してみた。ボタンを押すと、なにかの音がするか、誰かが現れるのではないかと期待したのだが、まったくそうではないことが起こった。

　イワンのベッドの足もとで、円筒形をした曇りガラスにぱっと明りがつき、《飲み物》と書かれた文字が現れた。しばらくそのままの状態がつづいてから、円筒は回転しはじめ、《付添婦》の標示が跳びだすまでまわっていた。いうまでもなく、この精巧な円筒はイワンを驚嘆させずにはおかなかった。《付添婦》の標示は《医師》の標示と交代した。

「ふむ……」とイワンはつぶやいたが、このさき円筒をどうすればよいかは知らなかった。ところが、たまたま《准医師》という標示が出ているときに、もう一度ボタンを押したのが幸運であった。円筒は静かな音を立ててとまり、明りが消え、清潔な白衣を着た感じのよいふとった女が部屋に入ってきて、イワンに言った。

「おはようございます！」

　このような挨拶が場違いなものと考えたので、イワンは返事をしなかった。実際、健康な人間を病院に閉じこめておいて、それが必要な処置だとでもいわんばかりの態度をとっているのだから。

　女のほうは、そのあいだにも屈託のない表情を失わずにボタンを押してブラインドを上げたので、床まで届く幅の広い軽そうな格子を透して太陽の光が病室に注ぎこんだ。格子の向うにはバルコニー、さらにそのさきには曲りくねった河岸と対岸の明るい感じの松林が見えた。

「どうぞ、お風呂を」と女は勧めると、すぐさま内壁が左右に開き、設備のみごとに整った豪華な浴室と化粧室が現れた。

この女とは口をきくまいとイワンは決心していたものの、耐えられなくなり、ぴかぴかに磨きあげられた蛇口から大量の湯が浴槽にどっと注ぎこんでいるのを見ながら、皮肉に言った。

「これは驚いた！《メトロポール・ホテル》なみだ！」

「ちがいますわ」と女は誇らしげに答えた。「あれよりもはるかに上等です。これだけの設備はどこにも、そう、外国にだってございません。学者や医者のみなさまがわざわざこの病院を見学に来られるくらいです。外国人旅行客も毎日お見えになりますわ」

《外国人旅行客》という言葉を耳にするや、ただちに昨日の特別顧問が思い出された。イワンは顔を曇らせ、額越しにじろりと相手を見て、言った。

「外国人旅行客か……あんたたちはみんな、どうしてそんなに外国人旅行客に憧れているのだろう！　それはそうと、彼らのなかにもピンからキリまで、いろんな人がいますよ。たとえば、昨日知り合った外国人旅行客ときたら、ほれぼれするような人だったな！」

そこで、ポンティウス・ピラトゥスのことを危うく話しだしそうになったが、そんな話をしたってむだだ、どうせこの女にはおれを救うことなどできないのだと考えて、思いとどまった。

身体《からだ》をきれいに洗ってもらったイワンには、すぐさまアイロンのきいたシャツ、ズボン下、靴下といった入浴後の男に必要なすべてのものが与えられた。しかも、そればかりか、女は戸棚の扉を開けて、なかを指さしてたずねた。

「どちらをお召しになります、ガウンですか、パジャマですか？」

新しい住居に囚人のように無理やり押しこめられたイワンだったのに、打ちとけた女の態度には気をよくして、思わずぽんと両手をたたきそうになったが、なにも言わずに、深紅のフランネルのパジャマを指さした。

このあと、イワンはがらんとして物音ひとつしない廊下を通って、だだっ広い部屋に連れて行かれた。驚くべき設備を誇るこの建物にあるすべてのものに皮肉な態度をとろうと決心して、このときも、この部屋を《大食堂の調理場》と心のなかでただちにイワンは綽名《あだな》をつけた。

それも理由のないことではなかった。ここには戸棚があり、まばゆいニッケルメッキの器具を並べたガラス棚があった。きわめて複雑な構造をもつ椅子、きらきらした笠のついたずんぐりとしたランプ、無数のガラスの小壜、ガスバーナー、電線、まったく誰にもわからないような器具類。

この部屋でイワンに対応したのは、二人の女と一人の男で、三人とも白衣を着ていた。まず、イワンは部屋の隅の小さなテーブルのところに連れて行かれたが、なにかを聞き出そうとする目的があったことは明白である。

イワンは状況をあれこれと思案しはじめた。イワンの前には三つの道があった。きわめて魅惑的であったのは第一の道で、これらのランプやわけのわからぬ品物に突進し、手当りしだいにたたきこわすことで不当監禁にたいする抗議を表明するというやり方だった。しかし、今日のイワンは昨日のイワンとはもはや別人のように変わっていて、この第一の道はどうも成功しないように思えた、そんなことをすれば、凶暴性精神病者にちがいないと確信させるだけだったからである。それで、イワンは第一の道を断念することにした。第二の道は、ただちに特別顧問とポンティウス・ピラトゥスの話をはじめることだった。しかし、昨日の経験からして、この話は信用されないか、せいぜい歪曲して解釈されるだけに終わることは証明ずみである。それで、イワンはこれも拒否して、誇り高い沈黙に閉じこもるという第三の道を選ぶことに決めた。

これを完全に実行するわけにはゆかず、たとえ言葉少なに、不機嫌にではあれ、一連の質問に否応なく返事をしなければならなかった。それで、これまでの生活について、それこそ十五年前にかかった猩紅熱《しょうこうねつ》にいたるまで、なにもかも、こと細かにイワンは質問されたのである。白衣の女は、質問にたいする回答で一枚の用紙を埋めつくすと、それを裏返し、親戚関係についての質問に移った。煩雑で面倒くさい質問がはじまり、誰が、いつ、何が原因で死亡したのか、酒はたしなまなかったか、性病ではなかったかとか、およそそういった種類の質問がつづいた。最後に、昨日のパトリアルシエ池での出来事を話すように求められたが、それにはさほど強い関心を払わず、ポンティウス・ピラトゥスのことを話しても驚いたようすはなかった。

そこで、女はイワンを男に譲り渡したが、これまでとは異なって、男のほうはもうなにも質問しなかった。イワンの体温を測り、脈搏《みゃくはく》を調べ、ランプのようなものを当てながら目を検査した。それから、その手伝いにやってきた別の女の助けを借りて、イワンの背中をなにかの器具で痛くない程度に刺し、小槌《こづち》の柄で胸の上に奇妙な印を描き、小槌で膝をたたき、そのためにイワンの足が跳びあがり、指に針を刺して採血し、肘の関節を針で刺し、腕にゴム輪のようなものを巻きつけた……

イワンは心のなかでひそかに苦笑し、なにもかもが愚かで奇妙なことになったのはどうしてなのか、と思いをめぐらしていただけだった。まったく、あきれたものだ。見知らぬ特別顧問が惹き起こそうとしている危険をみんなに警告し、彼を捕まえようとした結果は、どことなく謎めいた部屋に収容され、飲んだくれて死んだヴォログダ市の伯父フョードルについて、あれやこれやとくだらぬことを話す破目に陥っただけだ。まったくもって、ばかげている。

ようやくイワンは解放された。部屋に連れ戻され、そこで、コーヒーと半熟の卵二つ、それに白パンとバターが与えられた。

出されたものをすべてたいらげてコーヒーを飲み終えると、この病院の責任者を待ち受け、自分への注意と公正を期待しようと決心した。

そして、イワンが朝食を終えてほどなくして、待ち受けていた相手が現れた。突然、部屋のドアが開き、白衣を着た大勢の人が部屋に入ってきた。その先頭を歩いていたのは俳優のように入念にひげを剃《そ》りあげた四十五歳くらいの男で、感じはよいものの、ひじょうに鋭い目つきをし、慇懃《いんぎん》な物腰をしていた。随員の誰もが、その男に注意と尊敬の念を示していたために、その登場はきわめて荘厳なものになった。《まるでポンティウス・ピラトゥスみたいだ！》とイワンは思った。

そうだ、これこそ疑いもなく、責任ある院長であった。院長は椅子に腰をおろし、ほかの者はみな立ったままだった。

「ストラヴィンスキイ博士です」と椅子に腰をおろすと同時に自己紹介し、愛想よくイワンのほうを見た。

「これです、院長先生」小ざっぱりと顎ひげを整えた男が低い声で言い、びっしりと書きこまれたイワンに関する調査表をストラヴィンスキイに差し出した。

《よくもまあ、調べあげたものだ！》とイワンは考えた。院長は物慣れた目つきで調査表にすばやく視線を走らせると、「ふむ、ふむ……」とつぶやき、意味のとれない言葉で二言三言、周囲の者と話をかわした。

《ピラトゥスのようにラテン語で話している……》と悲しげにイワンは思った。そのとき、ひとつの言葉が身震いさせたが、それは、ああ、すでに昨日、パトリアルシエ池で呪わしい外国人によって口にされ、そして今日、ここでストラヴィンスキイ教授によってくり返された《精神分裂症》という言葉であった。

《このことも知っていたのか！》と不安にかられてイワンは思った。

どうやら院長は、周囲の者がなにを言っても、すべてそれに賛成し、すべてに満足し、《結構、結構……》という言葉でその気持を表現するのを原則としているみたいだった。

「結構！」とストラヴィンスキイは調査表を返しながら言い、イワンに話しかけた。「あなたは詩人ですか？」

「詩人です」とイワンは不機嫌に答え、そこではじめて、不意に、詩にたいするなにか説明しがたい嫌悪を覚え、そのとき思い出した自分の詩がなぜか不快なものに思われた。

顔をしかめながら、今度はイワンのほうからストラヴィンスキイにたずねた。

「あなたは教授ですか？」

この問いにたいして、ストラヴィンスキイはきわめて丁重に頭を下げた。

「そして、ここの院長ですね？」とイワンはつづけた。

これに対しても、ストラヴィンスキイはうなずいた。

「お話ししておかなければならないことがあるのです」とイワンは意味ありげに言った。

「そのために私は来たのですよ」とストラヴィンスキイが答えた。

「話というのはですね」待ち望んでいた時がついに訪れたと感じながら、イワンは切りだした。「狂人扱いして、誰も私の言うことを聞こうとしないのです！」

「そんなことはありません、お話を一言もらさず拝聴するつもりですよ」とストラヴインスキイは真顔で、なだめるように言った。「それに、あなたを狂人扱いするなんて、けっして許しはいたしません」

「それでは、聞いてください、昨日の夕方、パトリアルシエ池で、外国人のようでもあり、そうでないようでもある不思議な人物と会ったのですが、その男は前もってベルリオーズの死を知っていて、ポンティウス・ピラトゥスとも直接に会っていた人物です」

随員たちは無言のまま、身じろぎひとつせずに詩人の話を聞いていた。

「ピラトゥス？　ピラトゥスというのは、あのイエス・キリストの時代に生きていた？」目を細めてイワンを見ながら、ストラヴィンスキイはたずねた。

「まさしく、その人です」

「なるほど」とストラヴィンスキイは言った。「それで、ベルリオーズが電車に轢《ひ》かれて死んだのですね？」

「おっしゃるとおり、昨日、パトリアルシエで、私の目の前で電車に轢き殺されたのです。しかも、あの謎めいた男は……」

「ポンティウス・ピラトゥスの知合いですね？」いかにも頭のめぐりの速そうなストラヴィンスキイはたずねた。

「まさにその男です」ストラヴィンスキイを注意深く観察しながら、イワンはうなずいた。「その男は前もって言っていたのです、アーンヌシカが向日葵《ひまわり》の油をこぼしたからと……それで、ベルリオーズが足を滑らせたのは、まさしく油がこぼれた場所だったのです！　これなんかはどう思いますか？」イワンは自分の話が大きな効果を惹き起こすことを期待しながら、意味ありげに問いかけた。

しかし、その効果はなんらなく、ストラヴィンスキイはしごくあっさりと問いを発しただけだった。

「そのアーンヌシカとは、いったい何者です？」

この問いにいくぶんがっかりして、イワンは顔をしかめた。

「アーンヌシカなんて、ここでは、まったくどうでもよいことです」とイワンはいらいらしながら言った。「アーンヌシカが何者かなんて、誰が知るものですか。サドーワヤ通りに住んでいるばかな女というだけのことです。重要なことは、あの男が前もって、いいですか、前もって向日葵油のことを知っていたことなのです！　おわかりですか？」

「よくわかります」とストラヴィンスキイは真剣な面持ちで答えてから、詩人の膝を軽くたたいて、つけ加えた。「興奮しないで、つづけてください」

「つづけましょう」冷静な対応のみが自分を助けてくれることを苦い経験からすでに知っていたイワンは、ストラヴィンスキイに調子を合わせようとつとめながら言った。「つまり、あの恐るべき男、特別顧問だなんていいかげんな嘘をついていましたが、なにかしら異常な力を持っていて……たとえば、あいつの跡を追いかけようとしても、いくら追いかけても追いつくことなんてできません。それに相棒までいて、そいつらがまたなかなか変わっていて、レンズの割れた眼鏡をかけたひょろ長い男と、電車にも乗る信じられないほど大きな猫です。それればかりではありません」誰にもさえぎられないのをよいことに、ますます熱っぽく、ますます確信をこめてイワンは話しつづけた。「本当に、ポンティウス・ピラトゥスのバルコニーに居合わせたのは疑いの余地もありません。たいへんなことではないでしょうか？　え？　ただちに逮捕しなければなりません、そうしないと、とんでもない禍《わざわい》を惹き起こすことでしょう」

「それで、彼を逮捕しようと躍起になっておられるわけですね？　そんなふうに理解しても間違っていませんね？」とストラヴィンスキイはたずねた。

《なんと頭のよい男だろう》とイワンは思い、《インテリのなかにも、たまには頭のよい人間がいることを認める必要がある。そのことは否定できない！》それで、こう答えた。

「まったくそのとおりです！　それに、逮捕するために躍起にならずにいられましょうか、考えてもみてください！　それなのに、こんなところに無理やり押しこめられ、目にランプを突きつけられたり、風呂に入れられたり、フョードル伯父さんのことをあれこれたずねられたり！……伯父さんなんか、もうとっくにこの世にはいないというのに！　いますぐ、私を自由にするよう要求します」

「まあ、いいでしょう、結構、結構！」とストラヴィンスキイは答えた。「確かに、これで、なにもかもがはっきりしました。健康な人間を病院に引きとめておいて、どういう意味がありましょう？　よろしい。ご自分が正常であるとおっしゃってくださるならば、いますぐ、ここからお出ししましょう。証明は要りません、おっしゃってくださるだけでよいのです。それでは、あなたは正常ですね？」

ここで完全な静寂が訪れ、今朝、イワンの世話をした例のふとった女は、尊敬の目で教授を見やり、イワンはもう一度、《本当に頭のよい男だ》と思った。

教授の提案はたいへん気に入ったが、答える前に、イワンは額に皺を寄せながら、よくよく思いをめぐらせてから、最後に、きっぱりと言った。

「私は正常です」

「そうですとも、それで結構」ほっとしたようにストラヴィンスキイは大声を上げた。

「それでしたら、理論的に検討してみましょう。昨日のことからはじめることにします」ここで教授がふり返ると、すぐさま、イワンの調査表が手渡された。「ポンティウス・ピラトゥスの知合いと名乗る見知らぬ男を追跡して、昨日、あなたはつぎのような行動を起こされました」ストラヴィンスキイは調査表とイワンの顔を交互に見ながら、長い指を折り曲げはじめた。「聖像画を胸にぶらさげた。そうですね？」

「そうです」とイワンは不機嫌に答えた。

「塀から落ちて、顔に怪我をした。そうですね？　火をともした蠟燭《ろうそく》を片手に、下着だけでレストランに現れて、そこで誰かを殴りつけた。縛られたままここに連れてこられた。ここに連行されるや、あなたは警察に電話し、機関銃で武装した警官隊の出動を要請された。それから、窓からとび出そうと企てた。そうですね？　そこでおたずねしますが、そのような行為をして、誰かを捕まえたり、逮捕できるものでしょうか？　正常な人間でしたら、ご自分でも、そんなことは絶対に不可能だとお答えになるでしょう。ここから出て行きたいとお望みですね？　どうぞご自由に。しかし、聞かせてください、ここを出てから、どこへ行くつもりです？」

「もちろん、警察へ」とイワンは答えたものの、いまはそれほど確信もなさそうで、教授の視線にいくぶん当惑させられたようだった。

た。

「ご自宅にはお寄りにならないのですか？」とストラヴィンスキイはすばやくたずねた。

「ええ……」

「ここから直接？」

「寄る暇なんてあるものですか！　自宅に寄ったりしていたら、そのあいだに、あいつは姿をくらましてしまいますよ！」

「なるほど。それで、警察では、なにからお話しになります？」

「ポンティウス・ピラトゥスのことです」とイワンは答えたが、その瞬間、その目がかすかに曇った。

「そう、それで結構！」打ちのめされたようにストラヴィンスキイは叫び、顎ひげを生やした男のほうをふり返って、命令した。「フョードル君、どうかイワンさんの退院手続きをとってください。しかし、この部屋は空けておき、シーツも取り替えなくてよろしい。二時間もすれば、またここに戻ってこられるのだから。まあ、そういうことです」教授は詩人のほうに向き直った。「ご成功をお祈りしますとは申しません、ご成功を少しも信じてはいないのですから。それでは、また近いうちに！」そこで教授は立ちあがり、随員たちも動きはじめた。

「どういう理由で、またここに戻ってくるのです？」とイワンは不安そうにたずねた。ストラヴィンスキイはその問いを待っていたかのように、すぐさま腰をおろすと、口を切った。

「理由というのは、ズボン下だけで警察に出向き、ポンティウス・ピラトゥスを直接知っている人間と会ったと言うなり、たちどころに、あなたはここに運びこまれ、ふたたび、まさしくこの部屋にいることになるわけです」

「ズボン下がどういう関係があるのです？」途方に暮れたようにあたりを見まわしながら、イワンはたずねた。

「主要な理由となるのはポンティウス・ピラトゥスですけど。しかし、ズボン下だって、やはりその理由になります。退院の際は、病院の衣類は返していただき、ご自分の着ていたものをお返しすることになっています。ここに連れてこられたときは、ズボン下一枚という恰好でした。しかし、私がほのめかしたにもかかわらず、自宅に寄るつもりはまったくないということでした。それに、ポンティウス・ピラトゥスがつづくとなると……万事休すです！」

ここで、なにか奇妙なことがイワンに起こった。彼の意志はあたかも打ち砕かれたかのようになり、自分は弱い存在である、誰かに助けてもらう必要があるのだ、という気持に襲われた。

「それでは、どうしたらよいのです？」とイワンは、今度はおずおずとたずねた。

「そう、それで結構！」とストラヴィンスキイは答えた。「ごもっともな質問です。それでは、実際にあなたの身に何が起こったのかをお聞かせしましょう。昨日、誰かにひどく脅かされ、ポンティウス・ピラトゥスやほかのことを聞かされて撹乱《かくらん》されたのです。そこで、すっかり神経過敏になり、いらいらして町に出かけ、ポンティウス・ピラトゥスのことを触れまわったのです。狂人扱いされるのも、ごく自然のなりゆきでしょう。いま、あなたを救う道はただひとつ、絶対安静しかありません。それですから、どうしてもここに残っていただかなければなりません」

「それでも、なんとしても、あいつを捕まえなければ！」と、すでに懇願するような調子でイワンは叫んだ。

「そのとおりです、しかし、なにもご自分で追いかけまわすこともないではありませんか？　その人物にたいする嫌疑告発をお書きなさい。文書をしかるべき筋に送るのはごく簡単なことですし、それに、お考えどおり、その男が犯罪者であるなら、なにもかも早急に解明されるでしょう。ただし、ひとつだけ条件があります、頭を緊張させず、ポンティウス・ピラトゥスのことはなるべく考えないようにすることです。あれやこれやと話をする人は少なくありません！　誰も彼も信じるべきではありません」

「わかりました！」とイワンはきっぱりと言った。「紙とペンをお願いします」

「紙と短い鉛筆をあげなさい」とストラヴィンスキイはふとった女に命令し、イワンにはこう言った。「しかし、今日は書かないほうがよいでしょう」

「いや、いや、今日、書きます、絶対に今日でなければ」とイワンは興奮して叫んだ。

「まあ、いいでしょう。ただし、頭を緊張させないこと。今日できなくとも、明日にはできるのですから」

「あいつが逃げてしまう！」

「そんなことはありません」とストラヴィンスキイは確信ありげに反論した。「どこにも逃げはしません、私が保証します。それに、覚えておいていただきたいのですが、ここで私どもは、全力をつくして助けます。それでないと、あなたは立ち直れませんよ。聞いていますね？」と突然、ストラヴィンスキイは意味ありげにたずね、イワンの両手を取った。両手を握りしめると、相手の目を凝視して、くり返した。「ここにいれば、あなたは救われます……聞いていますね？……ここにいれば、救われます……ここで、救われるのです……あなたは楽になります……ここは静かで、なにもかもが平穏です……ここで、あなたは救われるのです……」

不意にイワンはあくびをし、その表情は柔和になった。

「ええ、ええ」とイワンは小声で言った。

「そう、それで結構！」いつもの癖となっている言葉で会話を締めくくると、ストラヴィンスキイは立ちあがった。「それでは、また！」イワンの手を握り、すでに部屋から出ようとしていたときに、顎ひげを生やした男のほうをふり返って、言った。「そう、酸素を試してくれたまえ……それから入浴」

数秒後には、ストラヴィンスキイも随員たちの姿もイワンの前から消えていた。窓格子の向うには、真昼の陽光を浴びて対岸の明るい感じの春の林がくっきりと見え、その手前では河面がきらめいていた。

9　コロヴィエフの奸策

モスクワのサドーワヤ通り三〇二番地にある、いまは亡きベルリオーズが住んでいたアパートの居住者組合議長ニカノール・ボソイは、この水曜日から木曜日にかけての深夜以来、せわしない仕事に追われていた。

深夜に捜査員たちがジェルドゥイビンとともにこのアパートに車を乗りつけたことは、すでにわれわれの知るところであるが、そのとき彼らはボソイを呼び出し、ベルリオーズの死を告げて、五〇号室に案内させたのだった。

そこで、故人の原稿と家財は封印された。そのとき五〇号室には、通いの家政婦グルーニャも、軽薄なステパン・リホジェーエフもいなかった。捜査員はボソイに向かって、故人の原稿は整理・検討のために引き取ること、故人の居住面積、すなわち三室(宝石商未亡人の書斎、客間、食堂)は居住者組合の管轄下に移され、故人の家財は遺産相続人の申請があるまで、この場所に保管されねばならないと申し渡した。

ベルリオーズの訃報は異常な速さでアパートじゅうにひろまり、木曜日の朝の七時からボソイのところに電話のベルが鳴りはじめ、やがては、故人の居住していた場所の所有権を請求する請願書を持って直接交渉にくる人々が現れはじめた。そして二時間のあいだに、そうした請願書を三十二通もボソイは受けとったのである。

そのなかには、懇願あり、恐喝あり、中傷あり、密告あり、修理は自己負担で行なうという約束から、住居の狭さに耐えられないとか、ギャングと同居できないとかいう訴えまであった。なかでも文学的な表現力において傑作だったのは、ジャケットのポケットにじかに入れておいた餃子《ペリメニ》が三一号室で盗まれたとかいうもの、住居が入手できなければ自殺するしかないと予告しているもの二通、実は故人の子供を宿しているとかいう女性の告白などであった。

ボソイはアパートの玄関口に呼び出されては、袖をつかまれたり、なにごとか耳打ちされたり、目配せされたり、必ず仕返しするから覚えておけとすごまれたりもした。

この苦難は正午近くまでつづき、ボソイはついに自宅から門のそばの管理事務所に逃げ出したが、そこでも待ちかまえている人々の姿を目にしたので、さらに逃げ出した。アスファルトの中庭を横切り、すぐうしろから追いかけてくる人々をどうにかふり切って、ボソイは六番玄関口に身を隠し、あの呪わしい五〇号室のある五階に昇っていった。

よくふとったボソイは五階の踊り場で呼吸を整えると、呼鈴を押したが、ドアを開けてくれる者はいなかった。もう一度呼鈴を押し、さらにもう一度押してみて、ぶつぶつと小声で文句を言いはじめた。それでも、ドアは開かれなかった。ついに我慢できなくなったボソイは、管理事務所用の合鍵の束をポケットから取り出すと、確信ありげな手つきでドアを開けてなかに入った。

「おい、お手伝いさん！」とボソイは薄暗い玄関でどなった。「なんという名だったか？　グルーニャとかいったな？　いないのかね？」

返事はなかった。

そこで、ボソイは書類鞄から取り出した巻尺で書斎のドアの封印をはがし、書斎に足を踏み入れた。足を踏み入れはしたものの、そのとたん、驚きのあまりドアのそばに立ちすくみ、身震いまでした。

やせて背の高い見知らぬ男が故人の机に向かっているではないか、チェックのジャケットに競馬の騎手のかぶる帽子、それに鼻眼鏡……そう、要するに、例のあの男である。

「あの、あなたはどなたでしょうか？」とボソイは驚いたようにたずねた。

「おや！　ボソイさん」予期していなかった人物がひび割れたテノールの声を震わせてどなり、立ちあがると、いきなり議長の手を力をこめて握りしめ、歓迎の意を表した。この歓迎は、ボソイを少しも喜ばせはしなかった。

「失礼ですが」とボソイは疑いの念をもって口を切った。「いったい、どなたでしょうか？　公式筋のかたですか？」

「えい、ボソイさん！」と見知らぬ男は馴れ馴れしく叫んだ。「公式筋か、そうでないかとは、どういう意味です？　そんなことはすべて見方しだいです、あなた、それはすべて当てにならず、状況しだいなのですよ。今日、公式筋の人間でないとしても、明日には、それこそ公式筋の人間になるかもしれません！　その逆もまた真なり、ボソイさん。よくあることですよ！」

このような考えは居住者組合議長をいささかも満足させなかった。そもそも、生来、猜疑心の強い男だったので、目の前でむだ口をたたいているこの男がまさしく公式筋とは関係なく、そればかりか、おそらくは無為徒食の人間にちがいないと結論を下した。

「いったい何者です？　お名前は？」いっそう語気を強めて議長はたずね、見知らぬ男に詰め寄った。

「名前は」相手の剣幕にいささかも動ぜずに、男は答えた。「そう、コロヴィエフとでもしておきましょうか。それより、なにか召しあがりませんか、あなた？　堅苦しいことは抜きにして！　いかがです？」

「失礼ですが」いまはもう憤然として、ボソイは話しだした。「この際、召しあがりませんかとはなにごとです?」(不愉快なこととはいえ、ここで告白しておかなければならないが、ボソイは生まれつき、いくぶん粗野なところがあった)。「故人の部屋には立入禁止です！　ここで何をしているのです?」

「まあ、お掛けください、どうぞ」少しもたじろぐことなく、男は大声で言い、議長に肘掛椅子をすすめながら、せかせかと動きまわりはじめた。

完全に自制心を失ったボソイは肘掛椅子を突きとばすと、喚きたてた。

「いったい、何者なのだ?」

「この部屋に滞在予定の外国からこられたお客さまの通訳です」コロヴィエフと名乗った男は自己紹介をし、磨いていない赤茶色の靴の踵《かかと》を鳴らした。

ボソイはぽかんと口を開けた。どこかの外国人が、しかも通訳つきでこの住居にいるなどまったく思いもよらぬことだったので、説明してほしいと要求した。

通訳は喜んで説明に応じた。外国からきた芸術家のヴォランドは、ヴァリエテ劇場の支配人ステパン・リホジェーエフの好意で、およそ一週間の客演期間中、ここで過ごすようにと招かれたのだが、そのことについては、昨日、すでにリホジェーエフがボソイに手紙を書き、本人がヤルタに旅行しているあいだ、この外国人が自宅に一時的に滞在する許可をとってほしいと依頼してあったはずである、と。

「なにも書き寄こしてはいませんよ」と議長は呆気《あっけ》にとられて言った。

「鞄のなかをよく探してみてください、どうか」とコロヴィエフが猫なで声で言った。肩をすくめながらボソイが書類鞄を開けると、リホジェーエフの手紙が入っているではないか。

「私としたことが、どうして忘れていたのだろう?」開封された封筒をぼんやりと眺めながら、ボソイはつぶやいた。

「よくあることです、よくあることですよ、あなた!」とコロヴィエフはしゃべりだした。「不注意、不注意、それに過労と高血圧のせいですよ、あなた! 私もおそろしいほど不注意でしてね。いずれそのうち、グラスでも傾けながら、これまでに起こった話をいくつかお聞かせしましょう、きっと、腹をかかえてお笑いになるでしょうよ!」

「リホジェーエフはいつヤルタに行くのです?」

「もう、とっくに出発しましたよ!」と通訳は叫んだ。「本当に、もう汽車のなかですよ! いまごろは、どのあたりにいるものやら!」そこで、通訳は風車のように両腕を振りまわした。

その外国人に直接会わせてほしいとボソイは言ったが、それはどうしてもできないと通訳から拒否された。いまは取り込み中。猫の調教にあたっているということであった。

「お望みなら、猫をお見せしましょう」とコロヴィエフは提案した。

このときは、ボソイのほうがこれを断わったが、即座に、通訳はまったく思いがけなく、すこぶる興味深い提案を議長に申し出た。

その提案というのは、ヴォランドは広い所に住むのに慣れていて、ホテル住まいをどうしても望まないので、モスクワ公演がつづく一週間のあいだ、住居を全部、つまり故人の部屋も含めて居住者組合が貸すつもりはないだろうか、というのだった。

「どうせ、死んだ人にしてみれば、どうでもよいことではありませんか」とコロヴィエフは囁いた。「いまとなっては、そうでしょう、あなた、こんな部屋がどうなるというのです?」

ボソイはいくぶん当惑しながら、外国人は《メトロポール・ホテル》に泊ることになっているのに個人の住居に滞在しようというのはと反論した。

「だから言っているのです、これはわがままというものです、とても信じられないくらい!」とコロヴィエフは低い声で言った。「どうしてもいやだと言うものでしてね! ホテル住まいは嫌いだの一点ばりで! うんざりさせられますよ、外国人旅行者には!」コロヴィエフは筋ばった自分の首に指さきを突きつけて、いかにも親密げに打ち明けた。「信じてくれますかね、さんざん、ひどい目にあいましたよ! わが国にやっできては、最低の犬畜生みたいにスパイ活動はするわ、ああでもない、こうでもないと無理難題を吹っかけて、こちらの神経はくたくたにさせられるのですからね！……それでも、ボソイさん、あなたがたの組合にしてみれば、まったくうまい話で、儲けは絶対に保証しますよ。とにかく、ヴォランドときたら金に糸目をつけませんからね」コロヴィエフはあたりを見まわし、それから議長に耳打ちした。「百万長者ですからね！」

通訳の提案には明らかに経済的な意味がこめられていたし、それはきわめて確実なことにも思えたが、通訳の話しぶりや服装、それにこの嫌らしい、なんの役にも立たぬ鼻眼鏡には、なにかしら驚くほどいかがわしいものがあった。そのために漠然とした不安に胸を緊《し》めつけられはしたものの、結局、この提案を受け入れようと議長は決意した。それというのも、居住者組合は多額の赤字に悩まされていたからである。秋まではスチーム暖房用の石油を買わなければならないのに、入金の予定は一コペイカもなかった。だが外国人旅行者の金があれば、おそらく窮地を切り抜けられるだろう。しかし実務に長《た》けて慎重なボソイは、なによりもまず、この問題に関して外国人観光局と連絡をとらねばならぬ、と主張した。

「よくわかりますよ」とコロヴィエフは叫んだ。「連絡をとらなければなりません、絶対に。電話はあそこです、あなた、すぐに電話をかけてください。お金のことなら、遠慮しないことです」議長を電話のある玄関ホールに引っぱってゆきながら、コロヴィエフは声をひそめてつけ加えた。「あの人から金を取らないで、いったい誰から取れるというのです！　ニースにあるヴォランドの別荘をご覧になったら！　そう、来年の夏にでも外国に行かれたら、ぜひともお立ち寄りください、あっと驚くことでしょう！」

外国人観光局と電話で連絡をとると、議長が驚嘆するほどの異例な速さで一件落着となった。どうやら、先方はリホジェーエフの私宅に滞在したいというヴォランドの意向をすでに知っていたものらしく、それにはなんら異存はないということであった。

「これでよし！」とコロヴィエフは声をはりあげた。

コロヴィエフのとめどないおしゃべりにいくぶん呆気にとられていた議長は、居住者組合は五〇号室を一週間、芸術家のヴォランドに貸すことに同意し、部屋代としては……少しためらってから、ボソイは言った。

「一日につき五百ルーブル」

ここで、コロヴィエフは議長を完全に打ちのめした。重たそうな猫が軽快に跳躍しているらしい寝室のほうをこっそりうかがってから、目配せすると、しわがれ声で言った。

「そうしますと、一週間で三千五百ルーブルというわけですね？」

《おやおや、少し欲張りすぎているのじゃないですか、あなた！》と言われるのではないかとボソイは思っていたのに、コロヴィエフが言ったのは、まったく反対のことだった。

「そんな金額でいいのですか！　五千ルーブルを要求しなさい、きっと出してくれますよ」

当惑げに薄笑いを浮かべたボソイは、自分でも気づかぬうちに故人の机のそばに来て立っていたが、信じられないほどの速さで、コロヴィエフは手際よく二通の契約書を作成した。そのあとで、コロヴィエフはそれを手にして寝室に駆けこんだかと思うと、すぐに戻ってきたが、そのときはもう、契約書は外国人ののびのびとした筆蹟で二通とも署名されていた。議長も契約書に署名した。コロヴィエフは五千ルーブルの領収証を書いてほしいと頼んだ。

「金額は数字ではなくて綴りで書いてください、あなた！……五、千、ルーブル……」

それから、このような真面目な用件にはどうもそぐわない、「一《アイン》、二《ツヴァイ》、三《ドライ》！」という掛け声とともに、真新しい銀行紙幣を五束、ぽんと議長の前に積み上げた。

《親しき仲にも勘定は勘定》とか、《わが目こそ最良の監視人》とかいった種類の冗談や洒落《しゃれ》をコロヴィエフが撒きちらしているあいだに、議長は札束を改めた。

さらにもう一度かぞえ直してから、議長は仮登録のために外国人のパスポートをコロヴィエフから受けとり、それを契約書や金といっしょに書類鞄にしまいこむと、どうしても我慢できなくなって、招待券をいただくわけにはゆかないかと遠慮がちに頼んだ……

「もちろん、お安いご用です！」とコロヴィエフは大声で吠えた。「何枚要ります、あなた、十二枚、十五枚？」

すっかり面喰らった議長は、自分と妻のペラゲーヤの分として二枚だけで結構ですと説明した。

コロヴィエフはすぐさま手帳を取り出し、ボソイのために最前列の二枚の入場券の引換証をさっと書きあげた。そして、この引換証を左手で巧みにボソイの片手に押しこみ、右手ではもう一方の手に新札の分厚い束をつかませた。それにちらりと目をやると、ボソイはまっかになって押しのけようとした。

「これは困ります……」とボソイはつぶやいた。

「そんなことをおっしゃっても、聞く耳を持ちませんよ」とコロヴィエフは相手の耳もとで囁いた。「わが国では許されていなくとも、外国では許されているのです。あの人に失礼ですよ、ボソイさん、それはまずいじゃありませんか。あなたには骨を折っていただいたのですし……」

「あとできびしく追及されますし」蚊の鳴くような声で議長は囁いて、あたりをうかがった。

「でも、どこに目撃者がいます？」とコロヴィエフはもう一方の耳に囁きかけた。「見ている人なんかどこにいるのか、と聞いているのですよ。どうしました？」

そしてこのとき、あとになって議長の証言したところによると、奇蹟が起こり、札束がひとりでに書類鞄に滑りこんだのであった。それから、議長は急に力が抜けたようになり、打ちのめされたみたいにさえなり、ふとわれに返ると、階段のところに立っていた。頭のなかでは、さまざまな思念が激しく渦を巻いていた。ニースにあるとかいう例の別荘、調教された猫、本当に目撃者はいなかったのかという疑問、妻が招待券を喜ぶだろうといったことなど。これはとりとめのない思念ではあったが、おおむね愉快なものであった。それにもかかわらず、どこか心の奥深くで小さな針のようなものが議長を突き刺していた。それは不安の針だった。それればかりか、階段のところで、《ドアが封印されていたのに、あの通訳はどうやって書斎に入れたのだろうか？　それに、ボソイともあろう者が、どうしてそのことをたずねなかったのだろうか？》という思いが突如として襲いかかった。しばらく、ぼんやりと階段を眺めていたが、やがて、そんなことはどうでもよい、面倒な問題で自分を苦しめることはない、と決めこんだ……

議長が部屋から出て行くやいなや、寝室から低い声が聞こえてきた。

「あのボソイとかいう男は、どうも気に入らん。あいつは食えないペテン師だ。もう二度と、ここに顔を出せないようにはできないものかな?」

「ご主人、ご命令とあれば!」とコロヴィエフがどこからか答えたが、しかしいまは、かすれた声ではなくて、たいへん澄んで、よく響く声だった。

そしてすぐさま、いまわしいこの通訳は玄関ホールに現れ、電話のダイヤルをまわすと、なぜかひどく悲しげな調子で話しはじめた。

「もしもし! ご報告するのが義務かと思いましたが、じつは、サドーワヤ通り三〇二番地のアパートの居住者組合議長ニカノール・ボソイは外貨の闇取り引きをしております。現在、彼の住んでいる三五号室の便所の換気口に新聞紙にくるんだ四百ドルが隠匿されています。こちらは同じアパートの一一号室に住むチモフェイ・クワスツォフです。しかし、名前はどうか極秘にしておいてください。議長の復讐を恐れるものですから」

それだけを言うと、この卑劣漢は受話器を置いた。

そのあと、五〇号室で何が起こったのかは明らかでないが、しかしボソイのところで起こったことははっきりしている。自宅の便所に入って鍵を掛けると、ボソイは通訳から無理やり押しつけられた札束を書類鞄から取り出し、中身が四百ドルであることを確かめた。この札束を新聞紙にくるんで換気口に押しこんだ。

五分後、議長は小さな食堂のテーブルに向かってすわっていた。青ねぎをたっぷり振りかけ、薄切りにした塩漬け鰊《にしん》を妻が台所から運んできた。ボソイはグラスにウォッカを注いで、ぐいと飲みほし、さらに二杯めを注いで飲み、フォークで鰊を三切れ突き刺した……ちょうどそのとき、呼鈴が鳴った。妻のペラゲーヤが湯気の立ち昇るシチュー鍋を運びこんできたが、それをひと目見ただけで、たぎり立つボルシチのなかに、この世のなににもまして美味い髄入りの骨が入っていることがすぐにわかった。

生唾を飲みこんで、ボソイは犬のように唸った。

「とっとと失せやがれ！　おちおち食事もできやしない。誰も通すな、おれはいない、留守だ。あの部屋のことだったらむだ口をたたくのはやめるようにと言ってくれ。一週間後に会議を開いて……」

妻は玄関に駆け出してゆき、ボソイのほうは煮えたぎった鍋のなかから縦に裂け目のできた骨を杓子《しゃくし》ですくいあげた。その瞬間、なぜかひどく蒼白になったペラゲーヤと一緒に二人の男が食堂に入ってきた。男たちをひと目見るなり、ボソイもまっさおになって立ちあがった。

「トイレはどちらです？」白い立襟のシャツを着て最初に入ってきた男が、気がかりそうにたずねた。

食卓の上でなにかが音を立てた（ボソイが油布のテーブルクロスに杓子を取り落としたのである）。

「こちらです、こちらです」とペラゲーヤが早口で答えた。

訪問者はただちに廊下に突進した。

「どういうことです？」訪問者のあとを追いながら、ボソイは小声でたずねた。「ここには、隠さなければならないものなど、なにもない……身分証明書はお持ちですか……失礼ですが……」

一人の男が歩きながら身分証明書をボソイに示しているうちに、もう一人の男は便所に入り、便座の上に立って換気口に片手を突っこんでいた。ボソイの目の前が暗くなった。新聞紙がはがされると、ルーブル紙幣ではなくて、青とも緑ともとれるような老人の肖像の入った見慣れぬ札束が現れた。もっとも、これはすべてボソイにはぼんやりと見えただけで、目の前にはなにか斑点のようなものがただよっているばかりだった。

「換気口にドル紙幣か」と一人の男が思案げに言い、おだやかに、丁寧にボソイにたずねた。「あなたの札束ですね？」

「ちがいます！」とボソイは恐ろしい声で答えた。「敵どもが投げこんでいったのだ！」

「よくあることです」と相手の男は同意し、このときもおだやかにつけ加えた。「まあ、それはそうとして、残りも出してもらわなければなりません」

「そんなものはありません！　ありませんよ、神かけて誓います、一度も手にしたことさえありません！」と議長は必死になって叫んだ。

ボソイは整理簞笥《だんす》に駆け寄り、すさまじい音を立てて抽斗《ひきだし》を引っぱり、とりとめのないことを大声で口にしながら、そこから書類鞄を取り出した。

「ここに契約書が……いまわしいあの通訳が投げこんだのだ……コロヴィエフ……鼻眼鏡をかけた！」

書類鞄を開け、なかを覗きこみ、片手を突っこむと、ボソイはまっさおになって、ボルシチのなかに書類鞄を取り落とした。鞄のなかにはなにもなく、リホジェーエフの手紙も、契約書も、外国人のパスポートも、札束も、招待券もなかった。要するに、巻尺のほかはなにもなかったのである。

「みなさん！」と議長は逆上してどなった。「やつらを捕まえてください！　このアパートには悪魔がいるのです！」

そしてこのとき、何を思ったのか、ペラゲーヤは両手を打ち鳴らして、叫んだ。

「白状してしまいなさいよ、あなた！　そうすれば、情状酌量してもらえるわ！」

目を血走らせて、ボソイは妻の頭上に拳固を振りあげ、しわがれ声をあげた。

「ううっ、このばか女！」

ここでボソイは力が抜け、へなへなと椅子にしゃがみこんだが、どうやら避けがたい運命に従う気になったものらしい。

このとき、階段の踊り場にいたチモフェイ・クワスツォフは好奇心にかられて、議長の部屋のドアの鍵穴に耳と目を交互に押しつけていた。

五分後に、中庭にいたアパートの何人かの住人は、二人の男に引き立てられるようにして門のほうにまっすぐ歩いていく議長を見た。のちに住人たちの語ったところによると、ボソイはまったく顔色もなく、酔っぱらいのようにふらつきながら歩き、なにかぶつぶつとつぶやいていたという話である。

さらに一時間ののち、クワスツォフが喜びのあまり息をはずませながら、議長がどんなふうにして連行されたかをアパートの住人たちに話していたちょうどそのとき、見知らぬ男が一一号室に現れ、台所にいたクワスツォフを人差指で玄関に呼び招き、なにかを告げると、男とともに姿を消してしまった。

10 ヤルタからの知らせ

ニカノール・ボソイの身に不幸が起こったころ、サドーワヤ通り三〇二番地の例のアパートからほど遠からぬところにあるヴァリエテ劇場の経理部長リムスキイの執務室には、当のリムスキイと総務部長ヴァレヌーハの二人がいた。

劇場の二階にあるこの大きな執務室は、二つの窓がサドーワヤ通りに面し、事務机に向かっている経理部長のちょうど背後にあるもうひとつの窓はヴァリエテ劇場の夏の庭園に面していたが、そこには清涼飲料の売店や射的場、それに野外舞台などがあった。この部屋の調度といったら、事務机のほかには、壁に立て掛けられている古いポスターの束、水差しを置いた小さなテーブル、四脚の肘掛椅子、それに隅のほうに埃まみれの古い舞台模型を置いた台しかなかった。そう、そのほかにも、部屋のリムスキイの事務机の左手のかたわらに、使い古して、表面の剝げかけた小型の耐火金庫があったことはいうまでもない。

机に向かっていたリムスキイは、今日は朝から機嫌が悪かったが、ヴァレヌーハのほうはそれと反対に、ひどく快活で、どういうわけか落ちつきがなく、浮き浮きしていた。ところが、そのエネルギーのはけ口はなかった。

いまヴァレヌーハは、これまで彼の人生を悩ませつづけ、とりわけプログラムの変わる日には招待券を求めて殺到する人々を避けて経理部長の執務室に身を隠していたのだ。まさしく、今日はそんな一日であった。

電話のベルが鳴りはじめるや、すぐさまヴァレヌーハは受話器を取りあげ、居留守を使うのである。

「誰？　ヴァレヌーハ？　留守です。外出中です」

「もう一度、リホジェーエフに電話をかけてくれないか」とリムスキイはいらいらして言った。

「だって、誰もいないんですよ。さっき、カールポフを使いにやったのだけど。自宅には誰もいなかった」

「まったく、困ったものだ」とリムスキイはぶつぶつ言い、計算器をぱちりと鳴らした。

ドアが開き、刷りあがったばかりの追加ポスターの分厚い束を持って劇場の案内係が入ってきた。緑色の地に赤い大きな文字で、つぎのように印刷されていた。

《本日より連日、ヴァリエテ劇場の特別プログラム
ヴォランド教授
黒魔術ショー　完全な種明かしつき》

ヴァレヌーハは舞台模型の上に掲げたポスターから二、三歩離れて、それをうっとりと眺めてから、ただちに手配して、ポスターを一枚残らず貼らせるように、と案内係に命じた。

「なかなかいいぞ、よく目立つ」とヴァレヌーハは立ち去ろうとしていた案内係に言った。

「この思いつきは、まったく気に食わないね」角縁の眼鏡をとおしてポスターを見ながら、リムスキイはにがにがしげにつぶやいた。「だいたいからして、こんなものを舞台にかけるのを許可するなんて、おそれいったよ！」

「いや、きみ、そんなふうには言わないでくださいよ、これはかなり趣向をこらしたものですよ。ここでの狙いは魔術の種明かしにあるのですから」

「わからん、わからんね、狙いなどというものはなにもなく、またいつもの癖で、な

にか突拍子もないことを思いついただけさ！　せめて、その魔術師に引き合わせてくれてもよさそうなものなのに。彼には会ったのかい？　どこで見つけてきたものやら、まったくわかったものじゃない！」

リムスキイと同じように、ヴァレヌーハも魔術師には会っていなかった。昨日、リホジェーエフは(リムスキイの表現によると、《気の狂ったように》)、すでに書きあげた契約書の下書きを持って経理部長のところに駆けこんでくるなり、すぐにそれをタイプに打ち、金を支払うようにと命じた。魔術師はそれきり姿を消し、当のリホジェーエフをのぞくと、誰一人として彼を見た者はなかった。

リムスキイは時計を取り出し、二時五分になっているのを見て、激昂した。まったく、それも無理のない話だった。リホジェーエフが電話をかけてきたのは十一時過ぎで、三十分後には来ると言っていたのに、やってこなかったばかりか、家にもいないというのだから。

「これでは、まったく仕事にならんよ！」まだ署名をしていない書類の山を指さしながら、いまはもう吠えるようにしてリムスキイは言った。

「まさか、ベルリオーズみたいに電車に轢《ひ》かれたのではないでしょうな？」受話器を耳に押し当て、低く連続する、まったく絶望的な呼出し音を聞きながらヴァレヌーハは言った。

「そのほうがまだましさ……」かすかに聞きとれるくらいに、リムスキイはつぶやいた。

ちょうどそのとき、制服に制帽、黒いスカート、運動靴をはいた女が執務室に入ってきた。その女は、ベルトに吊るした小さな鞄から四角の白い用紙と手帳を取り出して、たずねた。

「ヴァリエテはこちらですね？　特別至急電報です。サインをお願いします」

ヴァレヌーハは女の手帳に渦巻模様みたいな文字で署名し、ぱたんとドアを閉めて女が出て行くが早いか、四角い封筒を開いた。

電報を読み終えると、ヴァレヌーハはまばたきをしてリムスキイに電報を渡した。

電報の内容は、《ヤルタ発　モスクワ、ヴァリエテへ。本日十一時三十分刑事捜査部ニ　パジャマノズボンニ　ハダシ　栗色髪ノ精神異常者アラワレ　ヴァリエテ劇場支配人リホジェーエフト名乗ル　リホジェーエフ支配人ノ居場所ヲ　至急ヤルタ捜査部ニ打電セヨ》というものであった。

「こんなことってあるものか！」とリムスキイは叫び、つけ加えた。「またまた驚きだ！」

「偽ドミートリイだ！」[*1]とヴァレヌーハは言い、電話器に話しはじめた。「電報局？　こちらはヴァリエテ劇場。特別至急でお願いします……よろしいですか？……《ヤルタ、刑事捜査部……リホジェーエフ支配人ハ在モスクワ　経理部長リムスキイ》……」

ヤルタの僭称者《せんしょうしゃ》についての情報とは関係なく、ふたたび、ヴァレヌーハは手当りしだいに電話をかけてリホジェーエフを探しはじめたが、当然のことながら、どこにも見つからなかった。

ヴァレヌーハが受話器を握ったまま、さらにどこにかけようかと思いめぐらしていたちょうどそのとき、さきほど特別至急電報を持ってきた女が入ってきて、新しい封筒を手渡した。ヴァレヌーハはあたふたとそれを開いて、電文を読むと、ひゅうと口笛を吹いた。

「今度はなんだ？」神経質そうに顔をしかめて、リムスキイはたずねた。

ヴァレヌーハが黙って電報を渡し、経理部長はそこに、《信ジテホシイ　ヴォランドノ催眠術ニヨッテ　ヤルタニ飛バサレタ　刑事捜査部ニ身許保証ノ打電コウ　リホジェーエフ》という言葉を見いだした。

＊1　十六世紀ロシアに出現した皇帝ドミートリイの僭称者。

リムスキイとヴァレヌーハは、たがいに頭をこすり合わさんばかりにして電報を読み返し、そのあと、なにも言わずに、たがいに顔を見合わせていた。

「あなたがた！」突然、女が怒りだした。「サインをお願いします、そのあとなら、好きなだけ黙っていても結構ですから！　こちらは至急電報を配達しているんですからね」

ヴァレヌーハは電報から目を離さずに、歪んだ文字で署名し、女は立ち去った。

「だって、きみが電話で話したのは十一時過ぎだろう？」まったく納得のいかぬといった面持ちで、総務部長は沈黙を破った。

「そうさ、まったくばかげた話だ！」とリムスキイは甲高い声で叫んだ。「話したも話さなかったもないものさ、いま、ヤルタにいるはずがない！　ばかばかしい！」

「酔っているんだ……」とヴァレヌーハが言った。

「誰が酔っているって？」とリムスキイはたずね、ふたたび、二人はたがいに顔をみつめ合った。

ヤルタから電報をよこしたのが、どこかの僭称者か精神錯乱者であることは疑いなかったが、それにしても、いったいどうして、昨日、モスクワに着いたばかりのヴォランドをヤルタのふざけた男が知っているのか、不思議なことであった。リホジェーエフとヴォランドの関係をどうして知っているのか。

「《催眠術ニヨッテ……》」とヴァレヌーハは電報の言葉をくり返した。「どうしてヴォランドを知っているのだろう?」何度もまばたきし、それから突然、きっぱりと叫んだ。「いや、そんなことはありえない！　ばかばかしい、ばかばかしい、ばかばかしい！」

「どこに泊っているのだろう、そのヴォランドとかいうやつは?」とリムスキイはたずねた。

ただちに、ヴァレヌーハは外国人観光局に電話をかけたが、リムスキイが完全に驚いたことには、ヴォランドはリホジェーエフの住居に滞在しているとのことであった。そのあと、ヴァレヌーハはリホジェーエフ宅の電話番号をまわしたが、受話器には長いこと呼出し音が低く鳴りつづけるばかりだった。その呼出し音に混じって、どこか遠くから、つらそうな、もの悲しい声が、《……断崖よ、わが隠れ家よ……》[*2]と歌っているのが聞こえていたが、ラジオのコンサートが電話線に混線したにちがいない、とヴァレヌーハは思った。

「出ないな」とヴァレヌーハは受話器を置きながら言った。「もう一度かけてみる

＊2　シューベルト歌曲集『白鳥の歌』のなかの「隠れ家」の一節。

……」

最後まで言葉をつづけることができなかった。ドアのところに、またしてもあの女が現れ、リムスキイもヴァレヌーハも思わず立ちあがって女を迎えたが、今度は白い電報ではなくて、なにか黒っぽい紙片を鞄から取り出した。

「これで面白くなってきたぞ」急ぎ足で立ち去る女を見送りながら、ヴァレヌーハは口のなかでもぐもぐ言った。最初に紙片を手に取ったのはリムスキイだった。

黒っぽい印画紙に、手書きの黒い文字がくっきりと浮かびあがっていた。

《小生ノ筆蹟ト署名ヲ確認シダイ　身許保証ノ電報ウテ　ヴォランドヲ秘カニ監視セヨ　リホジェーエフ》

二十年間にわたる劇場での活動をとおして、ヴァレヌーハはありとあらゆることを経験してきたが、このときばかりは頭がまったく働かなくなったようで、まことに平凡で、しかも恐ろしく無意味なことしか口にすることはできなかった。

「こんなことって、あるはずがない！」

リムスキイの行動は予想に反するものであった。立ちあがってドアを開けると、ドアのそばの椅子に腰をおろしていた劇場の案内係の女にどなった。

「郵便配達のほかは誰も通さないでくれ！」それから、ドアに鍵を掛けた。

そのあとで、リムスキイは事務机のなかから書類の束を取り出し、印画紙に映っている左に傾いたふとい文字と、リホジェーエフの決裁や署名の渦巻模様のような文字とを入念に照合しはじめた。ヴァレヌーハは机に身を乗り出し、リムスキイの頰に熱い息を吹きかけていた。

「リホジェーエフの筆蹟だ」と経理部長がついに断言し、ヴァレヌーハはこだまのように応じた。

「リホジェーエフのだ」

リムスキイの顔をじっと覗きこんで、その顔に生じた変化に総務部長は驚かされた。それでなくともやせていた経理部長は、さらにいっそうやせこけ、老けこんだようにさえ見え、角縁眼鏡の奥の目はいつもの刺すような光を失っていて、そこには不安ばかりか悲しみのようなものまで浮かんでいたからである。

ひどく驚いた瞬間に誰もがするようなすべてのことを、ヴァレヌーハはやってのけた。執務室のなかを駆けまわり、磔《はりつけ》のときのように二度ばかり両手を持ちあげ、水差しの黄色っぽい水をグラスになみなみと注いで飲みほしてから、叫んだ。

「わからん！　わーかーらーん！」

リムスキイのほうは窓の外をじっとみつめ、なにごとかを緊張して考えつづけていた。

経理部長の立場というのは、きわめて厄介なものであった。いますぐ、この場で、異常な現象にたいする異常でない説明を考え出すことが要求されていたからだ。

経理部長は目を細くして、今日の十一時半ごろ、パジャマ姿で靴も履いていないリホジェーエフが驚くべき超高速飛行機に乗りこむ姿を思い描き、さらに、やはり同じく十一時半ごろにヤルタ空港に靴下のまま降り立つ姿を想像してみた……これは、いったい、どういうことであろうか。

もしかすると、今日、自宅からかけてきた電話で話した相手がリホジェーエフではなかったのではないだろうか。いや、あれは確かにリホジェーエフだった。声がわからないはずがあろうか。それに、今日、電話で話したのがリホジェーエフでなかったとしても、あのばかばかしい契約書をもって支配人室からほかならぬこの執務室にやってきて、持前の軽薄さでいらだたせたのは、つい昨日の夕方のことではなかったか。その彼が、劇場に一言の断りもなしに、どうして出発できたのだろうか。それに、たとえ昨夜、飛行機で出発したにせよ、今日の正午までにヤルタに到着するはずがない。それとも、到着できるのであろうか。

「ヤルタまでは何キロある?」とリムスキイはたずねた。

ヴァレヌーハは室内を駆けまわるのをやめて、喚いた。

「考えていたよ！　もう考えていたのだ！　セワストーポリまで鉄道で約千五百キロ。それからヤルタまでは、さらに八十キロ。しかし、飛行機だったら、もちろん、もっと近いだろうけど」

ふむ……そうだ……この際、列車はどうしても話にならない。しかし、そうすると、いったいどうなるのか。戦闘機だろうか。靴も履いていないリホジェーエフを、誰が、どんな戦闘機に乗せてくれるだろうか。なんのためにか。ひょっとすると、ヤルタに着いてから靴を脱いだのだろうか。それにしたって同じことで、なんのためにか。それに、靴を履いていたからといって、戦闘機に乗せてもらえるわけでもない。だいたいからして、いったい戦闘機などなんの関係があるというのか。なにしろ、刑事捜査部に現れたのは午前十一時半と書いてあったが、モスクワで電話をかけてきたのは……待てよ……そこで、リムスキイの目の前に時計の文字盤が浮かんだ……あのとき針がどこを指していたのかを思い出した。ああ、なんということか。あれは十一時二十分だった。すると、これはどういうことになるのか。リホジェーエフが電話をかけ終えるやいなや飛行場に駆けつけ、その五分後に、実際にはありえないこととはいえヤルタに到着したと仮定するならば、飛行機はすぐに離陸し、五分間で千キロ以上を飛んだことになる。したがって、その飛行機は一時間に一万二千キロも飛べる計算になる。そんなことはありえず、つまり、リホジェーエフはヤルタには行けないのだ。

それでは、残る方法は何か。催眠術だろうか。人間を千キロ以上も投げとばせるような催眠術など、この世にあるはずがない。そうすると、リホジェーエフはヤルタにいると錯覚しているだけなのだ。彼のことだ、それもありそうなことだが、ヤルタの刑事捜査部まで錯覚しているのだろうか。いや、まさか、そんなことはありえない。しかし、電報はヤルタから打たれているではないか。

経理部長の顔は文字どおり鬼気せまらんばかりとなった。このとき、ドアの取っ手が外から回されたり、引っぱられたりし、案内係の必死の叫び声がドアの向うから聞こえた。

「いけません！　お通しできません！　たとえ殺されたって！　会議中です！」

リムスキイはどうにか自制して、受話器を取りあげると、言った。

「特別至急でヤルタにつないでください」

《賢明だ！》とヴァレヌーハは心のなかで叫んだ。

しかし、ヤルタとの通話は不可能だった。リムスキイは受話器を置いて、言った。

「よりによって、回線が故障だと」

なぜかリムスキイは、回線の故障にとりわけ気落ちしたみたいで、考えこみはじめた。

しばらく考えてから、ふたたび片手で受話器をつかみ、もう一方の手で、話す内容を記録しはじめた。

「特別至急電報でお願いします。ヴァリエテ。そうです。ヤルタ。刑事捜査部。そうです。《本日十一時三十分ゴロ　リホジェーエフハモスクワデ私ト電話デ話シタ　ソノゴ劇場ニ出勤セズ　電話デモ探シダセヌ　筆蹟ハ本人ノモノト確認デキタ　指摘サレタ芸術家ノ監視ノ件ハ手配スル　経理部長リムスキイ》

《まったく賢明だ！》とヴァレヌーハは思ったが、しかし、よく考える間もなく、《ばかばかしい！　ヤルタになんかいるものか！》という言葉が急に脳裏をよぎった。

そのあいだに、リムスキイは受けとったすべての電報と自分の電報の控えとを丁寧に束ね、封筒に入れて糊で封をし、上書きをすると、それをヴァレヌーハに渡しながら言った。

「いますぐ、きみが直接、届けてくれたまえ。あちらで調べてもらうことにしよう」

《いや、これこそ本当に賢明だ！》とヴァレヌーハは思い、封筒を鞄にしまった。それからもう一度、念のためにリホジェーエフの自宅の電話番号をまわし、受話器を耳に押し当てていたが、嬉しそうに、こっそりと目配せし、顔を歪めてみせた。リムスキイは首を伸ばした。

「芸術家のヴォランドをお願いできませんか？」とヴァレヌーハは媚びるようにたずねた。

「いま、稽古中ですが」と震える声で受話器が答えた。「どちらさまですか？」

「ヴァリエテ劇場の総務部長ヴァレヌーハです」

「ヴァレヌーハさんですね？」と嬉しそうに受話器が叫んだ。「お声が聞けて、とても嬉しいです！　ご機嫌いかがです？」

「ありがとう《メルシー》」とヴァレヌーハは驚いて答えた。「それで、あなたは？」

「アシスタントです、ヴォランドのアシスタントで通訳のコロヴィエフです」と受話器はかすれた声でまくしたてた。「なんなりとご用命ください、ヴァレヌーハさん！　どうぞ、ご遠慮なく申しつけてください。それで、ご用件は？」

「おそれいりますが、ステパン・リホジェーエフは留守でしょうか？」

「あいにく、留守です！　いないのです！」と受話器が叫んだ。「お出かけになりました」

「それで、どちらへ？」

「郊外にドライブに行きましたが」

「な……なんです？　ド……ドライブ？……それで、いつ戻るのでしょうか？」

「ちょっと新鮮な空気を吸ってくるとかいう話でしたが」

「なるほど……」途方に暮れたようにヴァレヌーハは言った。「ありがとう《メルシー》。どうかヴォランドさんにお伝えください、今日のご出演は第三部です」

「かしこまりました。もちろん。必ず。さっそく。何があろうと。お伝えします」と受話器はとぎれとぎれに発音した。

「それでは、失礼します」とヴァレヌーハは驚きながら言った。

「どうか、お受けください」と受話器が言った。「心からの熱烈なご挨拶を！　ご成功を！　うまくやってください。ご幸福を！　お元気で！」

「ほら、やっぱりだ！　だから、言ったじゃないか！」と総務部長は興奮して叫んだ。「何がヤルタなものか、郊外に行ったのだ！」

「まさか、もしもそれが本当なら」怒りに顔を蒼白にしながら経理部長は言った。「これはひどすぎる、卑劣な振舞いだ！」

このとき、総務部長は跳びあがり、リムスキイが思わず身震いしたほど、大声で喚いた。

「思い出したぞ！　思い出した！　つい最近、プーシキン[*3]に羊肉のコーカサス料理専門店がオープンし、その店が《ヤルタ》という名前だった！　これですっかり読めた！

あそこに出かけて行って、飲んだくれて、そこから電報を打ったのだ！」

「いや、あんまりじゃないか」とリムスキイは頬を引きつらせながら答えたが、その目には、まぎれもない激しい憎悪が燃えていた。「もちろん、このドライブは高くつくことになる」そこで、急に口ごもり、ためらいがちにつけ加えた。「しかし、どういうことだろう、なにしろ刑事捜査部が……」

「それもでたらめさ！　あいつが自分でしでかした悪ふざけだ」と総務部長は感情的になってさえぎり、たずねた。「それでも、この封筒は届けるのかね？」

「どうしても届けなければ」とリムスキイは答えた。

そのとき、またしてもドアが開き、またしても例の女が入ってきた……《彼女だ！》とリムスキイはなぜか憂鬱げに思った。郵便配達の女を迎えて、二人とも立ちあがった。

今回の電報には、つぎのような言葉があった。

《身許保証ヲ感謝スル　五百ルーブルヲタダチニ刑事捜査部宛テニ送レ　明日モスクワニ発ツ　リホジェーエフ》

「気が狂ったのだ……」とヴァレヌーハは弱々しく言った。

リムスキイのほうは鍵をがちゃがちゃ鳴らしながら耐火金庫から紙幣を取り出し、五百ルーブルをかぞえ、呼鈴を押してメッセンジャーを呼び出すと、金を渡して電報局に行かせた。

「とんでもない、きみ」わが目が信じられないといったようすで、ヴァレヌーハは言った。「ぼくに言わせれば、送金なんて、むだだと思いますがね」

「金は戻ってくるよ」とリムスキイはおだやかに答えた。「だが、このドライブは高くつくことになるぞ」と言うと、鞄を指さしてヴァレヌーハにつけ加えた。「行ってきてくれ、きみ、いますぐ」

そこで、ヴァレヌーハは鞄を持って執務室から駆けだした。

一階に降りたとき、ヴァレヌーハの目に入ったのは切符売場の前にできている長蛇の列で、追加ポスターを見るが早いか客がどっと殺到したため、一時間後には満員札止めの掲示を出さねばならなくなりそうだと切符売場の女の口から知らされると、ボックス席や一階席の切符三十枚は、高値を吹っかけて売らずにおくようにと命じておいて、売場からとび出し、途中、招待券を執拗に手に入れようとする人びとを振り切って、鳥打帽を取りに執務室に姿を消した。そのとたん、電話のベルが鳴りはじめた。

＊3　モスクワから三十キロほど離れた郊外の地名。

「はい！」とヴァレヌーハは叫んだ。

「ヴァレヌーハさんだね？」ぞっとするほど嫌らしい鼻にかかった声で受話器がたずねた。

「劇場にはいませんよ！」ヴァレヌーハはさらになにかを叫ぼうとしたが、すぐに受話器はそれをさえぎった。

「ばかな真似はやめろ、ヴァレヌーハ、よく聞くのだ。どこにも電報は持っていくな、誰にも見せるな」

「どちらさまです？」とヴァレヌーハは唸りはじめた。「こんな悪ふざけは、やめてください！　誰の仕業かはすぐにわかります！　そちらの電話番号は？」

「ヴァレヌーハ」相変わらず嫌らしい声が応じた。「ロシア語がわからないのかね？　どこにも電報は持っていくな、と言っているのだ」

「おい、まだよさないのか？」と総務部長は怒りにかられて叫んだ。「よし、見ていろ！　あとで思い知らせてやる！」さらになにか脅し文句を喚きたてたが、もはや受話器の向うに聞いている者がいないのを感じとったので、押し黙った。

このとき、どうしたわけか執務室のなかが急に暗くなった。ヴァレヌーハは部屋をとび出し、うしろ手でドアをばたんと閉め、通用口をくぐり抜けて、夏の庭に突進した。

ヴァレヌーハは興奮し、エネルギーにみちあふれていた。いまわしいあの厚かましい電話のあとだったので、もはや、悪党の一味がよからぬ悪ふざけをしていて、この悪ふざけとリホジェーエフの失踪とは関係がある、と信じて疑わなかった。悪党どもの仮面を剝がしてやりたいという願望にかられ、それがどんなに奇妙なことであったとはいえ、なにか心をはずませる予感のようなものが芽生えていた。それは、人が注目の的になりたいと望み、センセーショナルな情報をどこかに持っていこうとするときによくあることなのである。

庭に出ると、顔に風が吹きつけ、まるで行く手をさえぎり、警告するかのように目に砂を浴びせかけた。二階の窓枠がばたんと音を立て、もう少しでガラスが飛び散りそうになり、楓《かえで》や菩提樹の梢《こずえ》が不安げにざわめいた。薄暗くなり、涼しくなってきた。目をこすり、モスクワの上空に黄色く膨らんだ雷雲が低く垂れこめてくるのを見た。遠雷が轟《とどろ》いた。

さきを急いでいたにもかかわらず、ヴァレヌーハはちょっと公衆便所に立ち寄り、電気職人が電球に金網をつけたかどうかを確かめておきたいという気持を抑えられなくなった。

射的場のそばを通り抜けて、密生したライラックの茂みにヴァレヌーハは踏みこんだが、そこには公衆便所の青みがかった建物があった。電気職人は几帳面な男だったようで、男子便所の天井の下の電球にはすでに金網が張られていたが、彼を悲しませたのは、雷雨の前の薄闇のなかでさえ、壁のいたるところに書きこまれている炭や鉛筆の落書きがはっきりと見分けられたことである。

「これはいったい、どういうことだ!……」と彼は言いかけたが、そのとき突然、背後で低く咽喉《のど》を鳴らすような声がした。

「ヴァレヌーハだね?」

ぎくりと身震いしてふり返ると、そこには、どことなく猫のように見える小柄でふとった男がいた。

「ええ、そうですが」とヴァレヌーハは不機嫌に答えた。

「これは、これは、はじめまして」と猫に似たふとった男はかぼそい声で言うと、いきなり手を振りあげるが早いか、ヴァレヌーハの耳を力いっぱい殴りつけたので鳥打帽が頭から飛び、便器のなかに跡かたもなく消え失せてしまった。

ふとった男の一撃のために、便所全体が一瞬、閃光に照らし出され、空でも雷鳴がこれに応じた。それからもう一度、稲妻が閃くと、目の前にもう一人、背は低いが体操選手のような肩の持主で、炎のように赤い髪、片目はうつろで、口からは牙を突き出した男が現れた。この二人めの男は、どうやら左利きだったらしく、ヴァレヌーハのもう一方の耳に殴打を浴びせかけた。これに応ずるかのように、またしても空には雷鳴が轟き、便所の木造の屋根に土砂降りの雨がたたきつけられた。

「何をするのだ、同志《タワーリシチ》……」われを忘れてヴァレヌーハはつぶやいたが、すぐに、この《同志》という言葉が、公衆便所でいきなり襲いかかったならず者にはふさわしくないと思い、「あなた《グラジグニン》……」と呻き、この呼び名にも値しないと気づいたとたん、二人のいずれかから三発めの恐ろしい一撃を食らい、鼻血がシャツにほとばしった。

「鞄に入っているのは何だ、穀《ごく》つぶし？」と猫に似た男が甲高い声で叫んだ。「電報だな？　どこにも持っていくな、と電話で警告を受けただろうが？　警告されたかどうか、聞いているのだ！」

「警告……され……ました……」あえぎながら、ヴァレヌーハは答えた。

「それなのに、出かける気か？　鞄をよこせ、うじ虫め！」電話で聞いたのと同じ、あの嫌らしい声でもう一人の男が叫び、震えている手から鞄を引ったくった。

それから二人は、ヴァレヌーハの腕を両側から抱きかかえて庭から連れ出し、サドーワヤ通りを突進した。雷雨はすさまじい勢いで荒れ狂い、雨水は轟音《ごうおん》と唸りをあげて下水管に落ちこみ、いたるところで泡立ち、波打ち、屋根からは雨樋《あまどい》があふれてほとばしり、門の下からは泡を立てて逆巻く奔流が走り出ていた。生きとし生けるものはすべてサドーワヤ通りから姿を消し、救い出してくれる者は誰もいなかった。濁った川をつぎからつぎと跳び越え、稲妻に照らし出されながら、悪党どもはまたたくまに半死半生のヴァレヌーハを三〇二番地のアパートまで引きずっていき、靴とストッキングを両手に持った裸足の女が二人、壁にぴったりと身を寄せていた門の下に跳びこんだ。それから六番玄関に突進し、いまやほとんど意識を失いかけていたヴァレヌーハは五階まで抱きかかえられるようにして運ばれ、よく知っているリホジェーエフの住居の薄暗い玄関ホールに投げ出された。

そこで二人の悪党は姿をくらませ、入れかわりに、髪の赤い、燐光を放って燃える目をした、それこそ一糸もまとわぬ若い女が玄関ホールに現れた。

これこそ、これまでのわが身に起こったことのうちでもっとも恐ろしい事件にほかならぬと悟り、呻き声をあげて壁ぎわに跳びのいた。だが、若い女はそばにぴったりと身を寄せてきて、両手を肩にのせた。びしょ濡れになったシャツを透してさえ女の掌のほうがもっと冷んやりとし、それこそ氷のように冷たいのをヴァレヌーハは感じとり、そのために髪の毛が逆立ったほどである。

「さあ、キスしてあげる」と若い女はやさしく言い、彼の目のすぐそばに、きらきらと輝く瞳が迫ってきた。そのとき、ヴァレヌーハは完全に意識を失い、キスの感触もわからなかった。

11　イワンの分裂

一時間前にはまだ五月の陽光を浴びて輝いていた河の対岸の林が、いまはぼんやりとかすみ、しだいに輪郭もぼやけ、見分けがつかなくなっていた。

窓の外では、雨が滝のように降りしきっていた。絶え間なく炸裂する稲妻が空を縦横に断ち切り、そのたびに、病室は威嚇するように閃く光に照らし出された。

〈宿なし〉のイワンはベッドの上に腰をおろし、泡立って逆巻く河の濁流を眺めながら、さめざめと泣いていた。雷鳴が轟《とどろ》くたびに、哀れっぽく悲鳴をあげ、両手で顔をおおうのだった。イワンの書きつぶした紙が、雷雨のはじまる前に室内に吹きこんだ風に飛ばされて、床に散らばっていた。

恐ろしい特別顧問に関する報告書を作成しようとする詩人の試みは、なんの成果もあげられなかった。プラスコーヴィヤと呼ばれていたふとった准医師から短くなった鉛筆と紙を受けとるや、さあ、仕事だ、といわんばかりに両手をこすり、いそいそと小さなテーブルに向かった。書き出しはかなりすらすらといった。

《警察へ。〈マスソリト〉会員、〈宿なし〉のイワンより。報告。昨夕、故ミハイル・ベルリオーズとともに私はパトリアルシエ池に行きました……》

ここまで書いて、詩人はたちまちつまずいてしまったが、それは主として、《故》という言葉のためであった。これはどうも収まりが悪く、これだと、故人と一緒に行ったようになるではないか。そもそも、死んだ人間は歩いたりしないものなのだ。実際、こんなことを書くと、気が狂っているとみなされても仕方がないのではないか。

そこで、よく考えたあげく、イワンは書いたものを直しにかかった。《のちに故人となったミハイル・ベルリオーズとともに……》という文ができあがった。これも書き手を満足させなかった。第三稿を作らねばならなかったが、それははじめの二つよりももっと悪く、《電車に轢《ひ》かれたベルリオーズとともに……》といったもので、ここで、あまり知られていない同姓の作曲家がさらにからんできて、《……作曲家とは別人の……》とつけ加えなければならなかった。

この二人のベルリオーズにさんざん悩まされたイワンはすべてを抹消して、読む者の興味をいきなり惹きつけるために、なにか強烈な印象を与えられそうなことから書きはじめようと決心し、猫が電車に乗りこんだと書いて、それから断ち切られた首の件に戻った。首と特別顧問の予言からポンティウス・ピラトゥスのことが思い出され、もっと強い説得性をもたせるために、総督にまつわる話をそっくり、それこそ、ピラトゥスが真紅の裏地のついた純白のマントをはおり、ヘロデ大王の宮殿の柱廊に歩み出たあの瞬間からはじめて、すべて残らず叙述することに決めた。

イワンは一心に仕事に打ちこみ、書きあげたものを消したり、新しい言葉を挿入したり、しまいには、ポンティウス・ピラトゥスやうしろ足で立つ猫の絵までも描こうと試みた。しかし、その挿絵もなんの役にも立たず、書き進めるにつれて、詩人の報告書はますます混乱し、支離滅裂になってゆくばかりだった。

遠くの空から周囲をけぶらせながら威嚇するような雨雲が現れ、林をおおい、風が吹きはじめたころになると、イワンはぐったりし、報告をまとめることなどできないと感じ、飛び散った紙を拾いあげようともせず、静かに、悲しげに泣きだした。

雷雨がはじまったとき、心のやさしい准医師プラスコーヴィヤは詩人のようすを見にきて、泣いているのに気づくと、心配し、稲妻が病人を怖がらせないようにとブラインドを降ろし、紙を床から拾いあげると、それを持って医師を呼びに駆けだしていった。

医師が現れ、イワンの腕に注射を打つと、もう泣かなくともよい、いまにすべてはよくなる、なにもかも変わり、すっかり忘れられる、と請け合った。

確かに、医師の言ったとおりだった。間もなく、対岸の林は以前のようになった。林は一本一本の木にいたるまで、もとのようにまっさおに澄みきった空にくっきりと浮かびあがり、河も静まった。注射を打たれるとすぐに、ふさぎの虫もおさまり、いま詩人のイワンは静かに身を横たえ、空にかかった虹を眺めていた。

こうして、夕方までの時は流れ、虹が消え、空が物憂げに色あせ林が黒ずんでゆくのに、イワンは気づきもしなかったほどである。

熱いミルクをたっぷりと飲むと、イワンはふたたび横になり、これまでの考えがすっかり変わっているのに気づいて、われながら驚いた。どういうわけか、あの呪わしい悪魔のような猫の記憶は弱まり、断ち切られた首も、いまではそれほど脅かさなくなっていたので、そんな思いを振りきって、実際、この病院の居心地はそう悪いものでもないなとか、ストラヴィンスキイは頭の切れる名医で、おつき合いできるのはこのうえなく愉快なことだ、などと考えはじめた。そのうえ、雷雨のあとの夜の空気は、甘く、爽やかであった。

精神病院は眠りに落ちようとしていた。静まり返った廊下では、艶消《つやけ》しの白熱電燈が消え、そのかわりに病院の規則にしたがって、ほの暗く、青い常夜燈がともされていて、ドア越しに聞こえるゴム・マットを敷いた廊下を歩く准医師たちの忍ばせた足音も、しだいに間隔が延びていった。

いま、イワンは快いけだるさを覚えながら横になり、天井からおだやかな光を落としている笠のついた電燈と黒い林の向うから昇りはじめた月とを交互に見ては、ひとりごとを言っていた。

「本当に、ベルリオーズが電車に轢かれたことで、あんなにも興奮したのはなぜだろう？」と詩人は考えだした。「結局のところ、あいつなんか、どうでもよいのだ！　実際、おれはあいつの何に当たるというのか、縁もゆかりもない、要するに赤の他人ではないか。この問題をよくよく突きつめてみるならば、本質的には故人のことなどなにも知っていないということになる。正直なところ、何を知っていたのだろう？　そう、禿《は》げで、恐ろしいほど雄弁であったことを除くと、なにも知ってはいない。そればかりではないのだ、諸君」と聴衆に語りかけるように、イワンは話をつづけた。「この問題を解明することにしよう、いったいなぜ、うつろで黒い目をしたあの謎めいた特別顧問、黒魔術の教授に腹を立てたのか説明してほしいものだ。ズボン下だけで、蠟燭《ろうそく》なんかを手に持ってのばかげた追跡劇、さらにはレストランでの野蛮な道化芝居はなんのためだったのか？」

「いや、いや、ちょっと待ってくれ」突然、どこか身体《からだ》の内部からとも耳もとともつかぬところで、古いイワンが新しいイワンにきびしい口調で言った。「それでも、ベルリオーズの首が断ち切られるのを前もってあいつは知っていたではないか？　どうして、これが興奮せずにいられようか？」

「何を言っているのだ！」と新しいイワンが旧態依然の古いイワンに反駁《はんばく》した。「これがまったくもっていかがわしいものであることぐらい、子供だってわかることだ。あいつが完全に異常な、謎めいた人物であることは間違いない。しかし、それだからこそ、なによりも興味をそそられるのだ！　ポンティウス・ピラトゥスを直接に知っていた人間、これ以上に興味深い者など、どこにいる？　パトリアルシエであんなばかげた騒ぎをはじめるかわりに、ピラトゥスや捕囚のナザレの人があれからどうなったかを丁重にたずねたほうが、もっと賢明だったのではないだろうか？　それなのに、なんということをしでかしてしまったのか？　もちろん、雑誌の編集長が死んだのは重大な事件だ。しかし、そのために雑誌が廃刊になるとでもいうのか？　まあ、仕方のないことで、人間は死ぬものであって、あいつが言っていたとおり、突然に死ぬ運命にあるものなのだから。いや、御霊《みたま》よ、安らかに眠れ！　それに、また別の編集長が現れるさ、それも、もしかすると前よりももっと雄弁な編集長が」

しばらくまどろんだのち、新しいイワンは意地悪そうに古いイワンにたずねた。

「そうすると、おれは何者になるというわけだろう？」

「ばかさ！」新旧いずれのイワンのものでもなく、特別顧問の低音《バス》にきわめてよく似た声が、どこからともなく、はっきりと聞こえてきた。

《ばか》という言葉にも、なぜか、イワンは腹を立てず、それどころか楽しそうな驚きとともに笑いを浮かべると、夢うつつに口をつぐんだ。眠りがイワンに忍び寄り、目の前には象の足みたいな棕櫚《しゅろ》がすでにちらつき、そのそばを、あの恐ろしい猫ではなくて陽気な猫が走りぬけ、要するに、いまにも眠りに落ちようとしていたそのとき、突如として窓格子が音もなく横に滑り、月光から身を隠すように神秘的な人影がバルコニーに現れて、指を突き出してイワンを威《おど》した。

イワンはいささかも驚くことなくベッドに身を起こし、バルコニーに一人の男がいるのを見た。そのとき、男は指を唇に押し当てて囁いた。

「しいっ！」

12　黒魔術とその種明かし

穴のあいた黄色い山高帽、チェックのズボンにエナメルの編上靴といったいでたち、赤紫の洋梨に似た鼻をした小柄な男がありふれた二輪の自転車に乗ってヴァリエテ劇場の舞台に登場した。フォックストロットの調べに乗って男はぐるりと舞台を一周し、それから自転車の前輪を持ちあげるようにして後輪だけで立つや勝利の喚声を発した。後輪だけでしばらく乗りまわしたあと、逆立ちの姿勢をとり、走りながら前輪をたくみに取りはずすと、それを舞台裏にほうりこみ、そのあとはペダルを両手でまわしながら車輪ひとつで舞台の上を走りつづけた。

そのつぎには、タイツをはき、銀色の星をちりばめたミニスカートのふとった金髪の女が高い金属の支柱のいちばん上にサドルのついた一輪車に乗って登場し、円を描きはじめた。女とすれ違いざま、男は歓迎の叫び声をあげると、片足で山高帽を頭から取った。

最後に、分別くさい顔をした八歳くらいの少年が登場し、巨大な自動車用のクラクシヨンをつけた小さな二輪車でおとなたちのあいだを動きまわりはじめた。

何度となく円を描いたあと、騒々しく打ち鳴らすオーケストラのドラムの響きに合わせて、この三人組は舞台のいちばん手前に向かって突進してきたので、三人が自転車もろともオーケストラ・ボックスに墜落するのではないかと思った観客はあっと叫び、前列で見ていた客などは身をのけぞらせたほどである。

しかし、前輪がいまや奈落の底、オーケストラ員の頭上に滑り落ちようとした瞬間に、自転車はぴたりととまった。三人の曲芸師は、「そうら！」と大きな掛け声をあげて自転車から跳びおり、お辞儀をし、金髪の女は観客に投げキスを送り、少年のほうはクラクションで滑稽な音を出した。

観客の拍手が建物を揺るがせ、青い幕が舞台の両袖から引かれて曲芸師たちの姿が見えなくなり、ドアのそばの《出口》と書かれた緑色の文字の明りが消えると、円天井の下に蜘蛛《くも》の巣のように張りめぐらされた空中ブランコの網目のあいだにあった太陽のように大きな白い電球に明りがともった。最後のプログラムの前の幕間となったのである。

ジュリー一家の絶妙な自転車の曲芸にいささかの興味もそそられなかったのは、経理部長リムスキイだけであった。ただ一人、彼は執務室に引きこもり、薄い唇を嚙んでいたが、その顔には、ひっきりなしに痙攣《けいれん》が走っていた。リホジェーエフの異常な失踪に加えて、まったく予想もできなかったことに、総務部長ヴァレヌーハまで行方不明となってしまったのだ。

ヴァレヌーハの行先はリムスキイにもわかっていたが、出かけて行き……それきり戻ってこなかったのである。リムスキイは肩をすくめて、つぶやくようにひとりごとを言った。

「それにしても、なぜなのか？」

それも奇妙なことではないか、経理部長ほど実務に長《た》けた人間なら、ヴァレヌーハの出向いたさきに電話をかけ、何が起こったのかを問い合わせるくらい、もちろん取るに足りないことだったはずなのに、夜の十時になるまで、その気にならなかったのである。

十時になって、リムスキイはようやく受話器を取り上げたのだが、電話が不通であるのを知ったのだった。この建物のほかの電話もすべて故障している、とメッセンジャーが報告してきた。これはもちろん不愉快だが、けっして、ありえなくもないこの出来事に、なぜか決定的な衝撃を受けると同時に、もう電話をかける必要がなくなったことを喜びもした。

経理部長の頭の上で赤い豆ランプがともり、点滅しはじめて幕間の開始を知らせたとき、メッセンジャーが入ってきて、外国人の魔術師が到着したことを告げた。なぜか顔をしかめ、それこそ雨雲よりも暗い表情になって、ほかには誰も迎えに出る者などいなかったので、経理部長は外国からきた客を出迎えに楽屋に向かった。

開演を告げるベルがすでに鳴り響いていた廊下から、物見高い連中があれやこれやと口実をつくっては楽屋を覗きに来ていた。楽屋には、派手なガウンをまとい、ターバンを巻きつけた手品師たち、白いニットのジャケットをはおったローラースケーター、ドーランをまっ白に塗りたくった道化役者、メーキャップ係などがいた。

仕立てもよくて、見たこともないほど長いフロックコート、それに顔の上半分を隠した黒い仮面で、遠来の高名な魔術師は居合わせたすべての人々を驚かせた。しかし、なによりも一同を驚かせたのは、黒魔術師の付き人、つまり、ひび割れた鼻眼鏡をかけ、チェックのジャケットを着たひょろ長い男とふとった黒猫で、この猫ときたら、うしろ足で立って楽屋に入ってくるなり、まったく無遠慮にどっかりとソファに腰をおろすと、メーキャップ用の大きな鏡の周囲についた小さな裸電球に、まぶしそうに目を細めたのである。

リムスキイは無理に微笑を浮かべようと努力したが、そのためにかえって怒ったような渋面になり、猫と並んで黙ってソファに腰をおろした魔術師と挨拶をかわした。握手は抜きだった。そのかわり、チェックの男は打ちとけた物腰で、「私はアシスタントです」と自己紹介した。これには経理部長も度胆を抜かれ、またしても不愉快になったが、契約書にはアシスタントのことなど一言も触れていなかったからだ。

いきなり降ってわいたみたいなこのチェックの男に、リムスキイはごくぞんざいで、そっけない口調で、魔術師の小道具はどこにあるのかとたずねた。

「この世のものとも思われぬ美しいダイヤモンドのようなあなた、われらの敬愛する経理部長さん」と魔術師のアシスタントは声を震わせながら答えた。「必要な小道具はいつだって手もとにありますよ。ほら、ご覧なさい！　一《アイン》、二《ツヴァイ》、三《ドライ》！」それから、リムスキイの目の前で節くれだった指をぐるりとまわすと、たったいままで、ボタンをかけたジャケットの下のチョッキのポケットに入っていて鎖をボタン穴に通していたはずのリムスキイの金時計を、突然、猫の耳のうしろから鎖ごと取り出した。

リムスキイは思わず腹に手をやり、そこに居合わせた人々はあっと声をあげ、ドア越しに覗きこんでいたメーキャップ係は満足そうに咳ばらいをした。

「あなたの時計ですね？　どうぞ、お受けとりください」平然と微笑を浮かべながらチェックの男は言い、呆気《あっけ》にとられているリムスキイの汚れた掌に時計を差し出した。

「あんなやつと電車に乗り合わせるのはごめんだな」と道化役者は声をひそめ、愉快そうにメーキャップ係に囁いた。

しかし猫のほうは、他人の時計を盗むよりももっとすばらしい芸を披露した。不意にソファから立ちあがると、うしろ足で立って鏡台に歩み寄り、前足で水差しの栓を抜いてコップに水を注ぎ、それを飲みほすと、栓をもとに戻し、それからメーキャップ用の布切れでひげを拭ったのである。

今度は、あっと声をあげる者とてなく、ぽかんと口を開けているだけだったが、メーキャップ係はうっとりとしてつぶやいた。

「いや、これはおみごと！」

このとき三度めのベルがあわただしく鳴り響くと、誰もが興奮し、これからはじまる興味深い出し物に胸をときめかせながら楽屋からとび出して行った。

一分後に観客席の明りが消え、フットライトがともり、赤みがかった光が幕の下に投げかけられると、照明の当たった幕の隙間から観客の前に現れたのは、汚れたワイシャツによれよれのフロックコートを着こんだ、よくふとり、ひげをきれいに剃《そ》りあげ、子供のように愛想のよい男だった。モスクワでは誰知らぬ者とてない有名な司会者ジョルジュ・ベンガリスキイである。

「さて、みなさん」あどけない微笑を浮かべながら、ベンガリスキイは口を切った。「これから登場いたしますのは……」ここでベンガリスキイはひと息入れ、語調を変えて話しだした。「第三部を迎えるにあたって、お客さまの数がいっそう増えられたようですね？　ここには今日、モスクワの半分が来ていらっしゃいます！　じつは数日前、ある友人に会いまして、「どうして劇場に来ないのかね？　昨日はモスクワの半分が来ていたのに」と言ってやりました。すると、友人は答えました。「だって、ぼくは別の半分に住んでいるのでね！」と」ベンガリスキイは爆笑が起こるのを期待して、ここで間をおいたが、誰も笑いだす者がいなかったので、さきをつづけた。「……それでは、ご紹介いたします、はるばる外国からこられた有名な魔術師、ムッシュー・ヴォランドの黒魔術ショーをお楽しみください！　さよう、みなさまもご承知のとおり」と言いかけて、ベンガリスキイはもったいぶった微笑をもらした。「この世には魔術などというものはけっして存在しません、それは迷信以外のなにものでもありません、ただ、名人ヴォランドは手品の最高の技術を究められているだけでありまして、それはもっとも興味をそそられる場面、つまり、その技術の種明かしの場面から明らかとなるでしょう、私どもは一人残らず、技術とその種明かしの味方であります、というわけで、ヴォランド氏、ご登場願いましょう、どうぞ！」

このような愚にもつかぬことを長々と述べたてたあと、ベンガリスキイは両手の掌を合わせ、歓迎するように幕の隙間に手を振ると、幕はかすかに音を立てながら左右に開いた。

ひょろ長いアシスタントと二本足で舞台を歩く猫を従えて魔術師が登場すると、観客の顔には、このうえない満足そうな表情が浮かんだ。

「椅子を」とヴォランドが低い声で命令すると、すぐさま、どこからどうやって現れたのか肘掛椅子が舞台に現れ、魔術師はそれに腰をおろした。「ところで、教えてくれないか、ファゴット」どうやら《コロヴィエフ》という名前のほかに、別の名前ももっているらしいチェックの道化役にヴォランドはたずねた。「きみはどう思う、モスクワの市民はかなり変わったのじゃないかね？」

いきなり宙から肘掛椅子が現れたのに驚き、しんと静まりかえった客席を、魔術師はちらりと見やった。

「確かにそうですね、ご主人」とコロヴィエフ＝ファゴットは低い声で答えた。

「そのとおりだ。市民はひどく変わった……外見の話だがね、もっとも、この都会そのものも変わった。服装については言うまでもないが、あれまで出現したのだから……なんと言ったか……路面電車、自動車……」

「バスも」と敬意を表しながらファゴットはつけ加えた。

これが魔術の前奏曲と思いながら、観客はこのやりとりに注意深く耳を傾けていた。

舞台裏には芸人や道具方などがぎっしり詰めかけていたが、そこには、緊張のあまり蒼白になったリムスキイの顔も見えていた。

舞台の袖に控えていたベンガリスキイの顔に、ためらいの色が浮かびはじめた。いくぶん眉を吊りあげると、間を利用して口を切った。

「外国からこられた魔術師は、モスクワの技術面での進歩とモスクワ市民に感嘆の意を表明しておられます」ここでベンガリスキイは、最初は一階席に、つづいて桟敷席に向かって、二度、微笑を浮かべて見せた。

ヴォランド、ファゴット、それに猫は司会者のほうに顔を向けた。

「いったい、感嘆の意を表明したかね？」と魔術師はファゴットにたずねた。

「そんなことはありません、ご主人、いささかも感嘆の意など表明なさってはおられません」とファゴットは答えた。

「それでは、あの男は何を言っているのだね？」

「口から出まかせを言っているだけです！」チェックのアシスタントは劇場全体に響く声で答え、それからベンガリスキイのほうを向いて、つけ加えた。「まったく、あんたは嘘つきだ！」

桟敷席からは忍び笑いが起き、ベンガリスキイはぎくりと身震いして目を剝いた。

「しかし、もちろん私に興味があるのは、バスとか電話とかいったような……」

「機械！」とチェックの男がそっと囁いた。

「まったく、そのとおり、ありがとう」魔術師は重々しい低音《バス》でゆっくりと言った。「そんなものよりはるかに重要な問題は、ここの市民の内面が変わったかどうかということだ」

「そうです、それがもっとも重要な問題です、ご主人」

舞台裏にいた人々は顔を見合わせたり、肩をすくめたりしはじめ、ベンガリスキイは顔をまっかにして立ちつくし、リムスキイの顔は蒼白になった。しかしこのとき、ただならぬ不安な雰囲気が生じはじめているのを察したかのように、魔術師は言った。

「しかし、どうやらおしゃべりが過ぎたようだな、ファゴット、お客さまが退屈しはじめている。手はじめに、なにか簡単なものでも見せてもらおうか」

ほっとしたように、客席はざわめきだした。ファゴットと猫はフットライトに沿って左右に別れた。ファゴットが指を鳴らし、勢いよく叫んだ。

「三、四！」宙にほうりあげた一組のトランプをつかむと、カードを切ってから、一枚一枚、つづけざまにテープのように猫に向かって投げた。それを受けとるや、猫は同じようにして投げ返した。トランプのカードは光る蛇のようにしゅっと音を立てながら切れ目なく弧を描いて飛び、ファゴットは雛鳥みたいに口を開けて、カードを一枚また一枚と、すっかり呑みこんだ。

これが終わると、猫は右足をうしろに引くようにしてお辞儀をし、万雷の拍手喝采を浴びた。

「ブラヴォー、ブラヴォー!」舞台裏では熱狂した喚声があがった。

ファゴットは一階席の前のほうを指さし、大声で言った。

「尊敬する観客のみなさま、ただいま、あのトランプは七列めのパルチェフスキイ氏の財布のなか、ちょうど三ルーブル紙幣と前夫人のゼルコワさんにたいする養育費支払いに関する裁判所の召喚状のあいだにはさまれております」

一階席がざわめきはじめ、腰を浮かしはじめた者もいたが、ついに、確かにパルチェフスキイという名の紳士が驚きのあまり顔をまっかにし、財布からトランプを取り出すと、どうしたらよいかわからぬまま、それを宙に突きあげた。

「トランプは記念に取っておいてください!」とファゴットは叫んだ。「昨日、夕食のときにおっしゃっていたではありませんか、ポーカーがなかったらモスクワでの生活はまったくやりきれなくなるだろう、とね」

「よくある手だ」と桟敷席から声がかかった。「一階席のあの男はぐるになっているのだ」

「そうお考えですか?」ファゴットは目を細くして桟敷席を見ながら、声をはりあげた。「それでしたら、あなたもぐるになりますよ、なぜって、トランプはあなたのポケットのなかにあるのですから!」

桟敷席が揺れ動き、嬉しそうな声があがった。

「本当だ! あったぞ! ほら、ここだ……待てよ! これは十ルーブル札じゃないか!」

一階席にすわっていた客たちがふり返った。桟敷席で落ちつきを失った一人の男が、ポケットに銀行で見かける札束の包みを発見したが、それには《一千ルーブル》と書かれていた。

近くの席にいた観客が男のほうに殺到し、当人はいぶかしげに包みを爪でこじあけ、それが本物の十ルーブル紙幣なのか、それとも魔法の紙幣なのか、と確かめようとしていた。

「間違いない、本物だ! 十ルーブル札だ!」と桟敷席からおどけたような叫び声があがった。

「そいつを私にもやってくれよ!」一階席の中央あたりにいたふとった客が、調子づいて頼んだ。

「喜《アヴェク・プレジール》んで！」とファゴットは答えた。「それでも、あなたお一人だけに？　みなさま全員に参加していただきましょう！」そして号令をかけた。「上をご覧ください！……一！」手にピストルが現れ、ファゴットは叫んだ。「二！」ピストルが高く持ちあげられた。彼は叫んだ。「三！」閃光とともに銃声が響き、それと同時に、円天井から空中ブランコの網の目をくぐり抜けながら白い紙幣が客席に落下しはじめた。

白い紙幣はひらひらと舞い、あちらこちらに散りながら桟敷席に舞い降り、オーケストラ・ボックスや舞台に落ちてきた。ほどなくして、紙幣の雨はいっそう強く降りしきり、客席にまで落ち、観客たちは紙幣をつかみとろうとしはじめた。

何百という手が高く上げられ、観客たちは照明の当たった舞台に紙幣を透かしてみて、透かし模様も正真正銘、まちがいのないことを確認した。匂いもまた、いささかの疑いの余地もなく、比類のない印刷したばかりの紙幣の匂いだった。最初ははなやいだ祝祭気分、つぎには驚きの雰囲気が劇場全体を支配した。いたるところで、「十ルーブル札、十ルーブル札」という言葉が低くざわめき、「ああ、ああ！」と叫ぶ声や楽しげな笑い声が聞かれた。通路に四つん這いになり、座席の下を手探りしている者もいた。ほとんどの客は座席の上に立ちあがって、ひらひらと舞い落ちてくる紙幣をつかまえようとしていた。

警官たちの顔には徐々に疑惑の色が浮かび、芸人たちは無遠慮に舞台の袖から顔を突き出しはじめた。

二階正面席で声があがった。「何をするんだ？　これは私のものだ、こちらに飛んできたんだ！」つづいて別の声。「そんなに押すなよ、こうしてやる！」そして突然、頬に平手打ちを浴びせる音。すぐさま警官のヘルメットが現れ、二階正面席から一人の男が連れ出された。

とにかく、劇場の興奮はいやがうえにも増大し、ファゴットがいきなり宙に向かってひと吹き息を吐きかけて紙幣の雨を中止させなかったなら、事態はどうなっていたか知れたものではない。

若い男が二人、意味ありげな視線をかわすと、浮き浮きした態度で席を立ち、わき目もふらずにビュッフェに向かった。劇場はどよめき、どの観客の目も興奮でぎらぎらと輝いている。そう、確かに、ベンガリスキイが勇気をふるい起こして舞台に登場しなかったなら、事態はどうなっていたか知れたものではなかったに相違ない。自分を抑えようと最大の努力を傾けながら、ベンガリスキイはいつもの癖で両手をすり合わせ、よく徹る声をはりあげて、話しはじめた。

「さて、みなさま、ただいま、いわゆる集団催眠術の一例を目にしたところでありま す。これは、魔術にはいかなる奇蹟も存在しないことを、なによりもよく証明する純粋に科学的な実験にほかなりません。ここでマエストロ・ヴォランドに、この実験の種明かしをお願いしましょう。みなさま、これから、あたかも紙幣のように見えたものが現れたときと同じように、突然、消え失せるようすをご覧いただきましょう」

そこで、ベンガリスキイは拍手をはじめたが、それに呼応して拍手を送る者は誰もいなかったので、顔には確信にみちた笑いが浮かんではいたものの、目には確信の影すらなく、むしろ哀願に近い表情があるばかりだった。

ベンガリスキイのおしゃべりは観客には気に入らなかった。完全な沈黙が訪れ、それを破ったのは、チェックのファゴットの発言であった。

「またしても、いわゆるでたらめの一例です」とファゴットは山羊《やぎ》の鳴き声のように甲高い声で宣言した。「みなさん、紙幣は本物です！」

「ブラヴォー！」どこか高いところで、低音《バス》ががなりたてた。

「それはそうと、この男には」ファゴットはベンガリスキイを指さした。「もう、うんざりです。頼まれもしないのに、しきりにしゃしゃり出ては口から出まかせな注釈をつけて、せっかくの出し物を台なしにするのですからね！　この男をどうしたものでしょうか？」

「首を引っこ抜いてやれ！」天井桟敷から誰かが手きびしく言った。

「なんとおっしゃいました？　え？」すぐさま、ファゴットはこの乱暴な提案に応じた。「首を引っこ抜く？　これは名案だ！　ベゲモート！」と猫に向かって叫んだ。「やれ！　一《アイン》、二《ツヴァイ》、三《ドライ》！」

すると、まったく信じがたいことが発生した。毛を逆立たせた黒猫が不気味な唸り声をあげた。それから全身を丸めると、ひらりと豹《ひょう》のようにベンガリスキイの胸に躍りかかり、そこから頭に跳び移った。猫は咽喉《のど》を鳴らしながら、ふっくらとした前足で司会者の薄い頭髪にしがみつき、おぞましい唸り声を発すると、頭を二回ひねって、ふとった首のつけ根から引っこ抜いた。

劇場にいた二千五百人ほどの観客は一斉に悲鳴をあげた。切り裂かれた頸動脈からほとばしった血が噴水のように噴きあがり、ワイシャツの胸当てやフロックコートを赤く染めた。首のない胴体はなぜか意味もなく両足をばたつかせ、床にすわりこんだ。客席からは、女たちのヒステリックな叫び声が聞こえた。その首を猫から手渡されたファゴットは、その髪の毛をつかんで持ちあげて観客に示したが、劇場全体に向かって、首は死にもの狂いで絶叫した。

「医者を呼んでくれ！」

「くだらんおしゃべりを、まだやめないつもりか？」泣きわめいている首に、ファゴットは脅すようにたずねた。

「もう、いたしません！」と首はしわがれ声で答えた。

「お願い、その人を苦しめないで！」突然、喧騒を圧倒するようにボックス席から女の声が響きわたり、魔術師はその声のほうに顔を向けた。

「それでは、みなさん、この男を許すといたしますか、いかがです？」とファゴットは客席に向かってたずねた。

「許して！　許してあげて！」最初はばらばらに、もっぱら女たちの声があがり、やがて男たちの声もそれに唱和した。

「いかがいたしましょう、ご主人？」とファゴットは仮面をつけた魔術師に聞いた。

「まあ、よかろう」と魔術師は物思わしげに答えた。「誰だってごく普通の人間だ。お金には目がないのだが、それはいつの時代だってそうではなかったか……人間はお金が好きで、革であれ、紙であれ、ブロンズであれ、黄金であれ、なんでできていようが、お金が好きなのだ。要するに、浅はか……まあ、それもよかろう……ときには慈悲を心に覚えることもあるものだ……ごく普通の人間なのだから……おおよそのところ、昔の人間と少しも変わってはいない……ただ、住宅問題が市民をだめにしているだけの話だ……」それから、大声で命令した。「首をもとに戻してやれ」

できるだけ正確に狙いを定めて猫が首のつけ根に頭をかぶせると、あたかも首と胴体が一度も離れたことなどなかったかのように、すっぽりともとの場所に収まった。しかも肝心なのは、首筋にかすり傷ひとつ残っていなかったことだ。ベンガリスキイのフロックコートとワイシャツの胸を猫が前足で撫でると、血の跡は消え失せた。ファゴットはすわりこんでいるベンガリスキイを抱きかかえるようにして立たせ、フロックコートのポケットに十ルーブル紙幣の束を突っこんで、舞台から追い立てながら言った。

「とっとと失せやがれ！　おまえなんかいないほうが、せいせいする」

意味もなくあたりを見まわし、よろよろしながら、ようやく消火器置場までたどりついたとき、司会者のベンガリスキイは気分が悪くなり、しゃがみこんでしまった。哀れっぽく叫んだ。

「ぼくの頭、頭！」

リムスキイがほかの人々とともに司会者のところに駆け寄った。彼は泣きじゃくり、両手で虚空になにかをつかもうとしながら、つぶやいていた。

「ぼくの頭を返してくれ！　頭を返してくれ！　アパートもくれてやる、絵もくれてやる、だから、頭だけは返してくれ！」

メッセンジャーが医者を呼びに駆けだして行った。楽屋のソファに寝かせつけようとしたが、ベンガリスキイはそれに逆らって暴れまわった。救急車を呼ばなければならなくなった。不幸な司会者が運び去られたとき、リムスキイは舞台に駆け戻ったが、新たな奇蹟が発生しているのを目撃した。そう、そういえば、ちょうどこのときか、それとも少し前のことか、とにかく魔術師は色のあせた肘掛椅子とともに舞台から姿を消してしまい、しかも言っておかねばならないのは、ファゴットが舞台でくりひろげる絶妙な奇術に夢中になっていたために観客はこれにまったく気づかなかったことである。

受難の司会者を追い出すと、ファゴットのほうは観客に向かって、こう宣言した。

「あの男にお引き取り願ったいま、今度は女性向けのお店を開くことにしましょう！」

するとすぐさま、舞台の床にペルシア絨毯《じゅうたん》が敷きつめられ、両脇から緑色がかった細長い光を放って輝く電燈に照らされた巨大な鏡、そして鏡と鏡のあいだにガラス製のショーケースが出現し、そのなかには、さまざまな色彩とデザインをしたパリ仕立ての婦人服があり、それを目にした観客は驚嘆のあまり、ため息をもらした。別のショーケースには羽根がついていたり羽根がついていなかったり、留金があったりなかったりといった何百という婦人帽、それに黒や白や黄色、革や繻子《しゅす》やスエードでできた革紐や宝石つきの何百という靴が現れた。靴のあいだには、クリスタルの香水壜、バックスキンやスエード、絹のハンドバッグの山、堆《うずたか》く積みあげられた鋳金の細長い口紅のケースがある。

そこへ突然、黒いイブニングドレスを着た若い女、首筋に奇妙な傷痕さえなければ一点の非の打ちどころもない美女がどこからともなく姿を現し、ショーケースのそばで、少しも物怖《ものお》じしない態度でにっこりと笑った。

愛想のよい微笑を浮かべながら、女性のみなさまのお召しになっている洋服や靴すべてを、パリ仕立ての洋服や靴と無料で交換いたします、とファゴットは宣言した。ハンドバッグや香水、その他のものについてもまったく同様であります、ともつけ加えた。猫のほうは、うしろ足の踵《かかと》を軽く合わせてお辞儀をしながら、前足で、門番がドアを開けるときにするような身振りをした。

若い女は少しかすれ気味だが、なかなか甘ったるい声で、舌足らずな言いかたをしたのでよく理解できなかったものの、一階席にいた女たちの顔から判断すると、きわめて誘惑的な文句を並べはじめた。

「ゲラン、シャネルの五番、ミツコ、黒水仙、イヴニングドレス、カクテルドレス……」

ファゴットは媚びるように何度も腰を屈め、猫は頭をさげ、若い女はガラスのショーケースを開けた。

「どうぞ！」とファゴットは声をはりあげた。「ご遠慮なく、お気軽にどうぞ！」

観客はそわそわしはじめたが、しばらくは誰一人、舞台に進み出る決心がつかなかった。しかしついに、ブリュネットの女が一階席の十列めから出てくると、まったく平気で、そもそも他人のことなど歯牙にもかけていないとでも言わんばかりに微笑を浮かべながら通路を通り、脇の階段から舞台に昇った。

「ブラヴォー！」とファゴットが叫んだ。「ようこそ、最初のお客さま！　ベゲモート、椅子を！　靴からはじめましょう、マダム！」

ブリュネットの女が肘掛椅子に腰をおろすと、ファゴットはすぐさま足もとの絨毯の上に靴を山のように積み上げた。

ブリュネットの女は履いていた右の靴を脱ぎ、藤色の靴に足を突っこんで寸法を合わせると、絨毯の上で足を踏みしめて踵のあたりをじっと眺めた。

「きつくないかしら？」と物思わしげに彼女はたずねた。

これには感情を害されたみたいに、ファゴットは声を張りあげた。

「何をおっしゃいます、とんでもない！」猫は猫で、侮辱されたように鳴いてみせた。

「これをいただきますわ、ムッシュー」ブリュネットの女は左足に靴を履きながら、もったいぶって言った。

ブリュネットの女の履き古した靴はカーテンの向うに投げ捨てられ、それを追うみたいに、何着かの流行のドレスを肩にかけたファゴットと赤毛の女にともなわれて彼女もカーテンのうしろに歩み去った。猫はかいがいしく世話を焼き、いっそうもったいをつけるために巻尺を首からぶらさげたりした。

一分後に、カーテンのうしろからブリュネットの女が戻ってきたが、一階席全体に、思わずため息がもれたほどのドレスを身にまとっていた。勇気があり、いまは驚くほど美しくなった女は鏡の前で立ちどまり、むき出しの肩を軽く動かし、うしろ髪を撫でつけてから、背中を鏡に映してみようと身体《からだ》をねじった。

「わが社からの記念に、これをお受けとりください」とファゴットは言い、香水壜の入ったケースをブリュネットの女に差し出した。

「ありがとう《メルシー》」とブリュネットの女は横柄に答え、階段をつたって一階席に降りた。彼女が通路を歩いていくあいだ、観客は席から立ちあがってケースに手を触れてみた。

そしてこのとき、ついに我慢できなくなった女たちが四方から舞台にどっと殺到した。興奮の坩堝《るつぼ》と化した劇場全体にどよめく話し声、忍び笑い、ため息にまじって、「わしは許さんぞ！」という男の声、つづいて、「わからず屋の俗物、手を放して！」という女の声があがった。女たちはカーテンの向うに消え、いままで着ていたドレスを脱ぎ捨て、新しいのを身につけて出てきた。金メッキをほどこした脚のついた小さな椅子にずらりと並んですわっている女たちは、新しく履きかえた靴で力まかせに絨毯を踏み鳴らしていた。ファゴットは跪《ひざまず》き、金属製の靴べらを使って靴を履かせ、猫のほうはハンドバッグや靴を山のように抱え、ふうふう言いながらショーケースと椅子のあいだを何度となく往復し、首筋に傷のある若い女は現れたかと思うと姿を消し、いまやもっぱらフランス語だけでまくしたてていたが、驚いたことに、女たちは一人残らず、それこそフランス語など一言も知らない者たちまでも、若い女が口を開くや、たちどころにフランス語を理解できたのであった。

突然、舞台に駆けのぼった一人の男には、観客一同が驚きの色を浮かべずにはいられなかった。その男は、妻がインフルエンザにかかって来られなかったので、妻にかわってなにかいただくわけにはゆかないかと言った。実際に妻帯者であることを証明するパスポートを見せようとまでした。この思いやりのある夫の申し出は満場の爆笑をもって迎えられたが、パスポートなど見せなくても信用できる、とファゴットは叫んで、絹のストッキング二足を男に渡し、猫は猫で、口紅のケースを一個つけ加えた。

おくれをとった女たちは舞台めがけて突進し、舞台からはイブニングドレス、竜の刺《し》繍《しゅう》の入ったパジャマ、格調の高い礼服などを着、帽子を傾けて目深くかぶった幸福そうな女たちがつぎからつぎと流れるように降りてきた。

そのとき、もう時間も遅いので、ちょうど一分後には明晩まで閉店しますとファゴットが宣言したため、舞台上では、信じられないほどの騒ぎがもちあがった。女たちはあわてふためき、サイズを合わせようともせず、手当りしだいに靴を奪い合った。一人の女などは疾風のようにカーテンの向うに駆けこむや、着ていた服を急いで脱ぎ捨て、手近にあった大きな花柄の絹のガウンを引っつかみ、そのうえ香水の壜を二つ手に入れることも忘れなかった。

きっかり一分後にピストルの銃声が響き、鏡は消え、ショーケースと椅子も姿を消し、絨毯はカーテンと同じように宙に溶け去った。最後に消え失せたのは、堆く積みあげられた古い洋服と靴の山で、かくして、ふたたび舞台はなにもない厳粛な空間となった。

このとき、新たな登場人物がこの場に介入してきた。

快く響き、このうえなく執拗なバリトンが二番ボックス席から聞こえたのである。

「それでもやはり、お願いしたい、いますぐ観客の前で、手品の種明かしをしてもらいたい、とりわけ紙幣の手品の種明かしを。それからもうひとつ、司会者を舞台に呼び戻してほしい。あの司会者の運命を観客は心配しているのだ」

バリトンの声の主は、今夜の特別招待客、モスクワ市劇場音響委員会議長のアルカージイ・セムプレヤーロフにほかならなかった。

セムプレヤーロフは二人の女性とともにボックス席に収まっていたが、一人は高価な流行のドレスを身にまとった年配の女性で、もう一人のほうは、もっと質素な身なりの若くて美しい女性である。最初の女性は、のちに調書作成の際に明らかになったとおりセムプレヤーロフの妻で、二人めは遠い親戚にあたる娘、サラトフから出てきて、夫妻のアパートに住みこんでいる前途有望な新進女優であった。

「失礼《パルドン》！」とファゴットが答えた。「申しわけありませんが、ここには種明かしするものなどありません、なにもかも明らかなのですから」

「いや、失礼！　種明かしがぜひとも必要だ。それでないと、この絶妙な魔術もやり切れない印象を残すばかりだ。観客のみなさまが説明を要求なさっている」

「観客のみなさまはなにも要求なさっていらっしゃらないようですが」厚かましい道化役がセムプレヤーロフをさえぎった。「しかし、心から尊敬するあなたのご希望を受け入れて、セムプレヤーロフさん、よろしい、種明かしを披露いたしましょう。ただし、そのために、もうひとつ、ほんのささやかなプログラムをお見せするのを許していただけますか?」

「もちろん、結構」とセムプレヤーロフは鷹揚《おうよう》に答えた。「ただし、種明かしはけっして忘れないように!」

「いいでしょう、いいでしょう。それでは、おたずねしますが、昨晩、どこにいらっしゃいました、セムプレヤーロフさん?」

このように場ちがいな、しかも、おそらくは礼節をわきまえてすらいない質問に、セムプレヤーロフの顔色は変わり、それも驚くほど激変した。

「昨晩、主人は音響委員会の会議に出ておりましたわ」とセムプレヤーロフ夫人がすこぶる尊大な口調で言明した。「けれど、そのことが魔術とどういう関係があるのか、私にはわかりませんね」

「そ《ウ》うです《イ》。奥さま《マダム》!」とファゴットがうなずいた。「おわかりにならないのも当然です。会議については完全に思い違いをなさっています。まず、ついでに言っておきますと、その会議とやらは昨日は開かれる予定がありませんでしたが、ともかく会議に出かけられたご主人は、チーストゥイエ・プルドゥイ街の音響委員会の建物の前で運転手を引き返させ(劇場全体が静まり返った)、ご自分はバスに乗り継いで、エロホフスカヤ通りにある地方巡業劇団の女優ミリッツァ・ポコバチコのアパートを訪れ、そこで四時間ほど過ごしたのです」

「おお!」完全な静寂を破って、誰かが沈痛な叫び声をあげた。

セムプレヤーロフの遠縁に当る若い娘は、突然、気味の悪い低い声で笑いはじめた。

「これで、すっかりわかったわ!」と若い娘は絶叫した。「もうずっと前から怪しいとにらんでいたの。これではっきりしたわ、どうしてあんな大根がルイーザの役に抜擢《ばってき》されたのかが!」

それから彼女は、いきなり短くてふとい藤色のパラソルを振りまわして、セムプレヤーロフの頭を殴りつけた。

卑劣なファゴット、つまりコロヴィエフでもある男は甲高く叫んだ。

「さて、尊敬するみなさま、セムプレヤーロフ氏があれほど執拗に求めておられました種明かしの一例がこれでございます!」

「このお転婆《てんば》娘、よくも主人をひっぱたけたわね」ボックス席に巨大な全身を見せながら立ちあがって、セムプレヤーロフ夫人が脅すように言った。

遠縁の若い娘は悪魔のような二度めの短い笑いの発作にとらわれた。

「ほかの人ならともかく」と彼女は笑いながら答えた。「この私には、ひっぱたく権利があるのよ!」そこでもう一度、セムプレヤーロフの頭を打つパラソルの鈍くはじけるような音が響いた。

「警官を呼んで！　この女を捕まえて！」とセムプレヤーロフ夫人は、恐ろしい声で叫び、その声に多くの人々の心臓が凍りついたほどだった。

そのうえ、猫までがフットライトのそばに跳び出して、突然、劇場じゅうに聞こえる人間の声で喚いた。

「今晩のショーはこれにて終了！　指揮者！　マーチを大急ぎでやっつけてくれ！」

呆気にとられた指揮者が、何をしているのか自分でもわからぬまま指揮棒を振りおろすと、オーケストラが鳴りはじめはしたものの、それは演奏どころか、楽器を鳴らすとか弾くとかいったものですらなく、まさしく猫の嫌らしい表現どおり、支離滅裂で、誰も聞いたことのないような途方もないマーチを大急ぎでやっつけはじめたのである。

一瞬、いつだったたか、南国の星空の下の音楽喫茶店《カフェ・シャンタン》ででも聞いたような、このマーチにつけられたなにかわけのわからぬ曖昧ではあるが勇ましい歌詞が思い出された。

陛下のお好きなものは
籠の鳥
だからいつもおそばに囲っているのは

美しい娘っ子たち！

だが、もしかすると、この音楽につけられていたのはこんな歌詞ではなくて、なにか極端に不穏当な別の歌詞だったのかもしれない。それはどうでもよいことで、重要なのは、これらすべてのあとに、ヴァリエテ劇場ではバベルの建塔を思わせる大騒動がもちあがったことだ。セムプレヤーロフのボックス席に警官が駆けつけ、柵には物見高い連中がよじのぼり、オーケストラの打ち鳴らすシンバルの金属質の音にかき消されながらも、地獄さながらの笑いの爆発、すさまじい悲鳴が聞こえたのである。

そして突然、舞台はからっぽになり、ペテン師のファゴットも、厚かましい猫のベゲモートも宙に溶け、色あせた革張りの肘掛椅子にすわっていた魔術師がさきほど消えたのと同じように消えてしまった。

13　主人公の登場

ところで、脅すようにイワンに指を突きつけ、「しいっ！」と見知らぬ男は囁いた。

イワンはベッドから足をおろし、じっと目を凝らした。バルコニーから警戒するように室内を覗きこんでいたのは、きれいにひげを剃《そ》りあげ、黒い髪にとがった鼻、不安げな目つき、額に前髪を垂らした三十八歳くらいの男であった。

イワンがひとりきりなのを確かめると、しばらく耳を澄ましていたが、覚悟を決めて、謎の訪問者は室内に足を踏み入れた。そこで、入ってきた男が院内服を身につけているのにイワンは気づいた。パジャマ姿で素足にスリッパをはき、茶色のガウンを肩にはおっていたのである。

訪問者はイワンに目配せをして、ポケットに鍵束をしまいこむと、「すわってもよろしいですか？」と囁くように問いかけ、相手がうなずくのを見て、肘掛椅子に腰をおろした。

「どうやって、こちらに？」脅すように突き出されたしなびた指の合図に従って、声をひそめて、イワンはたずねた。「だって、バルコニーの格子には錠がかかっているでしょう？」

「もちろん、格子には錠がかかっていますよ」と客は認めた。「確かに、プラスコーヴィヤは感じのよい人ですが、なにしろ、そそっかしい人でしてね。ひと月前に、私は鍵の束をあの准医師から盗み取ったのです、そういうわけで、共同バルコニーには出られますし、バルコニーはこの階をぐるりと取り囲んでいますので、こうして、ときにはお隣さんを訪ねることもできるのです」

「バルコニーに出られるのでしたら、ここから逃げ出すことだってできるわけでしょう。それとも、ここは高すぎて、逃げ出せないですか？」とイワンは興味をそそられてたずねた。

「いいえ」と客はきっぱり答えた。「ここから逃げ出さないのは、高すぎるからではなくて、どこにも逃げ場がないからです」それから少し間をおいて、つけ加えた。「だからこそ、私たちはここにいるわけでしょう？」

「そうですね」ひどく不安そうな相手の茶色の目を覗きこむようにしながら、イワンは答えた。

「なるほど……」このとき、客は不意に心配そうになった。「ところで、狂暴性患者ではないでしょうね？　いや、まったく、ありとあらゆる騒音、騒動、暴力、およそそういったたぐいのものに我慢ならないのですよ。なによりも私が憎んでいるのは人間の叫び声で、それが苦しみにみちたものであれ、怒り狂ったものであれ、とにかく叫び声はいやなのです。安心させてください、まさか狂暴性ではないのでしょう？」

「昨日、レストランで、いやなやつの面《つら》をぶん殴ってやりました」がらりと態度を変えて、詩人は男らしく打ち明けた。

「理由は？」と客はきびしく問いただした。

「そう、じつを言うと、これといった理由もなしに」いくぶん当惑して、イワンは答えた。

「醜態だ」と客はイワンをきめつけ、それからつけ加えた。「そればかりではない、面をぶん殴ってやるなんて、なんという言葉づかいをするのです？　人間についているのが面か、それとも顔なのか。まあ、やはり顔というべきでしょう。だから、いいですか、拳固でもって……いや、もう二度と、そんなことをしてはいけません」

このようにイワンをいましめておいて、客はたずねた。

「ご職業は？」

「詩人です」なぜか気の進まぬように、イワンは答えた。

客は落胆した。

「ああ、なんてついていないのだろう！」と絶叫したが、すぐに気づいて許しを乞い、それからたずねた。「それで、お名前は？」

「〈宿なし〉のイワン」

「やれ、やれ……」客は顔をしかめて言った。

「それでは、私の詩が気に入らないのですか？」

「ひどく気に入りませんね」

「どんな詩をお読みになったのです？」

「あなたの詩はなにひとつ読んでいません！」と客は神経質そうに叫んだ。

「それでは、どうしてそんなことが言えるのです？」

「それは、言えますよ」と客は答えた。「私だって、ほかの詩人のものは読んでいますからね。もっとも……あなたの場合は奇蹟的に違うとおっしゃるのですか？　いいでしょう、信じることにします。自分の詩はよいものだ、と言いきれますか？」

「ひどいものです！」突然、イワンは率直に断言した。

「もう、書くのはおよしなさい！」と来訪者は懇願するように言った。

「約束します、誓います！」とイワンは厳粛に言った。

この誓いは握手によって確認されたが、このとき、静かな足音と話し声が廊下から聞こえてきた。

「しいっ」と客は囁き、バルコニーにとび出して格子を閉めた。

プラスコーヴィヤが病室を覗きこみ、気分はいかがですか、眠るときには暗くしたほうがよいか、それとも明りをつけたままがよいのでしょうか、とイワンにたずねた。明りを残しておいてほしいとイワンが頼むと、おやすみなさいと言って、プラスコーヴィヤは立ち去った。すべてが静まり返ったとき、客がふたたび戻ってきた。

客は声をひそめて、一一九号室に新しく運びこまれたよくふとった赤ら顔の患者は、始終、なにやら換気口で発見されたドル紙幣のことをつぶやき、サドーワヤ通りの自分のアパートには悪魔が住みついたと言いはっている、とイワンに告げた。

「プーシキンのことをぼろくそに罵り、『クロレーソフ、アンコール、アンコール!』とひっきりなしに叫んでいるのですよ」と客は不安げに顔をしかめながら語った。心が静まると、腰をおろして、言った。「もっとも、そんなことはどうでもよいのですが」さきほど中断されたイワンとの話に戻った。「それで、どうしてここに入れられたのです?」

「ポンティウス・ピラトゥスのせいです」陰鬱そうに床を見て、イワンは答えた。

「なんですって?」これまでの用心深さを忘れて客は大声で叫び、あわてて手で口を押えた。「驚くべき一致! お願いです、お願いです、話してください!」

なぜか、この見知らぬ男に信頼感を覚えたイワンは、最初のうちこそ、おずおずと、口ごもりながらではあったが、やがて覚悟を決めて、パトリアルシエ池で起こった昨日の一件を物語りはじめた。そう、この謎めいた鍵泥棒に、イワンはうってつけの聞き役を見いだしたのである。客はイワンを狂人扱いすることなく、このうえない関心を示し、話が進展するにつれて、いやがうえにも興味がそそられたものらしく、ついには深い感激にかられるにいたった。それこそ、感嘆の絶叫でイワンの話を絶えずさえぎったほどである。

「そう、それで、それから、そのさきをお願いします。ただ、どうか、なにひとつ抜かさないでください!」

イワンはなにひとつ抜かさず、むしろそのほうがずっと話がしやすかったので、間もなく、真紅の裏地のついた純白のマントをはおり、ポンティウス・ピラトゥスがバルコニーに出るあの瞬間にまで話は及んだ。

そのとき、客は祈るように掌を合わせて、囁いた。

「おお、私の思ったとおりだ! おお、なにもかも思ったとおりだ!」

ベルリオーズの惨死の話を聞くや、客は謎めいた注釈をはさみ、その目には憎悪の色が閃いた。

「ただひとつ残念なのは、殺されたのがベルリオーズで、批評家のラトゥンスキイか作家のラヴローヴィチでなかったことだ」そして夢中になって、しかし声を殺して叫んだ。「そのさきを！」

車掌に乗車賃を払った猫の話には客はすっかり嬉しくなってしまい、自分の物語の成功に興奮したイワンが、十コペイカ硬貨でひげを撫でる猫の真似をしながら腰を落としたまま軽く跳びはねるのを見て、忍び笑いにむせ返ったほどであった。

「そういうわけで」グリボエードフでの出来事を語り終わると、悲しそうな暗い表情になって、イワンは結んだ。「ここに私は入れられたのです」

同情するように哀れな詩人の肩に手を置いて、客は言った。

「気の毒な詩人！　それでも、あなた、すべてはご自分のせいなのですよ。あの男にたいして、あんなにも無遠慮で厚かましいともいえる態度をとってはいけなかったのです。それで罰が当った。それでも、すべては、どちらかといえば、その程度ですんだことで感謝すべきでしょう」

「それで結局、いったい、あいつは何者なのです？」拳をわなわな震わせながら、イワンは興奮してたずねた。

客はイワンの顔をじっと覗きこんで、答えるかわりに質問した。

「落ちついていられますか？　ここに収容されている者はみんな、当てにならない者たちばかり……医者を呼べ、それ注射だ、などといった騒ぎは起こさないでしょうね？」

「いいえ、いいえ！」とイワンは叫んだ。「言ってください、あいつは何者です？」

「まあ、いいでしょう」と客は答え、ものものしく、一語一語をはっきりと区切りながら言った。「昨日、パトリアルシエ池であなたが会ったのは悪魔なのです」

イワンは約束どおり、騒ぎだしはしなかったが、それでも、やはり激しい衝撃を受けずにはいられなかった。

「まさか、そんな！　悪魔なんて存在しません」

「とんでもない！　ほかの人ならともかく、あなたがそんなことを言ってはいけません。たぶん、彼の犠牲になった最初の一人なのですからね。そうではありませんか、このとおり、精神病院に入れられているというのに、悪魔なんて存在しないなどと言いはるなど。まったく奇妙なことです！」

すっかり混乱して、イワンは口をつぐんだ。

「彼のことを語りはじめると」と客はつづけた。「昨日、あなたが誰と話をしたのか、すぐに見当がつきました。それに、まったく、ベルリオーズには驚かされました！　そう、もちろん、あなたは世間知らずなかたです」そこで、客はふたたび許しを乞うた。「しかし、私の耳にしたかぎりでは、ベルリオーズは多少は本なども読んでいたはずでしょう！　それでも、あの教授の最初の一言を聞いただけで、私の買いかぶりだったことがわかりましたよ。正体を見破れないなんて、あなた、驚くではありませんか！　もっとも、あなたは……また失礼なことを言うようですが、お見受けしたところ、確かに無学な人なのでしょう？」

「まったく、そのとおりです」とイワンは別人になったように同意した。

「そうでしょう……お話しになった顔の描写ひとつとっても、はっきりしています……色のちがう左右の目、眉！　失礼ながら、ひょっとすると、オペラの『ファウスト』(ゲーテ原作、シャルル＝フランソワ・グノー作曲)さえ聞いていないのではありませんか？」

イワンはなぜかひどく狼狽《ろうばい》し、顔をまっかにして、ヤルタのサナトリウムに行っていたもので、などとつぶやきはじめた。

「そうでしょう、そうでしょう……でも、それは驚くにあたいしません！　しかし、さっきも言いましたが、ベルリオーズには驚かされました。博識であるばかりか、とても狡猾《こうかつ》な男でもあったのに。だがもちろん、ここで、ベルリオーズを弁護するために言っておかなければなりませんが、ヴォランドはもっと狡猾な相手の目だってごまかせるのですよ」

「なんですって！」今度はイワンが叫んだ。

「もっと低い声で！」

イワンは掌で自分の額をたたき、しわがれ声で言った。

「そうだったのか、やっとわかったぞ。名刺には《W》という字があった。やれやれ、そういうことだったのか！」すっかり混乱し、窓格子の向うをゆっくりと移動してゆく月を見ながらしばらく黙りこみ、それからイワンは口を開いた。「それでは、あいつは実際にポンティウス・ピラトゥスのところにいたということになりますね？　だって、あのとき彼はもう生まれていたのでしょう？　それなのに、ひとのことを狂人呼ばわりしやがって！」イワンは憤慨してドアを指さしながら、つけ加えた。

客の口もとに、にがい皺が浮かんだ。

「真実から目をそむけてはなりません」客もまた、雲を透かして動いている月のほうに顔を向けた。「あなたも私も気が狂っています。それは否定できない事実です！　いいですか、彼にショックを与えられて気が狂ったということは、おそらく、あなたにはその下地があったからでしょう。しかし、お話しになったことは、無論、現実にあったことです。それでも、それがあまりにも異常なことだったので、あの天才的な精神科医のストラヴィンスキイでさえ、もちろん、あなたの言うことを信じられなかったのです。ストラヴィンスキイの診察を受けたでしょう?(イワンはうなずいた)あなたの話した相手はピラトゥスのところにもいましたし、カントとの朝食の席にも居合わせました、そしていま、モスクワに姿を現したのです」

「でも、あいつはここで何をしでかすかわかったものでもない! なんとかして捕まえなければならないのではありませんか?」新しいイワンのなかで、まだ最後の息の根はとめられていなかった古いイワンが、さして確信ありげではないが、それでもやはり頭をもたげた。

「すでに捕まえようとなさいました、もうたくさんでしょう」と客は皮肉っぽく答えた。「彼を捕まえることなんか、誰にもすすめませんね。何をしでかすか、それはもう火を見るよりも明らかです。ああ、ああ! なんと残念だったことか、彼と会ったのが私ではなくてあなただったとは! すべては燃えつき、くすぶっていたものも灰になってしまったとはいえ、それでも誓ってもよい、彼と会うためならプラスコーヴィヤの鍵束だって差し出すことでしょう、なにしろ、いまはもう、ほかにはなにも差し出すものなどないのですから。一文なしなのです！」

「どうして、そんなにまでして、あいつに会わなければならないのです？」

客は長いこと悲しげに沈黙を守り、顔をひきつらせていたが、ついに口を切った。

「いいですか、なんと奇妙な話でしょう、私がここに入れられたのも、あなたと同じように、まさしくポンティウス・ピラトゥスのせいなのです」ここで、怯えたようにあたりをうかがって、客は言った。「じつは、一年ほど前にピラトゥスについての小説を書きあげたのです」

「作家なのですか？」興味をそそられて、詩人はたずねた。

客は不機嫌な表情になり、拳でイワンを脅してから言った。

「巨匠《マースチェル》です」客はきびしい顔つきを作り、黄色い絹糸で《M》の文字を縫いつけた、すっかり脂じみた黒い帽子をガウンのポケットから取り出した。その帽子をかぶると、横を向いたり正面を向いたりして、巨匠であることをイワンに証明しようとした。「私のために彼女が縫ってくれたのです」と客は謎めかしてつけ加えた。

「お名前は？」

「名前なんて、もうありません」軽蔑するような暗い表情で、奇妙な客は答えた。「名前なんか捨ててしまいました、この世にある、ありとあらゆるものを捨てたのと同じように。そんなものは忘れることにしましょう」

「それでは、せめて小説のことでも話してくださいませんか」とイワンは気をつかいながら頼んだ。

「お望みとあらば。私の人生は、確かに、かなり風変わりなものでした」と客は語りはじめた。

……大学では歴史学を専攻し、二年前まではモスクワのある博物館に勤務し、そのかたわら翻訳の仕事にも携わっていたという。

「何語からの翻訳ですか?」とイワンは興味深げにたずねた。

「母国語のほかに五カ国語を知っています」と客は答えた。「英語、フランス語、ドイツ語、ラテン語、それにギリシア語。そう、イタリア語も少しは読めます」

「ほほう!」とイワンは羨ましげに囁いた。

歴史家はひとりぼっちで暮らし、どこにも身よりはなく、知合いもモスクワにはほとんどいなかった。それが驚いたことに、あるとき、十万ルーブルの宝籤《たからくじ》に当ったのである。

「この驚きを想像してみてください」と黒い帽子の客は声をひそめて言った。「汚れた下着などを入れた洗濯ものの籠に手を突っこみ、宝籤つき債券を取り出して、見ると、新聞に発表になっていたのと同じ番号があったではありませんか！」と説明した。「それは博物館でもらったものでした」

十万ルーブルを手に入れると、イワンの謎めいた客はたくさんの本を買いこみ、ミャスニツカヤ通りにあったこれまでの部屋を見捨てた……

「ああ、あの呪わしい穴ぐら！」と客は呻いた。

……そして、アルバート街の近くの横町に、庭つきの小さな建物の地下にある二部屋を家主から借りた。博物館の勤めをやめて、ポンティウス・ピラトゥスを主人公とする長編小説を書きはじめた。

「ああ、あれは黄金時代でした」目を輝かせながら語り手は囁いた。「完全に独立した部屋、それに控えの間まであって、そこには流し台もついていました」と、なぜか格別に誇らしげに強調した。

「木戸からつづいている小道の真上に小さな窓がありました。四、五歩さきの向い側の柵のそばにはライラック、菩提樹、楓《かえで》の木立。ああ、ああ、ああ！　冬のあいだ、窓越しに誰かの黒い足を見たり、足もとで軋む雪の音を聞くこともほとんどありませんでした。そして暖炉には、いつでも火が消えることなく燃えつづけていました！　ところが、いきなり春が訪れ、曇りガラスの向うに、最初は葉をつけていなかったのに、やがては緑色におおわれたライラックの茂みが見えました。ちょうどそんなとき、昨年の春のことでしたが、十万ルーブルを手に入れたときよりもはるかに魅惑的なことが起こりました。だって、そうではありませんか、莫大な金額にあたいするものなのです！」

「そうなのですね」注意深く耳を傾けていたイワンは同意した。

「私は窓を開けて、とても狭い奥のほうの部屋に腰をおろしていましたが」客は両手で部屋の広さを示すような仕種をした。「そう……ここにソファがあり、向かい合ってもうひとつのソファ、そのあいだに小さなテーブル、その上には洒落《しゃれ》た電気スタンド、窓ぎわには本棚と小さな書き物机、そして手前の十四平方メートルもある広い部屋には本また本、それに暖炉がありました。ああ、なんとすばらしい環境だったことでしょう！　ライラックのあの芳しい香り！　頭は心地よい疲労に爽快になり、ピラトゥスは結末に向かって飛びつづけ……」

「純白のマント、真紅の裏地！　よくわかります！」とイワンは叫んだ。

「まさにそのとおり！　ピラトゥスはひたすら結末に向かって飛びつづけ、小説の結びの言葉が《第五代ユダヤ総督、騎士ポンティウス・ピラトゥス》となることを、すでに知っていました。そう、当然のことですが、散歩にもよく出かけました。十万ルーブルといえば大金ですし、上質のグレーのスーツも持っていました。ときには、あまり高くないレストランへ食事をしに行くこともありました。アルバート街にはすばらしいレストランがありました、いまでもあるかどうかは知りませんが」

そこで客は目を大きく見開き、月をみつめながら、声を落として語りつづけた。

「ひとの心を不安にさせ、目をそむけたくなるような黄色い花を彼女は両手に抱えていました。なんという名前かは知りませんが、その花はどういうわけか、春になるといちばん早くモスクワに現れるのです。黒いスプリングコートに、その花はひときわくっきりと映えていました。黄色い花を抱えていたのです！　不吉な色です。トヴェーリ通りから横町に曲り、そこでふり返りました。そう、トヴェーリ通りはご存じですね？　トヴェーリ通りには何千人もの人が歩いていましたが、誓って言いますけれど、彼女が目にとどめていたのは私だけでした、不安にみちたとはいえないまでも、なにか、まるで病的とさえいえるまなざしで私をみつめたのです。驚かされたのは、その美しさというよりも、むしろあの目に宿っていた誰も見たことのないような異常なまでに孤独な影でした！

あの黄色い目印に従いながら私も横町に曲り、あとをつけていきました。私たちはなにも言わずに、曲りくねった寂しい横町を歩き、私は道の右側を、彼女は左側を歩いていきました。想像してもみてください、あの横町には、二人のほかには人っ子ひとりいませんでした。私は苦しんでいました、なにか話しかけなければという気がしてならなかったからです、一言も口をきかないうちに彼女は行ってしまい、もう二度と会えないのではないか、と不安にかられていました。

それが、どうでしょう、突然、向うから声をかけてきたのです。

「この花がお気に召したの？」

いまでもはっきりと、あの声、かなり低く、かすれた声の響きを記憶していますし、ばかばかしいことですが、こだまが横町に響き、うす汚れた黄色い壁にはね返ったみたいに思えたほどでした。彼女の歩いているほうに急いで移り、近寄りながら私は答えました。

「いいえ」

いぶかしげに彼女は私をみつめましたが、そのとき突然、まったく思いがけずに、これまでの人生でずっと愛しつづけていたのはこの女にほかならない、と理解したのでした！　これはどういうことでしょう、ね？　もちろん、狂気の沙汰と言われるでしょう？」

「なにも言いません」とイワンは叫び、つけ加えた。「お願いです、そのさきを！」

そこで、客はつづけた。

「そう、いぶかしげに彼女は私をみつめ、それから、ふたたびみつめたあとで、たずねました。

「だいたい、花がお好きではないのでしょう?」

その声には敵意がこもっているように思われました。私は彼女と肩を並べ、歩調を合わせようとつとめながら歩いていきましたが、驚いたことに、気まずい思いなどまったくありませんでした。

「いいえ、花は好きです、ただ、そういうのではありません」と私は言いました。

「それでは、どんな花?」

「薔薇《ばら》が好きです」

そのとき、そんなことを言ったのを後悔しましたが、すまなそうな笑顔を浮かべて、彼女が花を溝に投げ捨ててしまったからです。しばらく、どうしたらよいかわからなかったのですが、結局、拾いあげて、花を差し出すと、彼女は薄笑いを浮かべて花を押し返しましたので、私は花を両手に抱えて歩くよりほかありませんでした。

こうして、しばらく黙ったまま歩いてから、私の手から花を取りあげて舗道に捨てると、彼女は黒い手袋をはめた手を私の手にからませ、二人は寄り添うようにして歩きはじめました」

「そのさきは」とイワンは言った。「どうか、なにひとつ抜かさずに」

「そのさきですって？」と客は聞き返した。「まあ、そのさきは、ご自分でも推察できるでしょう」突然、思わずこみあげてきた涙を右袖で拭い、話をつづけた。「私たちの前に不意に恋が現れたのです、それこそ、どこからともなく横町にいきなりとび出してきた人殺しに二人が襲われたみたいに！　それは稲妻に打たれ、フィンランドのナイフに突き刺されたようでした！　もっとも、のちに彼女は断言していましたが、そんなふうに恋がはじまったのではない、無論、ずっと以前から、たがいにまだ知り合う前から、一度も会ったことのないうちから二人はたがいに愛し合っていたのだと。彼女はほかの男と暮らしていましたし、私も、あのころは……あの、なんという名前だったか……」

「どなたと？」とイワンがたずねた。

「あの……ええと……あの女、ほら」と客は言い、指を鳴らした。

「ご結婚なさっていたのですか？」

「そうです、だからこそ、それが思い出せなくて、いらいらしているのです……相手は……ワーレンカ……マーネチカ……いや、ワーレンカだった……それに縞のワンピースを着て……博物館……もっとも、よくは思い出せませんが。

そんなわけで、あの日、黄色い花を両手に抱えて家を出たのは私の注意を惹くためであって、もしもそうならなかったら、生活の空しさに耐えかねて毒を飲んで自殺していたにちがいない、と彼女は語っていました。

そう、一瞬にして私たちは恋に落ちたのです。そのことを、ほかならぬあの日、一時間後に、いつしか河岸通りのクレムリンの城壁のそばまで歩いてきたとき、すでに知っていました。

まるで昨日別れたばかりのように、もう長年にわたる知合い同士のように私たちは語り合いました。その翌日、同じ場所、モスクワ河のほとりで再会を約束して、会いました。五月の太陽が頭上に照り輝いていました。そして間もなく、あっという間もなく、彼女は私の秘密の妻となったのです。

毎日、彼女は私のところにやってき、私は朝から彼女を待ち受ける身になりました。彼女を待ちながら、テーブルの上の物をあれこれと並べかえていたものです。約束の時間の十分前になると、窓ぎわにすわり、いまにも古びた木戸が軋むのではないかと耳を澄ませます。それに、なんと奇妙なことでしょう、彼女と出会うまでは、この中庭に足を踏み入れる者はほとんどなく、誰一人として訪れる者がなかったといっても過言ではなかったのに、それがいまでは、町じゅうの者がここに殺到してくるように思えたものです。木戸が音を立てるたびに心臓が音を立て、どう思いますか、窓の向うの私の顔の高さに、きまって誰かの汚れた長靴が現れるのです。砥師《とぎし》です。まったく、この建物の誰に砥師が必要だというのでしょう？　何を砥ぐというのです？　どんな刃物を？

　木戸をくぐって彼女が入ってくるのは一日に一度だけなのに、それまでに、私は少なくとも十回以上は心臓のときめきを経験するのです。嘘ではありません。だがそのあと、彼女のやってくる時が訪れ、時計の針が正午を指すと、もはや木戸の音も足音すらほとんど立てずに、飾りリボンと留金のついた黒いスエードの靴が窓のところに現れるまで心臓はときめきつづけているのです。

　ときどき、彼女はいたずらっぽく、二番めの窓のところで立ちどまって、ガラスを靴の爪先でたたいてみることがありました。すぐにその窓のそばに駆け寄りますが、そのときはもう靴は消え、光をさえぎった黒い絹の服も消え去ったあとで、私はドアを開けに行くことになるのです。

　二人の関係は誰にも知られず、ありそうもないことですが、間違いなく事実であったと誓います。彼女の夫も、友人たちも知りませんでした。もちろん、借りていた地下室のあるその古い建物に住む人は、どこかの女性が通ってくることは見て知っていましたが、その名前は知りませんでした」

「いったい、その人は誰なのです？」この恋物語にひどく興味をそそられて、イワンはたずねた。

そのことはけっして誰にも言うわけにはゆかないと身ぶりで示して、客は話をつづけた。

巨匠と見知らぬ女がかたときも離れられなくなったほど激しい恋に落ちたことをイワンは知った。いまではもう、ライラックと塀のせいでいつも薄暗い地下の二部屋をありありと思い描くこともできた。擦り切れたマホガニーの家具、机、その上に置いてあって三十分ごとに鳴る時計、本、塗装された床から煤《すす》だらけの天井までびっしりと埋めつくされた本、それに暖炉。

客と秘密の妻が、二人の関係のはじまったばかりのときから、トヴェーリ通りと横町の角での出会いが運命そのものにほかならず、二人は永遠におたがいのために生まれてきたのだという結論にすでに達していたことを、イワンは知るにいたったのである。

客の話から、愛し合う者同士がどのように一日を過ごしたかも知った。女はやってくるなり、まず最初にエプロンをつけ、この気の毒な病人がなぜか誇らしげに語った例の流し台のある狭い控えの間で、石油こんろに火をつけ、食事の仕度をして、手前の部屋の楕円形のテーブルの上に料理を並べるのだった。五月の雷雨が降りしきり、薄暗くなった窓を打つ雨がすさまじい勢いでドアの下の隙間に流れ落ち、いまにも最後の隠れ家が水に沈むのではないかと思われるとき、恋人たちは暖炉に火を焚きつけ、そこでじゃがいもを焼くのだった。じゃがいもからは湯気が立ち、焦げたじゃがいもの皮で指はまっ黒に汚れた。地下の部屋では笑い声が聞こえ、雨のあと、樹々は折れた小枝や白い房を庭に落としていた。

雷雨の季節が過ぎ、むし暑い夏が訪れると、長いこと待ち望まれていた二人の好きな薔薇が花瓶に現れるのだった。巨匠と名乗った男は熱に浮かされたように小説の執筆にはげみ、見知らぬ女も、この小説に夢中になった。

「じつを言うと、この小説に熱をあげている彼女に、ときどき嫉妬を覚えたくらいです」月明りのバルコニーから訪れた夜の客はイワンに囁いた。

爪が鋭くとがった細い指を髪に突っこんで、彼女は書きあげられた原稿を何度となく読み返し、それが終わると、いまここにあるこの帽子を縫いつづけていました。ときおり、本棚の下段のそばに四つん這いになったり、あるいは椅子に昇って本棚の上段のそばに立って、何百冊という本の背表紙の埃をぼろ布で拭いたりすることもあった。名声を約束し、激励しながら作品の完成を急がせ、間もなく、男のことを巨匠と呼ぶようになった。すでに約束されていた結びの言葉、第五代ユダヤ総督についての言葉を待ちわび、気に入った個所の文章を歌うように大きな声でくり返し、この小説には自分の生命があると彼女は語っていた。

小説は八月に完成し、ひそかにタイピストに渡され、五部ずつのコピーがタイプで打たれた。そしてついに、秘密の隠れ家をあとに世のなかに出ていかねばならぬ時が訪れたのである。

「そして原稿を両手に抱えて、世のなかに出て行き、そのとき、私の人生は終りを告げたのです」と巨匠はつぶやいて頭を垂れたが、《M》という黄色い文字のついた黒い帽子は悲しげに長いこと揺れつづけていた。さらに話のさきをつづけたが、それは、いくぶんとりとめのないものになった。ただひとつ理解しえたのは、そのころ、イワンの客になにか悲劇的な事件が起こったということであった。

「生まれてはじめて文壇に足を踏み入れましたが、すでにすべてが終わり、私の破滅が誰の目にも明らかとなったいま、思い出すだけでもぞっとします！」と巨匠は顔をしかめて囁き、片手を高く持ちあげた。「そう、あの男にはひどい目にあわされた、ああ、どれほどの目にあわされたことか！」

「誰にです？」興奮した語り手の話の腰を折るのを恐れて、イワンはかすかに聞きとれるくらいの声でつぶやいた。

「もちろん編集長にです、編集長だと言っているのです。ええ、読むには読んでくれました。それから、まるで頬が炎症で脹れあがってでもいるみたいに私の顔を見ると、視線をそらせて目を合わせないようにしながら当惑げに薄笑いを浮かべさえしました。必要もないのに原稿を揉みくしゃにし、咳ばらいをしました。その質問ときたら、常軌を逸しているとしか思えませんでした。小説の本質については一言も触れずに、私が何者で、どこから来たのかとか、もうだいぶ以前から書いているのかとか、これまで私のことをなにも聞かなかったのはなぜだろうかとたずね、しまいには、このような奇妙なテーマで小説を書くように入れ知恵したのはどこの誰なのかなどといった、私から見ればまったくばかげた質問までしたのです。

ついに、この編集長にはうんざりして、小説を掲載するつもりがあるのかどうかと、あけすけにたずねてやりました。

すると、編集長は急にそわそわしだし、なにやらもぐもぐ言い、この問題を自分だけで決定するわけにはゆかず、ほかの編集委員、つまり批評家のラトゥンスキイとアリマン、作家のラヴローヴィチにもこの作品を読んでもらう必要があると言いだしたのです。それから、二週間後にもう一度来てほしい、と言いました。

二週間後に私は出かけて行き、いつも嘘ばかりついているために黒目が顔のまんなかに寄っている娘に迎えられました」

「編集部秘書のラプションニコワだ」客が腹立たしげに物語った世界をよく知っているイワンは、薄笑いを浮かべて言った。

「そうかもしれません」と客はぶっきら棒に答えた。「とにかく、すでにかなり手垢にまみれ、ぼろぼろになった私の小説を受けとりました。ラプションニコワは視線を合わすまいとつとめながら、編集部には向う二年間分の原稿の貯えがあるので、その表現によると、小説の掲載についての問題はなかったものと思ってほしいというのです。あのあと、何を覚えているかな？」と巨匠は顳顬《こめかみ》をこすりながらつぶやいた。「そう、表紙の上に落ちた赤い花びらと恋人の目。そう、あの目は忘れられない」

イワンの客の話はますます支離滅裂になり、言葉もいっそうわけのわからぬものになっていった。なにやら、斜めに降りしきる雨のことや、地下の隠れ家を支配していた絶望のことを語り、さらに、どこかへ出かけて行ったことなどを話した。それから声を押し殺して、自分を闘いへとかりたてた女のことを少しも責めてはいない、おお、けっして責めてはいないのだ、と叫んだ。

「覚えている、あの呪わしい新聞の別刷付録を覚えています」二本の指で宙に新聞紙のかたちを作りながら客はつぶやいたが、それにつづく脈絡のない言葉からイワンに推測できたのは、誰か別の編集長が巨匠を自称する男の小説の抜萃《ばっすい》を長文にわたって活字にしたということである。

客の言葉によると、二日もしないうちに、「編集長の庇護を受ける敵」と題する批評家アリマンの論文が別の新聞に発表されたが、そこでは、編集長の不注意と無知を利用して作家がイエス・キリストを讃美する作品を無理やり活字にしようと試みたのだ、と述べられていた。[*1]

「覚えています、覚えています！」とイワンは大声をあげた。「しかし、お名前は忘れていました！」

「くり返すようですが、名前のことはやめにしましょう、名前なんて、もう存在しないのですから」と客は答えた。「問題は名前のことではありません。一日おいて、ほかの新聞に、ラヴローヴィチの署名入りの論文が現れましたが、その論文の筆者は、ピラトゥス一派と、無理やり活字にしようと企んだ（またしても、この呪わしい言葉！）聖像画家どもを攻撃せよ、断固として攻撃せよ、と提案していました。

《ピラトゥス一派》という、これまで聞いたこともないこの言葉にびっくり仰天して、三つめの新聞をひろげました。そこには二つの論文が出ていて、ひとつはラトゥンスキイの、もうひとつは《M・Z》という頭文字の入ったものでした。断言しますが、アリマンやラヴローヴィチの書いた文章は、ラトゥンスキイの書いたものと比べれば他愛のない冗談みたいなものです。なにしろ、ラトゥンスキイの論文の題が『戦闘的旧教徒』であったと言うだけでじゅうぶんでしょう。私について書かれた論文を読むのにすっかり夢中になっていましたので、(ドアを閉め忘れていたのですが)濡れた傘と、やはり濡れた新聞を手にして彼女が前に立っていたのにも気がつきませんでした。その目は火のように燃え、両手はわなわなと震え、冷たくなっていました。まず、私に抱きついてキスをし、それから彼女はテーブルを手でたたきながら、しわがれた声で言ったのです、ラトゥンスキイを毒殺してやる、と」

イワンはなぜか当惑げに咳ばらいをしたが、一言も口をはさまなかった。

「まったく喜びのない日々が訪れました。小説は書きあげられ、もはや、ほかにすることもなく、私たちは二人とも暖炉のそばの床に敷いた絨毯《じゅうたん》にすわり、火を見ながら暮らしていました。もっとも、そのころになると、以前に比べて二人がべつべつに過ごす時間が多くなったのは事実です。彼女は一人で散歩に出かけるようになりました。そして、これまでの人生にもたまたまあった異変が私に起こりました……思いがけず、友人

＊1　七行前冒頭の「覚えている……」からここまでは、一九七三年版による。一九九〇年版では異稿(巻末註参照)に差し替えられている。

ができたのです。ええ、そうなのです。考えてもみてください、もともと人づき合いが悪く、人とつき合うのがわずらわしく、相手を信用せずに疑ってかかるという、ひどく奇妙な癖を私は持っているのです。ところが、どうでしょう、そのときばかりは、思ってもみなかったことに、これまでおよそ見たこともないような風貌をした男が不意に出現し、私の心に深く入りこみ、誰よりも気に入ってしまったのです。

庭の木戸が開いたのは、ちょうどあの呪わしい時期のことで、いまでも覚えていますが、それはとても気持のよい秋の日のことでした。彼女は留守でした。男が木戸をくぐってき、なにか用があったものらしく、家主を訪れてから庭に降りてきましたが、どういうわけか、すぐさま私と知合いになりました。ジャーナリストであると自己紹介をしました。とても気に入りましたので、本当に、いまでもときどき思い出しては、懐かしく思うくらいです。さて、そのさきが問題です、私のところにしきりに立ち寄るようになりました。知りえたのは、彼が独身で、すぐ近くに私とほぼ同じような住居に暮らしていて、それが狭くてならないとかいったことぐらいです。どういうわけか、自宅に招かれたことはありません。彼のことを秘密の妻はとても嫌がっていました。それでも、私は彼を弁護していました。彼女は言いました。

「好きなようになさっていいのよ、でも、言っておきますけど、あの人は嫌な印象を与えるのよ」

私は思わず吹き出しました。そう、でも本当の話、私を惹きつけたのは何にあったのでしょうか？　そもそも、内部に心の抽斗《ひきだし》とでもいうべきものに思いがけぬ贈物を持っていない人間は面白くない、ということこそ問題なのです。モガールイチ（そう、言い忘れていましたが、新しい知合いはアロイージイ・モガールイチというのです）は心の抽斗にそのような贈物を持っていました。まったく、モガールイチほどの知性の持主とはこれまで出会ったこともなかったし、このさきも、けっして出会うことはないと確信しています。新聞に出ているなにかの記事で意味のわからないことがあると、文字どおり一瞬のうちに彼は説明してくれ、しかもその説明が、まったくなんの苦にもならないようでした。生活上の現象や問題にたいしてもまったく同様です。そればかりではありません。文学にたいする情熱にかけても、モガールイチは私の心をとらえて離しませんでした。私の小説を最初から最後まで読んで聞かせてほしいと彼は懇願し、読み終わるまで落ちつかず、しかも小説については、きわめて好意的ではあるものの驚くほど適確に批評し、まるであの場に居合わせたかのように、この小説に関する編集長の意見をすべてくり返したのでした。その指摘は百発百中でした。そのほかにも、小説が活字にならなかった理由をまったく正確に説明してくれましたが、それが間違いのないものと思

いました。はっきりと彼は語ったのです、あのような文章が活字になるはずはない、と……*2

論文はその後もつぎからつぎと現れ、とどまるところを知りませんでした。最初のうちは、一笑に付すだけでした。しかし、出現する論文の数が多くなるにつれて、私の態度もしだいに変わってゆきました。第二段階は驚きの段階でした。それらの論文の文字どおり一行一行には威嚇し、確信にみちていたにもかかわらず、なにかひじょうに不自然なためらいが感じられたのです。論文の筆者たちが本当に語りたいことを語らず、まさしくそのために憤激せずにはいられなくなっているように思われて、その思いをどうしても断ち切ることができませんでした。でも、そのあと、わかりますか、第三の段階、恐怖の段階が訪れました。いいえ、論文に恐怖を覚えたのではなくて、いいですか、論文とか小説とかにはまったく関係のない別のものにたいする恐怖です。そう、たとえば暗闇を恐れはじめました。要するに、精神的な病気の段階が訪れたのです。とりわけ、眠る前に小さな部屋の明りを消すなり、窓はきちんと閉まっているのに、その窓から*3蛸《たこ》のようなものがひじょうに長くて冷たい触手を伸ばし、まっしぐらに私の心臓に忍び寄って入りこんでくるように思えたのです。それで、明りをつけたまま眠らなければならなくなったのです。

恋人はひどく変わり（もちろん、蛸のことは話しませんでしたが、なにかよくないことが私に起こりつつあるのを見てとっていたのです）、やせこけ、顔色も蒼ざめ、あまり笑わなくなり、小説の断片を発表するようにすすめたことを許してほしい、といつも哀願しつづけていました。そして、なにもかもほうり出して、南の黒海地方に出かけなさい、十万ルーブルの残金すべてを旅行で使ってしまいなさいと言いました。

執拗にそれをすすめ、こちらも言い合いをする気にはなれなかったので（黒海に出かけることにはなるまい、という気がしてならなかったのですが）、二、三日中に出かけようと約束しました。ところが、彼女は私の切符を自分で買ってくる、と言ってききませんでした。そこで、約一万ルーブルほどの有り金を残らず取り出して渡しました。

「どうして、こんなにたくさん？」彼女は驚きました。

泥棒が心配だから出発まで預かっておいてほしい、などというようなことを私は言い

＊2　二九七ページ九行目の「まったく喜びのない日々が……」からここまでは一九七三年版による。一九九〇年版では異稿（巻末註参照）に差し替えられている。

＊3　同行の「小さな部屋の……」からここまでは一九七三年版による。一九九〇年版では削除された。

ました。金を受け取り、それをハンドバッグにしまうと、彼女はキスをして、こんな状態のまま私を一人にしておくくらいなら、いっそのこと死んだほうがましだが、家では待っている人がいるので、どうしても帰らなければならない、明日も来ますからと言いはじめました。なにも心配しないでほしい、と彼女は私に強く頼みました。

あれは十月もなかば、夕暮れどきのことでした。そして彼女は帰ったのです。私はソファに横になり、明りをつけないまま眠りこんでしまいました。すぐそこに蛸がいるような感触を覚えて目をさましました。暗闇のなかを手探りして、どうにか明りをつけることができました。懐中時計を見ると、夜中の二時です。横になったときは病気にかかりかけていたのが、目をさましたときには完全に病人になっていました。突然、秋の闇が窓ガラスを押しつぶして部屋に流れこみ、まるでインクのように濃い闇のなかでむせ返るのではないか、と思いました。もう、われを忘れて起きあがりました。叫び声をあげ、二階の家主のところでもよい、誰かのところに逃げ出したいという思いにかられました。気が狂ったように私は自分自身と闘いつづけました。暖炉のところまでたどりつき、薪に火をつけるだけの力がかろうじて残っていました。薪がぱちぱちとはぜ、暖炉の口が音を立てはじめると、いくぶん楽になったようでした。玄関ホールに駆けこむと、明りをつけ、白ワインの壜を探しだし、栓を抜いて壜に口をつけて飲みはじめました。

ワインのおかげで、少なくとも家主のところに逃げ出さないですむ程度には恐怖もいくぶんおさまり、そこで暖炉のそばに戻ったのです。炉口を開けると、熱気が顔や手を焼きつくさんばかりになり、私は囁きました。

「わかってくれ、私に災難が降りかかったことを……来てくれ、来てくれ、来てくれ！……」

しかし、誰も来てはくれませんでした。暖炉では炎がうなり、窓には雨が打ちつけていました。そのとき、最悪のことが起こりました。タイプで打った小説のずしりと重いコピーと下書きのノートを私は机の抽斗から取り出し、それを燃やしはじめたのです。それは恐ろしく困難な仕事でしたが、びっしりと書きこまれた紙はなかなか燃えにくかったからです。爪を痛めながらノートを引き裂き、薪のあいだに縦にして押しこみ、火かき棒で紙をかきまわしました。ときどき灰に苦しめられたり、炎に息がつまりそうになったりしましたが、それと闘いつづけると、小説は執拗に抵抗しながらも、やはり滅んでゆきました。見覚えのある言葉が目の前にちらつき、どのページも下から上の部分へと勢いよく黄色く変わってゆきますが、それでもやはり、言葉は黄色くなったページの上に浮き出ていました。紙がまっ黒になり、私が怒りにかられて火かき棒で最後の息の根をとめたときに、それらの言葉はようやく消滅したのでした。

そのとき、誰かがそっと窓をたたきはじめました。心臓がときめき、最後のノートを火のなかに投げ入れると、急いでドアを開けに行きました。煉瓦《れんが》を敷きつめた階段が地下から中庭に面したドアへとつづいていました。躓《つまず》きそうになりながらドアのところまで駆け寄ると、低い声でたずねました。

「どなたです?」

すると声が、彼女の声が答えました。

「私よ……」

どうやって鎖と鍵をはずしたのか、よくは覚えておりません。敷居をまたぐや彼女は私にすがりつきましたが、全身ずぶ濡れで、頬も、乱れた髪も雨に濡れて震えていました。私が口にできたのは、こんな言葉だけでした。

「きみ……きみなのか?」それきり、私は絶句し、二人は地下に駆けおりました。玄関ホールで彼女はコートを脱ぎ、二人は急いで手前の部屋に入りました。彼女は低く悲鳴をあげると、最後に残っていた、すでに下のほうから燃えはじめていた原稿の束を暖炉から素手でつかんで、床に投げ出しました。すぐさま煙が部屋じゅうにたちこめました。私は火を足で踏み消し、彼女はソファに身を投げ、こらえきれずにわっと泣きだし、わなわなと身体《からだ》を震わせていました。

彼女が泣きやんだとき、私は言いました。

「あの小説が憎らしくなった、それに恐ろしいのだ。ぼくは病気だ。こわくてならないのだよ」

身を起こして、彼女は言いました。

「ああ、病気がそんなにひどいなんて。それはどうして、どうしてなの？　でも、私が救ってあげる、あなたを救ってあげるわ。いったい、これはどういうことなの？」

煙と涙のせいで腫れあがった彼女の目を見、冷たい手で額が撫でられるのを感じました。

「治してあげる、病気を治してあげるわ」私の肩に顔を埋めながら彼女はつぶやきました。「あの小説を復元するのよ。なぜ、なぜ写しを一部、手もとに残しておかなかったのでしょう！」

激しい怒りにかられて彼女は歯ぎしりし、さらになにかわけのわからぬことを言いつづけていました。それから唇をきっと結ぶと、周囲の焦げた紙を一枚一枚、拾い集め、皺を伸ばしはじめました。それは小説のなかほどの章でしたが、どの章だったかは記憶しておりません。焼け焦げたページを丁寧に積み重ねると、それを紙にくるみ、リボンで結びました。こういったひとつひとつの行動は、強い決意を内に秘め、自制心に支えられていることを物語っていました。彼女はワインを欲しがり、一杯飲みほすと、これまでよりも落ちついて、語りはじめました。

「これが嘘をついた報いなのね」と彼女は言いました。「もうこれ以上、嘘はつきたくない。いまも、このままあなたのそばに残れたらよいのだけど、こういうやりかたはしたくないわ。真夜中に逃げ出したという記憶を夫に永久に残しておきたくはないのよ。夫はなにも悪いことをしてはいないのですから。急に呼び出されたの、工場が火事になったもので。でも、もうすぐ戻ってくるわ。明日の朝、説明します。ほかの人を愛しているとと打ち明けます、それから、永久にあなたのもとに戻ります。答えてください、ねえ、もしかしたら、それを望んでいないのかしら?」

「かわいそうに、きみ」と私は言いました。「そんなことはさせない。よくないことが起きるだろうし、ぼくと一緒にきみまで破滅させたくはないのだよ」

「理由というのは、それだけ?」と彼女はたずね、目を私の目に近づけました。

「それだけだ」

彼女はひどく活気づき、私にすがりつき、首に腕をまわしながら言いました。

「あなたと一緒に死にます。明日の朝、ここに戻ってきます」

そして、これが私の人生で記憶している最後のものとなるのですが、それは玄関ホールから差しこむ一条の光、その光に浮かびあがったのは、ほつれた巻毛、ベレー帽、決意にみちた彼女の目でした。そのほかにも、玄関の敷居ぎわに立った黒い影と白い包みが記憶に残っています。

「送って行ってやりたいのだが、一人でここに戻ってこられそうもない、こわいのだ」

「こわがらないで。あと何時間かの辛抱よ。明日の朝、ここに戻ってくるわ」これが私の人生で聞いた彼女の最後の言葉でした」

「しいっ！」突然、この病人は自分で自分の話をさえぎり、指を立てた。「今夜はなんと落ちつかない月夜だろう」

客はバルコニーに姿を隠した。廊下を通ってゆく車椅子の音、すすり泣いたり、弱々しく叫んだりしている誰かの声をイワンは耳にした。

すべてが静まり返ったとき、客は戻ってきて、一二〇号室に新しい患者が入ったことを告げた。首を返してくれ、と運びこまれた男は頼んでいるそうである。客とイワンは二人とも、しばらく不安げに黙りこんでいたが、やがて落ちつきを取りもどすと、さきほど中断された話に戻った。客が口を開こうとしたが、この夜は、まさしく落ちつかない夜であった。話し声がまた廊下で響き、客はイワンの耳もとで話しはじめたが、あまりに低い声だったので、それは詩人にだけ、それも最初の文句だけしか聞きとれなかった。

「彼女が去ってから十五分後に、窓をノックする音が聞こえました……」

病人が耳打ちした話の内容は、どうやら、ひどく興奮させるものであったらしい。その顔にはしきりに痙攣《けいれん》が走っていた。目には恐怖と憤怒の色が浮かび、ただよっていた。だいぶ以前にバルコニーから姿を消していた月の昇っていた方向に語り手は手を差し伸べた。ありとあらゆる外部の物音が鳴りやんだとき、はじめて客はイワンのそばを離れ、いくぶん声を高くして話しはじめた。

「そう、あれは一月もなかばの夜ふけのことでしたが、ボタンが取れてはいたものの同じコートを着て、寒さに身を縮めながら、私はあの小さな庭に立っていました。背後には、ライラックの茂みを隠す雪の吹きだまり、前方の下のほうにはブラインドが降ろされ、かすかに明りのもれている私の部屋の小窓がありましたが、小窓のひとつに身を寄せて耳を澄ますと、部屋ではレコードが鳴っていました。耳に聞こえていたのはそれがすべてで、なにひとつ見分けることもできませんでした。しばらくたたずんでから、木戸をくぐって横町に出ました。そこでは吹雪が荒れ狂っていました。足もとにまつわりついてくる野良犬がこわくなって、道の反対側に駆け移りました。いまや、つねに変わらぬ道づれとなっていた寒さと恐怖が私を狂乱に陥れたのです。どこにも行くあてはなく、なによりも簡単なのは、もちろん、この横町の交差する大通りを走る電車に身を投げることでした。遠くから、あの光に満ちて氷の張った長方形の箱をみつめ、凍てついた路面に響く嫌悪を催す軋みを耳にしました。しかし、あなた、なによりも肝心なのは、身体が細胞のひとつひとつにいたるまで恐怖に支配されていたということです。それはちょうど、犬に怯えるのと同じように電車も恐れていたのです。そうです、私の病気よりもひどいものは、この建物のなかにさえありません、そう断言できます」

「しかし、彼女に知らせることだってできたでしょうに」気の毒な病人に同情を覚えつつ、イワンは言った。「それに、あなたのお金だって彼女は持っているのでしょう？　もちろん、保管しているはずですよね？」

「それは疑いありません、もちろん、保管していますよ。しかし、どうも私を理解しておられないようですね。あるいは、かつて持っていた事物を描写する言葉の力を、いまは私が失ってしまったといったほうが正確かもしれませんが。もっとも、それほど惜しいとは思っていません、いまはもう、そんなものが役に立つことはないでしょうから」客は敬虔な表情で夜の闇をみつめた。「精神病院からの手紙が彼女に届くなんて。こんな住所をもった者がどうして手紙など出せましょう？　精神病院の住所ではありませんか？　冗談ではありませんよ、あなた！　本当に、彼女を不幸にすることではありませんか？　そんなことはできません」

イワンはあえて反論を加えず、黙ったまま、相手に同情と憐れみを覚えていた。客のほうは、苦しい思い出のために黒い帽子をかぶった頭を振り、こう言った。

「かわいそうな女。もっとも、私のことなど忘れてしまったことでしょう、それを望んでいるのですが」

「しかし、あなたもよくなりますよ……」とイワンはおずおずと言った。

「これは不治の病なのです」と客は落ちついて答えた。「ストラヴィンスキイが正常な生活に戻してくれると語っても、それを信じていません。親切な人ですから、慰めたいと思っているだけなのです。もっとも、いまは前よりもずっとよくなったことは否定しません。そう、そう、話はどこまでいっていたのでしたかね？　厳寒、飛ぶように走るあの電車。この病院がすでに開設されていたのを知っていましたので、全市を横切って、ここまでたどりつこうと歩きはじめました。狂気の沙汰です！　きっと、町はずれで凍え死んでしまったことでしょうが偶然に救われました。故障でも起こしたのか、路上にトラックがとまっていましたので、運転手のところに歩み寄りましたが、そこは検問所から四キロほど行ったところで、驚いたことに、運転手は同情してくれました。トラックはこの病院に向かいました。乗せてきてくれたのです。左足の指が凍傷にかかっただけですみました。それも、すっかり治りました。ここに来て、もう四カ月になります。それに、実際、ここの暮らしも、そんなに悪いものでもないと思っています。ねえ、あなた、遠大な計画を自分に課す必要なんかないのですよ、本当です！　そう、たとえば私なども、地球を隅々まで歩きまわりたいと望んでいたものです。それがどうでしょう、とてもできるはずのないことがわかりました。目にしたのは、この地球の取るに足りぬ断片にすぎません。それも、地球上の最良の部分ではあるまいと考えていますが、くり返して言いますけど、それだって、そんなに悪いものではないのです。間もなく夏がやってきて、プラスコーヴィヤが約束してくれたように、バルコニーは木蔦でおおわれることでしょう。鍵束のおかげで行動半径は広がりました。夜になると、月が昇ります。ああ、月はもう見えません！　冷えこんできました。もう、夜もふけこみました。戻る時間です！」

「話してください、イエスとピラトゥスは、あれからどうなったのです？」とイワンは頼んだ。「お願いです、知りたいのです」

「いや、だめです、だめです」病的に身を震わせて、客は答えた。「あの小説を思い出すだけでも、ぞっとするのです。それよりも、パトリアルシエ池で知り合った人のほうが、私よりもずっとよく話してくれることでしょう。お話ができて楽しかった。さようなら」

そして、イワンがわれに返ったときには、すでに格子が静かな音とともに閉まり、客は姿を消していた。

14　雄鶏《おんどり》に栄光あれ！

よく言われるように、神経が耐えられなくなって経理部長リムスキイは調書の作成が終わるのも待ちきれずに執務室に駆けこんだ。机に向かってすわり、前に置かれた魔法の十ルーブル紙幣を血走った目でみつめていた。頭はすっかり混乱していた。外からはひっきりなしにざわめきが伝わってくる。ヴァリエテ劇場から通りへ観客がどっと流れ出たのである。異常なまでに鋭敏になった耳に、突然、警官のけたたましい呼子の音が聞こえた。呼子の音というのは、もともと、けっして愉快なことを約束しないものではある。だが、それがくり返され、さらにもうひとつ、もっと威圧するように長くつづくほかの呼子の音が支援するように加わり、それからはっきりと聞こえてくる哄笑と、なにやらはやしたてるような声までが加わったとき、通りでなにかいまわしいスキャンダルが発生したことを経理部長はすぐに理解した。そしてこれが、いくら否定したいと思っても、黒魔術師とそのアシスタントによって行なわれたおぞましいショーと密接な関係にあることも理解した。敏感なリムスキイの勘にはいささかの狂いもなかった。

サドーワヤ通りに面した窓を覗きこんだだけで、顔を歪め、囁くというよりも声をしぼり出すようにして言った。

「思ったとおりだ！」

窓の下の街燈のまぶしい光を受けた歩道に、シュミーズと紫色のパンティだけの女の姿をリムスキイは見いだした。確かに、この女が頭には帽子をかぶり、手には傘を持っていたのは事実であるが。

すっかりあわてふためき、しゃがみこんだり、どこかへ逃げ出そうとしたりしていたこの女の周囲を興奮した群衆が取り囲み、経理部長の背筋に悪寒を走らせるあの哄笑を発していた。女のそばでは、一人の紳士がサマーコートを脱ごうとして、興奮のあまり袖に片手を引っかけて、どうしてもうまく脱げずにもがきまわっていた。

叫び声と吠えるような笑い声が別の場所から、左側の劇場前の車寄せのあたりからも聞こえてきて、そちらに頭を向けたリムスキイは、ピンクの下着姿の二人めの女を発見した。車道から歩道に跳び移り、玄関に隠れようとしたが、流れ出てきた観客の波に行く手をさえぎられ、軽薄さとお洒落《しゃれ》にたいする欲望の犠牲者、いまわしいファゴットの店にだまされた哀れな女は、穴があったら入りたいと夢みていただけである。警官は呼子で空気をつんざきながら、この不幸な女を目がけて突進し、そのあとを鳥打帽をかぶった楽しげな若い連中が追いかけていた。哄笑とはやしたてるような声を発していたのは、この連中であった。

口ひげを伸ばしたやせた馭者《ぎょしゃ》が服を着ていない最初の女のところに馬車で駆け寄り、そこで、骨ばって元気のない馬の手綱を勢いよくしぼった。馭者の顔は嬉しそうにほくそえんでいた。

リムスキイは頭を拳固でたたき、ぺっと唾を吐くと、窓から跳びのいた。

しばらく机の前にすわりこみ、通りの騒ぎに耳を傾けていた。あちらこちらから聞こえていた呼子の音は最高潮に達し、やがて引きはじめた。リムスキイの驚いたことに、スキャンダルはなぜか予期しなかったほど急速に収束した。

行動すべき時が訪れ、責任という名の苦い酒盃を飲みほさねばならなくなったのである。電話はプログラム第三部のあいだに修繕されていたので、あちらこちらに電話をかけて事態を報告し、助けを求め、うまく嘘で固めて、いっさいの責任をリホジェーエフに転嫁しつつわが身を護らねばならなかった。畜生、いまいましい悪魔め。すっかり気が転倒した経理部長は二度ばかり受話器に手をかけたが、二度とも受話器を取りあげなかった。すると突然、執務室の死んだような静寂を破って、それこそ顔めがけて電話がけたたましく鳴りだし、経理部長はぎくりと身を震わせたが、背中に冷たいものが走った。《それにしても、神経がかなり参ってしまったものだ！》と考え、受話器を取りあげた。そのとたん受話器から跳びのき、その顔は紙よりも蒼白になった。静かではあったが、取り入るような淫らな女の声が受話器から囁きかけたのである。

「リムスキイ、どこにも電話をしないでね、そうでないと、たいへんなことになるわよ」

受話器はそれきり沈黙した。背中がぞくぞくするのを覚えながら受話器を置くと、経理部長はなぜか背後の窓をふり返った。まだほとんど葉をつけていない楓《かえで》のまばらな枝を透して、透明な雲のなかを移動している月が見えた。なぜか釘づけにされたみたいになって、リムスキイは木の枝を凝視していたが、じっとみつめていればいるほど、いっそう強く恐怖にとらえられるのだった。

ようやくのことで経理部長は自分を抑えると、月の見える窓からついに目をそらせて立ちあがった。もはや、電話などどうでもよく、いかにして一刻も早く劇場から逃げ出すかという思いしか念頭にはなかった。

耳を澄ましたが、劇場の建物は沈黙しつづけていた。この二階には、もうだいぶ前から自分一人しかいなかったことをリムスキイは理解し、それを思うだけで、子供じみた耐えがたい恐怖にかられた。これから一人きりで、誰もいない廊下を通り抜け、階段を降りてゆかなければならないのかと考えただけで戦慄を覚えずにはいられなかった。催眠術によってできた十ルーブル紙幣を熱病にかかったみたいに机の上から引っつかむと、それを書類鞄にしまいこみ、ほんのわずかでも自分を励まそうと咳ばらいをした。咳ばらいはしわがれていて、弱々しかった。

このとき、執務室のドアの下から、突然、じめじめした湿気がただよってきたかのように思われた。リムスキイの背中に悪寒が走った。だがさらに、思いがけず時計が鳴りだし、十二時を打った。しかし最終的に心臓がとまったかに思えたのは、ドアの鍵穴に突っこまれた鍵がそっと回される音を聞いたときだった。汗の吹き出た冷たい手で書類鞄をつかむと、この鍵穴のひそかな音がもうしばらくつづいたなら、もう耐えられなくなって、つんざくような悲鳴をあげるにちがいない、と経理部長は思った。

ついに、ドアがようやくのことで開き、ヴァレヌーハが音もなく執務室に入ってきた。足ががくがくして、リムスキイはへなへなとソファにすわりこんだ。胸に大きく息を吸いこむと、お世辞のような笑いを浮かべて、低い声でつぶやいた。

「ああ、きみか、びっくりしたよ！」

そう、この不意の出現には誰だって驚かずにはいられなかったに相違ないが、それと同時に、これは大きな喜びでもあった。この紛糾した事態にあっては、たとえかぼそいものにせよ一本の命の綱が現れたからである。

「さあ、早く話してくれ！　さあ！　さあ！」藁にもすがる気持で、リムスキイはしわがれ声を出した。「これはみんな、どういうことなのだ？」

「悪かった、どうか許してくれ」入ってきた男はドアを閉めながら、低い声で答えた。「もう、帰ったのではないかと思っていたので」

ヴァレヌーハは鳥打帽も脱がずに肘掛椅子に歩み寄り、机の向い側に腰をおろした。

ここで言っておかなければならないが、ヴァレヌーハの答えにはいささか奇妙な点があって、それが鋭敏な感度にかけては世界のもっともすぐれた観測所のいかなる地震計にもひけをとらない経理部長の勘にさわった。いったい、どういうことだろうか。もしも自分が帰ったのではないかと考えたのなら、どうしてヴァレヌーハは執務室にやってきたのだろうか。彼にだって自分の執務室があるではないか。そのことがひとつである。それからもうひとつ、ヴァレヌーハがどこの入口からこの建物に入ってきたにせよ、夜警の誰かに出会うはずであり、しばらくここに残っていることはどの夜警も知っていたのである。

しかし、この奇妙なことがらに関して、経理部長は長いこと思いめぐらしたりはしなかった。それどころではなかったのだ。

「どうして電話もくれなかったのだ？　ヤルタのあのばか騒ぎはどういうことなのだ？」

「いや、ぼくの言ったとおりだったよ」まるで虫歯が気になってならないといったように唇を鳴らして、総務部長は答えた。「プーシキンの食堂で発見されたのだ」

「プーシキンでだって！　あのモクスワ郊外の？　それじゃ、ヤルタからの電報は？」

「畜生、なにがヤルタなものか！　プーシキンの電報局員に酒を飲ませて、二人してばかな真似をやりはじめたのだ、《ヤルタ》発にして電報を打ったりもしたわけさ」

「ああ……ああ……それでわかった、そういうことか……」リムスキイは話すというよりも、歌うような調子で言った。その目は黄ばんだ光に輝きだした。リホジェーエフが不名誉にも解雇されるという祝うべき光景が頭のなかにくりひろげられた。リホジェーエフという名の禍《わざわい》からついに解放されたのだ、経理部長が久しく待ち望んでいた解放。だが、ひょっとすると、リホジェーエフは解雇だけではすまないかもしれない……「もっと詳しく話してくれ」文鎮で机をたたきながら、リムスキイは言った。

そこでヴァレヌーハは詳細を物語りはじめた。経理部長に命じられた場所に行くと、すぐに迎え入れられて、話はこのうえない注意をもって聞かれた。もちろん、リホジェーエフがヤルタにいるかもしれないなどと考える者は一人もいなかった。誰もがすぐさま、無論、リホジェーエフはプーシキンの《ヤルタ》にいるにちがいないというヴァレヌーハの推測に同意した。

「いったい、いま、どこにいるのだ?」興奮した経理部長は総務部長の話をさえぎった。

「いや、どこにいると思う」総務部長は歪んだ笑いを浮かべて答えた。「当然のことながら、酔っぱらいを収容するブタ箱さ、酔いをさますために」

「これは、これは！　いや、ご苦労さん！」

ヴァレヌーハはさらに話をつづけた。話が進むにつれて、経理部長の目の前にいっそう鮮明にリホジェーエフの鉄面皮な醜態のかずかずが鎖のように長くつらなってくりひろげられ、しかも、その鎖の環が新たにつけ加えられるにしたがって、ますますひどいものになるばかりであった。プーシキンの電報局の前の芝生で、どこかの暇をもて余した男の鳴らすアコーデオンに合わせて電報局員と抱き合って踊った酔っぱらいのダンスひとつとっても、たいへんなものではないか。恐怖のあまり悲鳴をあげて逃げ出す女たちを追いかける。《ヤルタ》の店員と取っ組み合いの喧嘩《けんか》はする。同じく、《ヤルタ》の店の床にねぎの刻みを撒き散らす。辛口の白ワイン《アイ・ダニーリャ》を八本も割ってしまう。乗車拒否をしたタクシーの運転手のメーターをたたきこわす。乱行をやめさせようとした人々には逮捕するぞと脅迫する。要するに、すさまじい醜態であった。

リホジェーエフはモスクワの演劇界ではよく知られており、一点の非の打ちどころのない人物でないことは誰もが知っていた。それにしても、総務部長の語ったことは、いくらリホジェーエフにしても、あまりに度がすぎている。そう、ひどすぎる。あまりにもひどすぎるではないか……

突き刺すようなリムスキイの視線が机越しにヴァレヌーハの顔に食い入るように注がれ、相手の話が進むにつれて、その目はしだいに暗くなっていった。ヴァレヌーハが自分の物語を飾り立てるために語ったいまわしい細部が生き生きと豊かな色彩をおびはじめるにつれて、リムスキイのほうは語り手をますます信用できなくなった。モスクワに連れ戻すために迎えにきた人々に抵抗を試みようとしたほどリホジェーエフは血迷っていたと報告したとき、リムスキイはすでにはっきりと知るにいたった、深夜に戻ってきたヴァレヌーハの語って聞かせた話はすべて嘘にちがいないと。最初から最後まで、一言一句、嘘に相違ない。

ヴァレヌーハはプーシキンには行っていないし、リホジェーエフ自身もやはりプーシキンには行かなかった。酔っぱらった電報局員もいなければ、レストランでガラスを割ったりもせず、リホジェーエフが縄で縛られたこともない、そんなことはなにもなかったのだ。

総務部長ヴァレヌーハが嘘をついていると確信するや、経理部長リムスキイは足の爪先から恐怖が徐々に全身に這いのぼってくるのを覚え、ここでまたしても、じめじめしたマラリヤの湿気が床の上にただよいはじめたような気がした。なぜか奇妙に肘掛椅子の上で身体《からだ》をよじらせ、電気スタンドの青い影から出ないようにと絶えず努力し、電気の光がいかにも邪魔だとでも言わんばかりに、異常なまでに新聞紙で光線をさえぎっていた総務部長からかたときも目をそらさずに、これはいったいどういうことなのか、そのことばかりを経理部長は考えつづけていた。あまりにも遅く戻ってきた総務部長が、人気《ひとけ》もなく、しんと静まり返っているこの建物で、よくもぬけぬけと嘘を並べたてられるのはなぜなのだろうか。理由のさだかではない、それでいて恐ろしい危険な感覚が心を悩ましはじめた。総務部長の不審な態度、新聞紙の策略などには気づかぬふりをしながら、経理部長は相手の作り話にはもうほとんど耳を傾けずに顔をじっとみつめていた。なんのためにでっちあげたのか、プーシキンでの風変わりな出来事についての中傷的な作り話よりも、もっと説明しがたいものに思われるなにかがあり、そのなにかとは、総務部長の外貌と態度に現れた変化にほかならなかった。

顔に影を落とそうとして鴨のような鳥打帽を目深にかぶろうとも、新聞紙をしきりに動かそうとも、鼻のすぐわきの顔の右半分にある大きな青痣《あおあざ》を経理部長の目から隠しおおすことはできなかった。そのうえ、ふだんは血色のよい総務部長の顔が、いまは白墨のように病的に蒼ざめ、このむし暑い夜だというのに、なぜか首には使い古した縞のマフラーが巻きつけられていた。それに、ほんのしばらく見ないあいだに現れた、なにかを吸いこむようにして唇を鳴らしたりする嫌らしい癖、低くて耳障りなものとなっている急激な声の変化、目に現れた狡猾《こうかつ》さや臆病さなどをつけ加えるならば、ヴァレヌーハは別人のようになっていたと断言できよう。

さらになにかが焼きつけるような激しい不安をリムスキイに呼びさましたが、それが何なのかは、かっと血ののぼった脳をいくら緊張させても、相手の顔をいくらまじまじとみつめても、理解できなかった。ただひとつ確信できたのは、長年にわたって見慣れた肘掛椅子とヴァレヌーハとの組合せに、これまで見たこともない不自然なものがあったという点である。

「それで結局、あいつは取り押えられ、自動車に乗せられたというわけさ」ヴァレヌーハは新聞のかげから顔を覗かせ、掌で青痣を隠しながら低い声で唸った。

リムスキイはいきなり手を伸ばし、まるで無意識のように、それと同時に、机の上で指先をもてあそびながら非常ベルのボタンを掌で押して茫然とした。

がらんとした建物全体に、けたたましいベルの音が鳴り渡るはずであった。ところがベルは鳴らず、ボタンは気の抜けたように机の表面に埋まっていた。ボタンは役に立たず、非常ベルは故障していたのである。

リムスキイの巧妙な計略はただちに見破られてしまい、ヴァレヌーハは顔を歪め、目には明らかに敵意のこもった火花を閃かせて、たずねた。

「どうしてベルを押したのだ?」

「つい、うっかり押してしまったのだ」とリムスキイは低く答え、手を引っこめると、今度は自分から震え声でたずねた。「その顔はどうしたのだ?」

「車がスリップして、ドアのハンドルにぶつけてしまったのさ」とヴァレヌーハは視線をそらして答えた。

《嘘をつけ!》とリムスキイは心のなかで叫んだ。そしてその瞬間、目を大きく見開き、まったく狂気じみたものになっていた目で肘掛椅子の背をひたと見すえた。

肘掛椅子の背後の床には二つの影が交錯して落ちていたが、そのひとつは、ほかよりも濃くて黒く、もうひとつのほうははるかに薄く、灰色がかっていた。肘掛椅子の背もたれと先のとがった脚の影は床の上にくっきりと見えていたが、床に映っている椅子の背もたれの上にヴァレヌーハの頭の影はなく、また同様に、椅子の脚の下に足の影はなかった。

《こいつには影がない！》とリムスキイは心のなかで絶望的に叫んだ。激しい戦慄に襲われた。

ヴァレヌーハはリムスキイの狂気じみた視線を追いながら、肘掛椅子の背もたれをそっとふり返り、正体を見破られたことを悟った。

ヴァレヌーハは椅子から立ちあがり（リムスキイも同じように立ちあがった）、書類鞄を両手に握りしめながら、机から一歩あとずさりした。

「見破られたか、畜生！　いつでも利口なやつだ」リムスキイに面と向かって、いかにも憎らしそうに薄笑いを見せながらヴァレヌーハは言い、突然、椅子からドアのそばに跳びのくと、すばやくドアの掛金をおろした。庭に面した窓のほうに後退しながらリムスキイは絶望的にあたりを見まわし、月の光を浴びた窓のところに、ガラスに押しつけた裸の若い女の顔と、通風窓に突っこんで下の掛金をはずそうとつとめていたむき出しの腕とを目にした。上の掛金はすでにはずされていた。

電気スタンドの明りが消え、事務机が傾きはじめているようにリムスキイには思われた。氷のように冷たい波を全身にふりかけられたが、さいわいにも踏みとどまって卒倒はしなかった。残された力をふりしぼって叫ぼうとしたが、こう囁くのがせいぜいであった。

「助けてくれ……」

　ヴァレヌーハはドアを見張りながら、ドアのそばで跳びあがると、そのまま長いこと宙に浮かんでゆらりゆらりと揺れていた。鉤形《かぎがた》に曲げた指をリムスキイのほうに向けて振り、なにやら悪態をつき、唇を鳴らして窓ぎわの女に目配せした。

　女は急ぎだし、通風窓に赤髪の頭を突っこむと、できるかぎり腕を伸ばして、爪で下の掛金を引っかき、窓枠を揺すりはじめた。その腕はまるでゴムでできたように伸び、死人のような緑色におおわれていた。ついに、死人のような緑色をした指が掛金の先端をつかみ、それを回すと、窓枠が開きはじめた。リムスキイは力なく叫び、壁によりかかり、書類鞄を楯がわりに前に出して身構えた。最後の時がついに訪れたことを彼は理解した。

　窓枠が大きく開け放たれたが、しかし部屋に流れこんできたのは、夜の爽やかな空気や菩提樹の芳香ではなくて、墓場のような臭いであった。死んだような女が窓敷居の上に姿を現した。リムスキイはその胸にくっきりと浮き出た屍斑を見た。

　このとき、まったく思いがけずに、庭の射的場の向う、舞台で使う鳥を飼っている低い建物から嬉しそうな雄鶏の甲高い鳴き声が届いた。モスクワに東から夜明けの近づいていることを高らかに告げながら調教された雄鶏が鳴いたのである。

若い女は激しい怒りに顔を歪め、しわがれた声で悪口雑言を吐き、ドアのそばで宙に浮いていたヴァレヌーハは金切り声をあげて、どすんと床に落ちた。

雄鶏がふたたび時をつくると、若い女は歯ぎしりをして赤髪を逆立てた。三度めの雄鶏の鳴き声とともに、彼女はくるりと身をひるがえして窓から飛び去った。そのあとを追うように、ヴァレヌーハは跳びあがり、宙で水平に身体を伸ばすと、それこそ空を飛ぶキューピッドさながらに、ゆっくりと机を越えて窓から泳ぎ出た。

ついさきほどまでとは打って変わり、いまや黒い髪は一本となく、雪のような白髪頭となったリムスキイはドアに駆け寄り、掛金をはずしてドアを開け、暗い廊下を走りだした。階段に出る曲り角で恐怖のあまり呻き声をもらしながら、スイッチを手探りして階段の明りをつけた。震えおののく老人はヴァレヌーハにそっとのしかかられたような気がして、階段のところでばったり倒れた。

階下に駆けおりたとき、ロビーの切符売場のそばの椅子で眠りこんでいた夜警が目に入った。リムスキイは足音を忍ばせて夜警のそばを通り、正面玄関からそっと抜け出した。通りに出ると、気分もいくぶん楽になった。頭に手をやってみて、帽子を執務室に置き忘れてきたことを思い出せた程度には落ちつきを取りもどしていた。

リムスキイが帽子を取りに戻らなかったことはいうまでもなく、向い側の映画館の角で点滅している不透明な赤いランプを目ざして駆けだし、あえぎながら広い通りを横切った。一分後には、すでにそのそばに立っていた。タクシーは誰にも横取りされずにすんだ。

「レニングラード行きの特急に間に合わせてくれ、チップははずむから」苦しそうに息をはずませ、心臓を押えながら、老人は言った。

「車庫に戻るところなのですがね」と運転手は憎らしげに答え、そっぽを向いた。

そこで、リムスキイは書類鞄を開けて五十ルーブルを取り出すと、開いていた前扉の窓越しに運転手に差し出した。

数秒後、タクシーは車体を揺すりながら旋風のようにサドーワヤ環状通りを全速力で疾走していた。白髪頭のリムスキイは座席で揺られつつ、運転手の前に吊るされた鏡の破片のなかに映る嬉しそうな運転手の目と狂気じみた自分の目を交互に見くらべていた。

駅の建物の前でタクシーから跳び降りるや、リムスキイは最初に行き当った白い前掛けにバッジをつけた駅員に叫んだ。

「一等席を一枚、三十ルーブル出すから」書類鞄から十ルーブル紙幣を何枚かくしゃくしゃに丸めながらつかみ出した。「一等席がなければ二等席、それもなければ三等席だ」

バッジをつけた駅員は蛍光文字盤の時計をちらりとふり返りながら、リムスキイの手から紙幣をもぎ取った。

五分後、駅のガラス張りの丸天井の下から特急列車は発車し、闇のなかに跡かたもなく消え失せた。その列車とともに、リムスキイもまた消え失せた。

15　ニカノール・ボソイの夢

精神病院の一一九号室に収容された赤ら顔のふとった男がニカノール・ボソイであったことは推測に難くない。

しかしボソイは、すぐにストラヴィンスキイ教授のもとに連れてこられたのではなく、その前に、しばらくほかの場所に入れられていた。

そのほかの場所に関しては、ボソイの記憶に残っていたのはほんのわずかしかない。記憶していることといえば、机と戸棚とソファだけだった。

そこでは、頭にかっと血がのぼり、精神的な興奮のために目の前がぼうっとかすんでいたボソイは事情聴取を受けたものの、それはなんとも奇妙な、わけのわからない会話となり、もっと正確にいうならば、要するに会話は成立しなかったのである。

ボソイにたいする最初の質問は、このようなものであった。

「あなたはニカノール・ボソイ、サドーワヤ通り三〇二番地にあるアパートの居住者組合議長ですね？」

これにたいして、ボソイは思わず吹き出し、げらげら笑って、文字どおり、こう答えたのである。

「ニカノールです、もちろん、ニカノールですとも！　でも、なんの議長だというのです！」

「とおっしゃると？」目を細くしてたずねる者がいた。

「こういうことです」とボソイは答えた。「私が議長だとすると、ひと目見ただけで、あいつが悪魔だということに気づいたはずです！　だって、そうではありませんか？　鼻眼鏡はひび割れ……着ているものは、ぼろぼろ……あれが外国人の通訳なものか！」

「誰のことです？」とたずねる者がいた。

「コロヴィエフ！」とボソイは叫んだ。「アパートの五〇号室に移ってきた男です！　書いてください、コロヴィエフです。いますぐ捕まえなければ……書いてください、六番玄関から入るのです。あいつはそこにいます」

「どこから外貨を手に入れたのです？」同情するようにボソイにたずねる者がいた。

「真実の神、全能の神さまが」とボソイは話しだした。「なにもかもお見とおしです、神かけて誓います。外貨なんて私は一度も手にしたことなどありませんし、それが外貨だなんて思ってみたことさえありません！　もしも悪いことをしたら、神がお罰しになることでしょう」ボソイはシャツのボタンを留めたりはずしたり、十字を切ったりしながら、誠意をこめて話しつづけた。「確かに賄賂《わいろ》も受けとりました！　受けとりはしましたが、ソヴェト紙幣でした！　賄賂をもらって居住登録をしてやったことも否定しません。書記のプロレジネフもなかなかのやり手で、まったくひどいものです！　率直に言って、管理事務所にいるのはみんな泥棒ばかりです。しかし、外貨は受けとってはいません！」

ばかなふりをするのはやめて、ドル紙幣がどうして換気口で発見されたかを話すようにと言われると、ボソイは跪《ひざまず》き、寄木細工の床の碁盤目を飲みこもうとするかのように大きく口を開けながら、身体《からだ》を揺すった。

「もしもお望みなら」とボソイは唸った。「受けとっていないことを証明するために、なんでもします、それこそ土だって食べてみせますが、どうです？　でも、コロヴィエフは悪魔です」

いかなる忍耐にも限度というものがあり、机の向う側にすわっていた人々は声を荒らげ、わけのわからぬことを口走るのはそろそろやめるべきだ、とそれとなくほのめかした。

そのとたん、ソファのある部屋は、がばと身を起こしたボソイのすさまじい咆哮《ほうこう》で充満した。

「ほら、あいつだ！　戸棚の向うにいる！　ほら、ほくそえんでいる！　あの鼻眼鏡だ……あいつを捕まえろ！　この部屋に聖水を注いで浄めなければ！」

顔から血の気が引いたボソイは身をわななと震わせながら宙で十字を切り、ドアに突進しては戻ってき、なにかの祈禱《きとう》の文句をとなえ、しまいには、まったくばかばかしい話をしゃべりはじめた。

もはやボソイがいかなる事情聴取にも応じられなくなっているのは、火を見るよりも明らかとなった。彼は連れ出されて特別室に収容されたが、そこでいくぶんおとなしくなり、祈ったり、すすり泣いたりするばかりだった。

サドーワヤ通りのアパートにはもちろん係官が派遣され、五〇号室の立入検査が行なわれた。しかしコロヴィエフなどという男は発見されず、アパートに住む誰一人としてコロヴィエフのことを知らなかったし、見たこともなかった。いまは亡きベルリオーズと、ヤルタに出かけたリホジェーエフの借りていた住居はからっぽで、本棚のある書斎の扉の封印は誰の手にも触れられず、まったく無事であった。こうして、係官たちはサドーワヤ通りから引きあげたが、その際、狼狽《ろうばい》して打ちのめされたような居住者組合書記のプロレジネフの同行を求めた。

夕方に、ボソイはストラヴィンスキイ教授の病院に送りこまれた。そこでも、ひどく暴れまわったので教授の処方による注射を打たれる破目になったが、真夜中になってようやく、いかにもつらそうな、苦痛にみちた呻きをときおり発しながらも、一一九号室で眠りに落ちた。

しかしそのうちに、眠りはしだいに安らかなものになっていった。寝返りを打ったり、呻いたりするのをやめ、呼吸も楽になり、規則正しくなったので、彼一人を残して医師たちは引きあげた。

そのとき、ボソイは夢を見ていたのだが、それが今日の体験の影響を受けていたことは疑いの余地もなかった。ボソイの見た夢は、金色のトランペットを手にした人々に、きれいにニスを塗った大きなドアのそばまで、きわめて厳粛に案内されるところからはじまっていた。ドアの前にくるとボソイに敬意を表わして、案内してきた人々はファンファーレを吹奏し、それにつづいて、それこそ天国からの声のようによく響く低音が空から嬉しそうに言った。

「ようこそ、ボソイさん！　外貨を出してください！」

すっかり度肝《どぎも》を抜かれてボソイが見上げると、頭上には黒いラウドスピーカーがあった。

それから、どういうわけか、金メッキをほどこした天井の下にクリスタルのシャンデリアが輝き、壁にはたくさんの燭台の突き出た劇場のなかにボソイはいた。規模は小さいながらも豪華きわまりないこの劇場には、すべてがしかるべく整っていた。そこには、拡大した十ルーブル金貨を星のようにちりばめた暗赤色のビロードの幕の降りた舞台やプロンプター・ボックスがあり、観客までいた。

ボソイを驚かせたのは、観客が男性ばかりで、しかも、なぜか誰もが顎ひげを伸ばしていたことである。それに奇妙なことに、劇場の客席には椅子がなく、観客は全員、驚くほどきれいに磨きあげられた、つるつる滑る床の上にすわっていた。

この予期しなかった大勢の観客に困惑しながら、しばらくためらったあげく、ボソイはほかの人々を見ならって、赤毛の顎ひげを伸ばした頑強そうな男と蒼白い顔にひげの濃い男とのあいだに割りこみ、寄木細工の床の上にあぐらを組んですわった。すわっていた人々のうち、新入りの観客に注意を払う者は一人としていなかった。

このとき静かな鐘の音が響き、客席の明りが消え、幕が開くと、ソファや小さな金の鐘をのせたテーブル、一面に黒いビロードの幕を垂らした背景のある明るい舞台が現れた。

そこへ、きれいにひげを剃《そ》り、髪をきちんと分け、とても感じのよい顔つきをした若い俳優が燕尾服《えんびふく》を着て、司会者として舞台に登場した。客席の観客は活気づき、いっせいに視線を舞台に向けた。司会者はプロンプター・ボックスのほうに歩み寄り、両手をこすり合わせた。

「すわっていらっしゃいますね？」やわらかいバリトンで司会者はたずね、客席に向かって微笑を浮かべた。

「すわっています、すわっています」客席からはテノールとバリトンの合唱が応えた。

「ふむ……」物思わしげに司会者は話しだした。「私には理解できませんが、よくもまあ飽きないものですね、だって、普通の人はみんな、いまごろは人間らしく通りを歩きまわったり、春の太陽と暖かさを心ゆくまで楽しんでいるというのに、あなたがたときたら、こんな鬱陶《うっとう》しい客席の床にすわりこんでいらっしゃる！　そんなにも、ここのプログラムは面白いのでしょうか？　もっとも、人にはそれぞれ好みというものがありますけれど」と司会者は哲学者のように話を結んだ。

それから、声の調子と話しかたを変えて、楽しそうに、声を響かせて告げた。

「それでは、つぎのプログラム、ニカノール・ボソイ、居住者組合議長で食餌療法による食堂経営者。どうぞお願いします、ボソイさん！」

この紹介に、いっせいに拍手がわき起こった。ボソイはびっくりして目を見はったが、司会者は照明の光を片手でさえぎって客席にボソイを見つけだすと、愛想よく指を動かして舞台に招いた。そしてボソイは自分でも記憶のないまま、気がつくと舞台の上にいた。

突然、下から、それに正面から当てられる色のついた照明に目をくらませられ、そのためにすぐさま観客席は闇に沈みこんだ。

「さあ、ボソイさん、われわれに模範を示してください」と若い俳優である司会者は思いやりをこめて言いだした。「外貨を出してください」

静寂が訪れた。ボソイは息を継いで、低い声で言いかけた。

「神に誓って言いますが……」

しかし、この言葉を言い終わらぬうちに客席全体に憤懣《ふんまん》の叫びがどっとわき起こった。ボソイは途方に暮れて黙りこんだ。

「私の理解したところによりますと」と司会者が言った。「外貨を持っておられぬと、神に誓って言おうとなさったのですね？」そして、同情するようにボソイをみつめた。

「まさしくそのとおりです、持っておりません」とボソイは答えた。

「そうですか」と司会者はつづけた。「しかし、不躾《ぶしつけ》な質問を許していただきたいのですが、あなたと奥さんしか住んでおられないあのアパートの便所で発見された四百ドルは、いったい、どうなさったのですか？」

「魔法さ！」暗い客席から、誰かが明らかに皮肉っぽく言った。

「まさしくそのとおり、魔法なのです」司会者に向かってでもなく、暗い客席に向かってでもなく、ボソイはおずおずと答えて、説明した。「悪魔が、チェックの通訳が投げこんでいったのです」

すると、ふたたび客席は憤然とどよめいた。静寂が戻ってきたときに司会者は言った。

「いやまったく、こんな話って、ラ・フォンテーヌの寓話[*1]にだって出てきはしません！　四百ドルが投げこまれたですって！　それでは、みなさま、ここにいらっしゃる外貨の闇買人のみなさま！　専門家としてのみなさまにおたずねしますが、こんなことが考えられるでしょうか？」

「外貨の闇買人なんかではない」劇場のあちらこちらから腹立たしげな声があがった。

「しかし、そんなことは考えられない！」

「まったく賛成です」と司会者は断言した。「そこで、おたずねしますが、投げこむことのできるものはなんですか？」

「赤ん坊だ！」と誰かが客席から叫んだ。

「ご名答」と司会者はうなずいた。「赤ん坊、匿名の手紙、ビラ、時限爆弾、その他いろいろありますが、四百ドルを投げこむ者なんてどこにもいません、そんな愚かな者はこの世にいるはずがありませんからね」そこでボソイのほうをふり返って、責めるように、悲しげにつけ加えた。「がっかりさせられましたよ、ボソイさん！　あなたにだけは期待していたのですがね。このとおり、プログラムは失敗でした」

客席では、ボソイに向かって口笛が吹き鳴らされた。

「こいつは外貨の闇屋だ！」客席から叫び声があがった。「こんなやつらのおかげで、われわれは無実の罪に苦しめられるのだ！」

「この人を責めないでください」と司会者は穏やかに言った。「この人だって後悔しているのです」それから、涙をいっぱい浮かべた青い目をボソイのほうに向けて、つけ加えた。「さあ、ボソイさん、席に戻ってください！」

このあと、司会者は小さな鐘を鳴らし、大声で宣言した。

「休憩にします、いまいましい諸君！」

まったく思いがけずに劇場の舞台に登る破目に陥り、激しい衝撃を受けたボソイはふたたび床の席に戻った。このとき夢のなかでは、客席が完全な闇に沈み、壁に《外貨を

＊1　フランスの詩人・寓話作家。一六二一—九五。

出したまえ！》と赤く燃える電光文字が浮かびあがった。それからふたたび幕が開き、司会者は呼び招いた。

「セルゲイ・ドゥンチリ、舞台にどうぞ」

ドゥンチリは、ひげこそ伸び放題ではあるが、端整な顔立ちの五十がらみの紳士だった。

「ドゥンチリさん」と司会者は話しかけた。「もう一カ月半もここにすわったきり、お手元に残っている外貨の引き渡しを執拗に拒んでおられるが、外貨はわが国にとってこそ必要なもので、あなたには使い道のないものなのに、こうして強情を張っておられる。教養のある人で、なにもかもよくご存じのはずなのに、われわれの要請に応じようとはなさらないのですね」

「残念ながら、外貨はもう残っていないので、どうしようもありません」とドゥンチリは落ちつきはらって答えた。

「でも、少なくとも、ダイヤモンドぐらいはあるのではないですか？」と司会者はたずねた。

「ダイヤモンドもありません」

司会者はうつむいて、なにやら考えこんでいたが、やがて掌を合わせて、ぽんと打ち鳴らした。舞台の袖から、流行の服装に襟のないコートに小さな帽子をかぶった中年の女性が舞台に登場した。女は不安そうなようすをしていたが、それを見ても、ドゥンチリのほうは眉ひとつ動かさなかった。

「このかたは?」と司会者はドゥンチリにたずねた。

「妻です」とドゥンチリは威厳をもって答え、いくぶん不愉快そうなまなざしで妻の長い首を見やった。

「ドゥンチリ夫人、わざわざ、ご足労願いましたのは」と司会者は言った。「こういうことで、つまり、ご主人がまだ外貨をお持ちになっておられるかどうかを、おたずねしたかったのです」

「あのとき、主人は残らず渡しました」とドゥンチリ夫人は不安げに答えた。

「なるほど」と司会者は言った。「まあ、そうおっしゃられるのでしたら、それでいいでしょう。すっかり引き渡していただいたのでしたら、いますぐ、ドゥンチリさんとお別れするほかありません、このさき、何をすることがありましょう！　もしもお望みなら、劇場から出て行かれてもいいのですよ、ドゥンチリさん」司会者は鷹揚《おうよう》な身ぶりをした。

ドゥンチリは落ちつきはらい、威厳を失わずに向きを変えると、楽屋のほうに歩きかけた。

「ちょっと、お待ちください！」と司会者は呼びとめた。「お別れに、プログラムをもうひとつ、お目にかけましょう」そこでふたたび、手を打ち鳴らした。

背後の黒い幕が開き、きれいなリボンで結んだ分厚い札束、それに青や黄色や赤い火花を周囲にまばゆく放つダイヤのネックレスを載せた黄金の盆を両手に持って、イブニングドレスに身をつつんだ若い美女が舞台に登場した。

ドゥンチリは思わず一歩あとずさりしたが、その顔は蒼白になった。観客は息を呑んだ。

「二万八千ドルと四万ルーブル相当のネックレスです」と司会者はおごそかに宣言した。「ドゥンチリさんはこれをハリコフ市に住む愛人宅に隠匿していたのです、その愛人というのが、いま、ここにおられ、ご親切にも、この高価きわまりないものの個人の所有にあってはいかなる役にも立たない財宝の発見にご協力いただいたイーダ・ヴォルスにほかなりません。たいへんありがとうございました。ヴォルスさん」

美女は白い歯を見せてにっこりと笑い、長い睫毛《まつげ》をかすかに震わせた。

「それに引きかえ、あなたの威厳にみちた仮面の下には」と司会者はドゥンチリに向かって言った。「貪欲な蜘蛛《くも》と驚くべき陰険なペテン師、嘘つきが隠されているのです。

一カ月半にわたって、そのばかげた強情さでみんなを悩ませつづけてきました。さあ、家に帰って、奥さまから地獄の責め苦を受けるがよいでしょう」

ドゥンチリはよろめき、いまにも倒れそうになったが、思いやりのこもった誰かの腕にからくも抱き支えられた。このとき、手前の幕が勢いよく降りて、舞台の上にいた者すべてをおおい隠した。

嵐のようなすさまじい拍手が劇場を揺るがし、シャンデリアから炎が跳び出すのではないかとボソイには思われたほどだった。だが、手前の黒い幕が上がったときには、舞台には、ただ一人、司会者のほかには誰もいなくなっていた。いっせいにわき起こる二度めの拍手を制して、何度もお辞儀をすると、司会者は口を切った。

「このプログラムで、ただいまのドゥンチリを通して典型的な愚か者の姿をお目にかけたしだいです。外貨の隠匿はまったく無意味であると昨日も申しあげたではありませんか。どんな状況であっても、外貨を使うことは誰にもできません、そう断言します。たとえば、ただいまのドゥンチリの例をとりあげて考えてみましょうか。かなりの高給取りで、なにひとつ不自由はありません。すばらしい住宅があり、妻がいて、美しい愛人もいます。それだから、外貨や宝石を素直に引き渡し、面倒を起こさず平穏無事に暮らしてゆけばよいものを、この貪欲な間抜けときたら公衆の面前で悪事があばかれ、結局のところ深刻な家庭騒動を引き起こす破目になったのです。さて、どなたか引き渡しをお望みのかたは？　希望者はいらっしゃいませんか？　それでは、つぎのプログラムに進ませていただきましょう、演劇界にその名を轟《とどろ》かしている名優サッヴァ・クロレーソフの特別出演で、詩人プーシキンの『吝嗇《りんしょく》な騎士』の一場面をお見せいたします」

紹介されたクロレーソフはすぐさま舞台に登場したが、フロックコートに白ネクタイ、長身で肉づきもよく、きれいにひげを剃りあげた男だった。

なんの前置きもなしに、いきなり陰鬱そうな顔をつくり、眉をひそめ、金の鐘を横目でにらみながら、不自然な声でクロレーソフは語りはじめた。

「女性にもてる若い美男子が、したたかで、ふしだらな女との逢びきを待っていると……」

そして、クロレーソフはわが身にまつわる数多くのよからぬことを物語った。どこかの不幸な未亡人が雨に打たれながら目の前に跪《ひざまず》いて泣きわめいていたのに、冷酷な心はなにも感じなかった、とクロレーソフが告白したのをボソイは聞いた。この夢を見るまで、ボソイは詩人プーシキンの作品はまったく知らなかったが、プーシキンその人のことはよく知っていて、毎日、何度となく、《ところで、プーシキンは家賃はきちんと払ってくれるのだろうな？》とか、《階段の電球を盗んだのは、プーシキンだったのか？》

とか、《つまり、プーシキンは石油を買うつもりなのだろうか？》とかいったたぐいの文句を口にしていたものである。

いま、プーシキンの作品のひとつを知って、ボソイは悲しくなり、父なし児《ご》を連れて雨に打たれながら跪いている女を心に思い浮かべると、《それにしても、このクロレーソフはなんといやらしい男なのだ！》と思わずにはいられなかった。

クロレーソフのほうは絶えず声を張りあげ、懺悔《ざんげ》しつづけ、しまいにはボソイをすっかり混乱させるにいたったのだが、それというのも、突然、舞台にいない誰かに向かって話しかけたかと思うと、今度は、そのいない人間にかわって自分で自分に答え、しかもそのときには、自分のことを《君主》とか《男爵》、《父》とか《息子》と呼んだり、しまいには、《あなた》とか《おまえ》とか呼びかけたからである。

ボソイが理解できたのはただひとつ、「鍵！　私の鍵！」とクロレーソフが絶叫し、そのあと床にどっと倒れ、しわがれ声を出して、ネクタイをそっとはずしながら無惨な死を遂げたということだけだった。

死んだあと、クロレーソフは立ちあがり、フロックコートのズボンの埃を払い、作り笑いを浮かべてお辞儀をすると、まばらな拍手に送られて退場した。そこで、司会者が語りだした。

「ただいま、みなさまといっしょに、サッヴァ・クロレーソフのすばらしい名演技による『吝嗇な騎士』を拝聴しました。この騎士は、いたずら好きなニンフたちが駆けつけて、なにか楽しいことがたくさん起こるのではないかと期待していました。ところが、ご覧のとおり、そんなことはなにも起こらず、ニンフたちは一人として寄りつかず、ミューズも贈物を与えてはくれず、いかなる宮殿も建てることができず、それどころか、きわめてみじめな最期を遂げ、外貨と宝石の詰まったトランクの上でショック死したのです。あらかじめ警告しておきますが、あなたがたが外貨を引き渡さないと、これよりもひどいとは言わないまでも、これに似たような目にあうことなのでしょう！」

プーシキンの詩が強烈な印象を与えたのか、それとも司会者の散文的な演説のせいか、突然、客席から遠慮がちな声が響いた。

「外貨をお渡しします」

「さあ、どうぞ舞台に！」暗い客席に目を凝らしながら、司会者は丁寧に招いた。

舞台に現れたのは小柄な金髪の紳士だったが、その顔から判断すると、三週間ほどひげを剃っていないものらしい。

「失礼ですが、お名前は？」と司会者がたずねた。

「カナーフキン、ニコライです」舞台に登った男は、はにかみながら答えた。

「ああ！　はじめまして、カナーフキンさん、それで？」

「お渡しします」とカナーフキンは小声で言った。

「おいくらです？」

「千ドルと十ルーブル金貨を二十枚」

「ブラヴォー！　それで全部ですね？」

司会者はカナーフキンの目をまじまじとみつめたが、その目からは、レントゲン線みたいにカナーフキンを貫き通す光がほとばしったかのようにボソイには思われた。観客は息を殺した。

「信じましょう！」ついに司会者は叫び、その視線の光を消した。「信じましょう！　その目は嘘をついていません。何度も話したことですが、みなさまの根本的な過ちは、人間の目のもっている意味をじゅうぶんに評価できないことにあるのです。本当に、舌は真実を隠すこともできますが、目はけっして隠せないのです！　不意に質問されても、身じろぎひとつせず、一瞬にして自分を抑え、真実を隠すためには何を言うべきかを知り、きわめて確信ありげに語り、顔の皺ひとつ動かしませんが、ああ、悲しいかな、不意を衝《つ》かれた質問に不安にかられた真実は、一瞬、心の底から目に現れ、それで万事休すです。真実は発見され、逮捕されることになります！」

このきわめて説得力のある話をひじょうに熱っぽく語りながら、司会者は愛想よくカナーフキンにたずねた。

「いったい、どこに隠しているのです?」

「伯母のポロホーヴニコワのところにです、プレチステンカ通りの……」

「ああ!　それは……ええと……クラヴディアさんのところですね?」

「そうです」

「ああ、そう、そう、そうですね!　小さな一戸建ての家ですね?　真向いに前庭がまだありますね?　もちろん、知っています、知っていますとも!　それで、どちらに隠したのです?」

「地下の物置に、エイネム製菓のクッキー缶に入れて……」

司会者は両手を打ち鳴らした。

「なんということをなさったのです?」と残念そうに叫んだ。「そんなところに入れたのでは、湿って黴《かび》が生えるではありませんか!　こんな連中に外貨を任せるなんて、考えられますか?　え?　まったく子供じみています、本当に!」

カナーフキンも、われながらとんでもない失敗をしでかしたと悟り、前髪の長い頭を垂れた。

「お金というのは」と司会者はつづけた。「特別に乾燥し、警備の行き届いた場所のある国立銀行に保管しておくもので、伯母さんの家の地下の物置のように、とりわけ鼠に嚙じられかねない場所などに置くものではけっしてありません！　よくも恥ずかしくないですね、カナーフキン！　あなただって、一人前のおとなではありませんか」

もはや、どうしたらよいかわからぬまま、カナーフキンはジャケットの縁を指でむしりつづけているばかりだった。

「まあ、いいでしょう」と司会者は態度をやわらげた。「すんでしまったことは仕方がありません……」それから突然、まったく予期しなかったことをつけ加えた。「そう、それはそうと、むだに自動車を往復させたり、二度手間をかけたくないので、おたずねしますが……その伯母さんも外貨を隠しているのでしょう？　どうです？」

このような話になるとはまったく予想していなかったカナーフキンは、ぎくりと身震いし、劇場には沈黙が訪れた。

「ねえ、カナーフキン」と司会者はやさしく責めるように言った。「たったいま、褒めたばかりなのに！　それがどうです、いきなり調子を狂わせてしまって！　みっともないですよ、カナーフキン！　目のことを話したばかりではありませんか。あなたの目には、伯母さんも外貨を持っているとはっきり書いてありますよ。さあ、どうして、意味もなく手数をかけるのです?」

「持っています!」とカナーフキンは勇気をふるい起こして叫んだ。

「ブラヴォー!」と司会者が叫んだ。

「ブラヴォー!」と客席がすさまじい声で吠えだした。

騒ぎがおさまったとき、司会者はおめでとうと言って、カナーフキンの手を握り、自動車で自宅まで送ることを申し出、それから舞台の袖にいた誰かに向かって、その車で伯母を迎えに寄り、女性用の劇場への出演を依頼するようにと命じた。

「そう、ひとつおたずねしたいのですが、どこに外貨を隠しているか、伯母さんは言いませんでしたか?」カナーフキンに愛想よく煙草をすすめ、マッチの火をつけながら司会者はたずねた。カナーフキンは煙草を口にくわえ、なにか憂鬱そうに薄笑いをもらした。

「信じます、信じますとも」司会者はため息をついて、応じた。「あのけちな婆さんのことです、甥にだって絶対に打ち明けはしないでしょう。まあ、仕方がありません、せいぜい、伯母さんの人間らしい感情を呼びさますように努力しましょう。ひょっとすると、あの高利貸のようなけちな心の琴線も、まだ腐りきってはいないのかもしれません。それでは、ご機嫌よう、カナーフキン!」

こうして、幸福なカナーフキンは去って行った。外貨を引き渡したい者はほかにいないか、と司会者は問いかけたが、それにたいしては沈黙があるのみであった。

「変わった連中だ、まったく！」肩をすぼめて司会者がつぶやき、それと同時に幕が降りた。

照明が消え、しばらく闇が支配し、その闇のなかで神経質そうなテノールの歌声が遠くから聞こえてきた。

《あそこにあるのは黄金の山、それはみんな私のもの！》*2

それから、どこか遠くのほうから、二度ほど拍手のどよめきが届いた。

「女性用の劇場で、どこかのご婦人が外貨を引き渡しているんだよ」不意に、ボソイの隣にすわっていた赤毛の顎ひげの男が言い、ため息をついて、つけ加えた。「ああ、鵞鳥《がちょう》さえいなかったら！　あなた、リアノーゾヴォに闘技用の鵞鳥を飼っていましてね。私がいないと、くたばってしまうのではないかと心配で……元気のよい、やさしい鳥ですがね、なかなか世話が焼けるんですよ……ああ、鵞鳥さえいなかったら！　プーシキ

＊2　プーシキン原作、チャイコフスキイ作曲のオペラ『スペードの女王』の主人公ゲルマンのアリア。

ンなどで驚かされるものですか」と言って、ふたたび、ため息をついた。

このとき客席が明るくなり、ボソイの夢のなかでは白い帽子をかぶり、手に杓子《しゃくし》を持ったコックたちがドアというドアから入りこんできた。コック見習いたちがスープの入った桶と薄く切った黒パンを入れた木箱を客席に運びこんだ。観客が活気づいた。陽気なコックたちは観客のあいだを動きまわって深皿にスープを注ぎ、パンを配った。

「食べなさい、みなさん」とコックたちは叫んだ。「そして外貨を出してしまいなさい！　こんなところにすわってたって、しょうがないでしょう？　こんな水っぽいスープをすするなんて、物好きにもほどがある。自宅に帰って、オードブルでもつまみながら好きなだけ酒を飲めばよいものを！」

「ほら、どうして、こんなところにすわっているんだね、おやじさん？」赤い首をしたふとったコックが、キャベツの葉が浮いただけの薄いスープの入った深皿を差し出しながら、ボソイに話しかけた。

「ないよ！　ないんだ！　持っていないんだ！」とボソイはすさまじい声で叫んだ。

「本当に、ないんだよ！」

「ない、だと？」おそろしい声でコックが吠えた。「ないの？」と、今度はやさしい女の声でたずねた。「ないわ、ないわよね」コックは准医師のプラスコーヴィヤに変身しながら、なだめるようにして言った。

　夢にうなされているボソイの肩を、准医師がやさしく揺すった。すると、コックたちは姿を消し、劇場も幕も消え失せた。ボソイは涙ぐんだ目で病室、白衣を着てはいるものの、うるさくつきまとっては忠告していたあの無遠慮なコックではなくて二人の医師、スープ皿ではなくて、ガーゼをかけた注射器を載せた皿を手にした例の准医師プラスコーヴィヤを見分けた。

「これはいったい、どうなっているのだ」注射を打たれているあいだに、ボソイはつらそうに言った。「ないと言ったら、ない。プーシキンにでも外貨を出させればいい。ないんだよ！」

「ないわ、ないわよね」と、心の優しいプラスコーヴィヤがなだめるように言った。「ないものは、ないのよ」

　注射を打たれたあと、ボソイはいくぶん楽になり、もう、いかなる夢も見ることなく眠りはじめた。

　しかし、ボソイの叫び声のおかげで、不安は一二〇号室に伝わり、目をさました病人は自分の頭を探しはじめ、そして一一八号室では誰にも知られぬ巨匠が不安にかられて月を見あげ、人生で最後のあの悲しい秋の夜を、地下室のドアからもれてくる光を、ほつれた髪の毛を思い出しながら、憂鬱に手を揉みしだきはじめた。

　不安は一一八号室からバルコニーを伝ってイワンのもとに飛び移り、イワンも目をさまして泣きはじめた。

　しかし、不安におののく患者たち全員を医師がすばやく落ちつかせたので、患者たちも眠りに落ちていった。イワンがまどろみはじめたのは誰よりも遅く、すでに河面に夜が明けかけたころであった。ひろがってゆく薬の効果で安らかな感情が訪れ、それは波のように全身をつつんでいった。身体は軽くなり、まどろみの暖かい微風が頭に吹き寄せていた。イワンは眠りに落ち、夢うつつの状態で耳にした最後のものは夜明け前の森の小鳥たちのさえずりであった。しかし間もなく、小鳥たちのさえずりも聞こえなくなり、夢を見はじめた。太陽はすでにゴルゴタの丘に傾き、丘の周囲には二重の警備線が敷かれていた……

16　処刑

太陽はすでにゴルゴタの丘に傾き、丘の周囲には二重の警備線が敷かれていた。

正午近くに総督の歩む道を横切った騎兵隊は速歩《トロット》で町はずれのヘブロン門に出た。騎兵隊の行く手を阻むものは、もはやなにもなかった。カッパドキア歩兵隊が人や騾馬《らば》や駱駝《らくだ》の群れを排除していたからであるが、騎兵隊はその道を速歩で白い埃をもうもうと舞いあげながら進み、ベツレヘムに通ずる南街道とヨッパへ通ずる北西街道の交差する十字路に出た。騎兵隊は北西街道に進路をとった。ここにもやはりカッパドキア歩兵隊が街道沿いに配置され、過越祭のためにエルサレムに急ぐ隊商たちを前もって街道から追い出していた。聖地巡礼の群れは宿泊用に草地に直接ひろげた縞のテントから出てきて、カッパドキア歩兵隊の背後に立っていた。およそ一キロほど進んだところで騎兵隊は稲妻軍団の第二歩兵隊を追い抜き、さらに一キロばかり踏破して、ゴルゴタの麓《ふもと》に一番乗りをした。そこで、騎兵隊は馬からおりた。隊長は部隊を小隊ごとに配分し、ヨッパ街道からの登り口だけをあけて、小高い丘の麓を完全に包囲した。

しばらくすると、第二歩兵隊が騎兵隊につづいて丘に到着し、一段高い地点を占めて、丘を取り囲むように警備線を張った。

最後に、〈鼠殺し〉のマルクの率いる百人隊が近づいてきた。百人隊は道の両端に沿って二列になって進み、その列のあいだを秘密護衛隊に警護されて、アラム語とギリシア語で《強盗にして謀叛人《むほんにん》》と記された白い板を首にぶらさげた三人の受刑者が荷馬車に乗せられて進んでいた。

受刑者を乗せた荷馬車のうしろには、さらに何台かの荷馬車が削ったばかりの柱と横木、縄、シャベル、バケツ、斧などを運んでいた。それらの荷馬車には六名の死刑執行人も乗っていた。そのうしろからは、百人隊長マルク、エルサレム神殿警備隊長、そして宮殿の薄暗い部屋でピラトゥスと短い会見を済ませたあの頭巾つきのマントをはおった男がそれぞれ馬を進めていた。この行列の最後尾を務めていたのは兵士たちの隊列であったが、そのうしろからも、地獄のような炎暑をもいとわず興味深い見世物の現場に立ち会おうとして、すでに二千人ほどの物見高い群衆がぞろぞろついてきていた。

町からついてきたこれらの物見高い人々に、いまや誰にも妨げられることなく聖地巡礼者たちも合流していた。この長蛇の列は隊列に同行し、正午近くにピラトゥスの叫んだ言葉をくり返して触れまわっていた者たちの甲高い叫び声を浴びながら、ゴルゴタの丘に近づきつつあった。

騎兵隊はそれらの人々を残らず第二の警備線まで通し、一段上の地点にいた百人隊は処刑の関係者だけを上に通し、それから迅速に機動力を発揮して群衆を丘の周囲に追い散らしたので、群衆は上方の歩兵の警備線と下方の騎兵隊による警備線のあいだに挟まれるかたちとなった。そこで、群衆はまばらに展開する哨兵線《しょうへいせん》のあいだから処刑を見ることができた。

このようにして、隊列が丘に登りはじめてから三時間以上が過ぎ、太陽はすでにゴルゴタの丘に傾いていたのだが、二本の警備線を敷いていた兵士たちも耐えがたい炎暑にあえぎ、なすべきこともないまま心のなかで三人の強盗を呪い、その死が一刻も早いことを真剣に望んでいた。

丘の麓の登り口にいた小柄な騎兵隊長は額にじっとりと汗をにじませ、着ていたシャツの背中を汗で黒ずませながら、第一小隊の革バケツのところに何度となく足を運んでは、手で水をすくって飲んだり、ターバンを濡らしたりしていた。こうして、いくぶん楽になると、騎兵隊長はその場を離れ、ふたたび丘の頂上へと通ずる埃っぽい道を行きつ戻りつしはじめた。長いサーベルは革の編上靴にぶつかって音を立てていた。騎兵隊長は忍耐づよさの範を示そうと望んでいたが、部下に同情して、何本かの槍を地面に突き刺してピラミッド状にし、それに白いマントをかぶせる許可を与えた。こうして、無慈悲に照りつける太陽を避けるために、この急ごしらえのテントにシリア兵たちは身を隠した。バケツはすぐさま空っぽになり、さまざまな小隊の騎兵たちが交代で麓の峡谷に水を汲みに行ったが、この灼熱の炎天下で、細い桑の木立のまばらな影のなかを濁った小川がからくも流れていた。ここにはまた、わずかな日陰を求めて、元気のない馬の手綱を握ったまま馬匹係兵たちが手持ちぶさたに立っていた。

疲労しきった兵士たちが三人の強盗に呪いの言葉を浴びせたくなるのも無理のないことであった。処刑のときに、みずからの憎悪の対象であったエルサレムの町で混乱が発生するのではないかという総督の危惧は、さいわいにも的中しなかったからである。こうして、処刑が行なわれて三時間以上も経ったころには、上方の歩兵による警備線と麓の騎兵による警備線とのあいだには、おおかたの予想に反して、人っ子ひとり残ってはいなかった。太陽が焼きつくし、群衆をエルサレムへと引き返させたのである。二個のローマ百人隊の形成する警備線の向う側には、どうして丘に迷いこんだのか、飼主もわからぬ二匹の犬がいるばかりだった。しかし、その犬もこの暑さには耐えられず、だらりと舌を出して苦しげに息を吐きながら、ぐったりと横たわり、灼熱した石と地面に巻きつく大きな有刺植物のあいだに、太陽をも恐れず、緑色の背を見せて身をくねらせている唯一の生き物である蜥蜴《とかげ》にも、いっこうに注意を払おうとはしなかった。

　軍隊の氾濫するエルサレムでも、ここ警備線の敷かれた丘でも、受刑者たちを奪い返そうと試みる者は一人もおらず、群衆も町に戻ったが、実際、この処刑にはとりたてて面白いことなどなにもなかったし、町のなかでは今夜からはじまる過越祭の準備がすでにはじまっていたからである。

　第二の警備線を張っていたローマ軍団の歩兵隊は騎兵隊よりももっと苦しんでいた。百人隊長マルクが部下に許可したのは、兜《かぶと》を脱ぎ、少し水で濡らした白い布切れを頭に巻きつけることだけで、兵士たちは槍を手にして立っていなければならなかった。マルク自身も同じように、とはいえ濡らしていない乾いた布切れを頭に巻きつけ、シャツにつけたライオンの顔をした銀の胸当ても脛当《すねあ》てもはずさず、サーベルや短剣も身につけたまま、死刑執行人の一団から少し離れたところを歩きまわっていた。太陽がじかに照りつけ、陽射しを受けて燃え立つ銀のまばゆい輝きに目をくらまされ、ライオンの顔をした胸当てを見るのも困難なほどだったのに、百人隊長はいっこうにひるむようすも見せなかった。

　巨漢の百人隊長マルクは、醜い顔に疲労の影も不満の色も浮かべることなく、一日じゅうでも、一晩じゅうでも、さらには明日いっぱいでも、必要とあらばいつまでもこうして歩きつづけていられるように見えた。銅の留金のついた重い革ベルトに両手を当てて、磔刑《たっけい》を執行された者たちのさらされている十字架と警備の兵士たちとを同じようにきびしい目つきで交互に眺め、足もとに転がっている風化して白くなった人骨や細かい珪石《けいせき》を、けばだった長靴の先で無関心に蹴とばしながら、いつまでも歩きつづけていられることであろう。

頭巾つきのマントを着た例の男は十字架からほど遠くないところで、三脚の小椅子に腰をおろし、ときおり手持ちぶさたに木の小枝で砂を掘ったりはするものの、じっと、おとなしくすわっていた。

ローマ軍団兵の警備線の向うには人っ子ひとり残っていなかったと述べたのは、必ずしも正確ではない。一人だけ残っていたが、その姿が誰にも見えたわけではなかったのだ。この男がいたのは、丘の頂上へとつづく坂道がなだらかになっていて、処刑を見るにはもっとも好都合な方角ではなくて、北の方、丘の傾斜もけわしく、歩きにくいでこぼこの地崩れや裂け目のあるあたり、天に呪われた水のない土地の向う、病んでやせ細った無花果《いちじく》の木が峡谷に根を張り、からくも生き延びようとしているあたりであった。

処刑と無関係な唯一の見物人であるこの男は、影すら落としていない無花果の木の下で、ことの発端から、つまりもう三時間以上も石の上にずっとすわっていた。そう、処刑の見物に打ってつけどころか、最悪の場所を選んだのだった。しかし、その場所からも十字架は見えたし、警備線の向うに百人隊長のライオンの顔をした胸当てのまばゆい二つの斑点さえ見えていたが、おそらくはそれだけで、あまり人目につかないように、誰からも妨げられないようにと望んでいるこの男にとってはじゅうぶんであった。

しかし、四時間ほど前に処刑が開始されたとき、男はこれとはまったく異なった振舞いをしていて、人目につかないはずはなかったのだが、たぶんそのためであろう、いまは態度を改めて、遠くに身をひそめていたのは。

この男がはじめて、それも遅れてきたのがひと目でわかるようすで姿を現したのは、行列が警備線を越えて丘の頂に踏みこんだばかりの時であった。男は苦しそうに息をつき、ゆっくりと歩くどころか駆け足で丘を昇り、人を押し分けて進み、自分の前にも、ほかのすべての人々にとってと同じように警備線が張られているのを見るや、いらだたしげな叫び声も聞こえぬふりをして、兵士たちのあいだを突破し、すでに荷馬車から受刑者たちが降ろされはじめていた処刑の現場に駆けつけようと、向う見ずなことを試みていた。そのため、鈍い槍先の激しい一撃を胸に食らったが、痛みのせいというよりも絶望から悲鳴をあげると、兵士たちのところから跳びのいた。一撃を食らわしたローマ軍団兵にたいして、肉体の痛みなど少しも感じない人間のように、男はすべてにまったく無関心な、ぼんやりとした視線を向けた。

胸に手を当て、咳をし、息をはずませながら男は丘の周囲を駆けまわって、北側の警備線のどこかに通り抜けられる隙間をなんとか見つけだそうとした。しかし、時はすでに遅かった。警備線の環はすっかり閉じられていたのである。悲しみに顔を歪めた男は、すでに十字架の柱も降ろされていた荷馬車のほうに突進するのを断念せざるをえなかった。そんなことをしても、むざむざ取り押えられるだけであろうし、こんな日に逮捕されるのは、まったく思惑のほかであった。

そこで、ほかよりも静かで、誰からも邪魔されない峡谷のほうに男は身をひそめたのである。

いま、黒い顎ひげを伸ばし、太陽と不眠のために目の爛《ただ》れたこの男は石の上に腰をおろしたまま、重い悲しみにひたっていた。長い放浪の旅のあいだに擦り切れ、かつては青かったものの、いまは汚れて灰色になった肩衣《タリート》の前をはだけ、槍で打身を受けて、きたない汗の流れている胸を出しながらため息をもらしたり、耐えがたい苦しみに身を焼きながら空を見あげ、間近に迫った饗宴を予感してか、もうだいぶ前から空中に大きな輪を描いている三羽の大禿鷹《おおはげたか》を目で追ったり、絶望的な視線を黄色い地面に注いだりしては、なかば崩れかかった犬の頭蓋骨や、そのまわりを動きまわっている蜥蜴を見たりしていた。

ときおり、ひとりごとが思わず口をついて出てしまうほど、苦悶は激しいものであった。

「ああ、おれは愚か者だ！」とつぶやきながら、心の痛みから石の上で身体《からだ》を揺すり、浅黒い胸を爪でかきむしった。「愚か者だ、ばかな女みたいだ、臆病者だ！　ろくでなしだ、人間なんかではない！」

男は黙りこみ、頭を垂れたあと、木の水筒から生ぬるい水を飲んで渇きをいやすと、ふたたび生気を取りもどし、肩衣の胸元に忍ばせた短刀を握ってみたり、目の前の石の上の墨壜と鉄筆のそばに置かれてあった羊皮紙を手に取ってみるのだった。

その羊皮紙には、すでに、つぎのような走り書きがあった。

《時はすばやく過ぎてゆき、私、レビ・マタイがここゴルゴタにいるというのに、いまだにヨシュアのもとに死は訪れない！》

そのさき。

《太陽は傾きかけているが、死は訪れない》

いま、レビ・マタイは先端のとがった鉄筆で絶望的にこう書きしるした。

《神よ！　なにゆえにお怒りなさるのです？　ヨシュアに死を与えたまえ》

こう書きしるすと、マタイは涙なくすすり泣き、ふたたび爪で胸をかきむしった。

レビ・マタイの絶望の原因というのは、ヨシュアと彼を見舞った恐ろしい不運と、本人の意見によるならば自分の犯した重大な過失にあった。一昨日、ヨシュアとマタイはエルサレム近郊のベタニアで、ヨシュアの説教に深い感銘を受けた菜園主の客となっていた。午前中、二人の客は菜園で主人の手伝いをし、夕方、涼しくなってからエルサレムに出発する予定にしていた。しかし、ヨシュアはなぜか急ぎだし、町に急を要する用事があると言って、正午ごろに一人で出発したのだった。まさしく、ここに、マタイの第一の過ちがあった。なぜ、ヨシュアを一人きりで行かせてしまったのか。

その夕方、マタイはエルサレムに行くわけにはゆかなくなった。なにやら突然、恐ろしい病気に襲われたからである。悪寒に震え、全身が火のようにほてり、歯をがちがち鳴らしながら、ひっきりなしに水を求めた。どこにも行くことはできなかった。菜園主の納屋で馬衣の上に横になったまま、金曜日の夜明け、病気に襲われたときと同じように、突然、気分がよくなるまで、ずっとそこで過ごさねばならなかった。身体もまだ衰弱したまま、足もふらついていたとはいえ、なんだか不吉な予感に胸騒ぎを覚えたマタイは主人に別れを告げて、エルサレムに向かった。そこにたどりついたとき、不吉な予感が的中したのを知った。不幸が起こったのだった。マタイは群衆にまぎれて総督の刑の宣告を聞いたのである。

　受刑者たちがゴルゴタに運び出されたとき、マタイは物見高い群衆にまじって兵士の隊列について走り、なんとかしてヨシュアに、せめて自分がここにいて、最後の旅にあっても見捨てることなく、死が一刻も早く訪れるように祈っていることを、それとなく知らせたいと努力していた。しかし、はるか前方、運ばれてゆく目的地のほうをみつめていたヨシュアは、もちろん、マタイに気づくはずもなかった。

　そして、行列がおよそ五百メートルほども進んだとき、群衆にもまれて列のすぐそばまで押し出されたマタイに、きわめて単純で天才的な考えが浮かぶや、すぐさま持ち前の性急さから、どうしてもっと以前に思いつかなかったのか、と呪いの言葉を自分に浴びせかけた。兵士たちの行進は密集隊形をとっていなかった。兵士と兵士とのあいだには間隔があった。ひじょうな機敏さときわめて正確な計算さえあれば、身を屈めて、二人の軍団兵のあいだを通り抜けて荷馬車に突進し、荷台に跳び乗ることも可能だった。そのときには、ヨシュアも苦難から救済されるのだ。

「ヨシュア！　あなたを救い、あなたと共に死ぬ！　私はマタイ、あなたの忠実な、ただ一人の弟子だ！」と叫んで、ヨシュアの背中にナイフを突き刺すには、ほんの一瞬でじゅうぶんなのだ。

そして、もしも神がさらに一瞬の自由な時を恵んでくれるなら、わが身をナイフで突き、十字架に磔《はりつけ》にされて死ぬ運命をまぬがれることもできるであろう。もっとも、かつての徴税人であったマタイにしてみれば、自分の死はさして興味のあることではなかった。どのように死のうが、どうでもよいことだった。望んでいたのはただひとつ、生涯を通して誰にたいしてもいかなる悪もなさなかったヨシュアを、なんとかして拷問からまぬがれさせたいということであった。

この計画はきわめてすばらしいものであったが、問題は、マタイがナイフを持ち合わせていなかったことにある。銅貨一枚、持っていなかった。

マタイは激しい自責の念にかられて群衆のなかから脱け出すと、町に引き返そうと駆けだした。かっかと燃える頭のなかには、いますぐ、いかなる手段を用いてもよい、町でナイフを手に入れ、行列に追いつこうという熱に浮かされたみたいな思いが駆けめぐるばかりだった。

市内に流れこむ隊商たちの雑踏を縫うようにしてマタイは市の門まで駆けとおし、左手に、パン屋の開け放たれたドアを見つけた。灼熱した道を走りとおしたあとだけに、苦しそうに息をはずませながらも、どうにか自分を制し、きわめて落ちつきはらった物腰で店に入り、売台の向うに立っている女主人に挨拶し、なぜか、ほかのどれよりも気に入った大型の丸パンを上段の棚から取ってほしいと頼み、女がうしろを向いたすきに、なにも言わずに、これ以上にうってつけのものはないと思えたほど剃刀《かみそり》の刃のように研ぎすまされた長いパン切りナイフを売台からすばやくつかみとるや、すぐに店からとび出した。

数分後、マタイはふたたびヨッパ街道にいた。しかし行列はもはや見えなかった。彼は駆けだした。ときおり呼吸を整えるために埃まみれの路上にじかに寝ころがり、身じろぎもせず横になっていなければならなかった。そしてそのまま、驢馬《ろば》にまたがったり、あるいは徒歩でエルサレムに向かう人々を驚かせながら、じっと横たわっていた。こうしながら、胸ばかりか、頭にも、耳にも心臓の鼓動が鳴りつづけているのを聞いていた。いくぶん呼吸がもとに戻ると、跳び起きて、走りつづけたが、速度は落ちるいっぽうだった。ついに、はるか遠くに、砂埃をあげて進む長い行列を見いだしたとき、行列はすでに丘の麓にさしかかっていた。

「おお、神よ……」間に合わなかったことを悟り、マタイは呻いた。確かに、遅すぎたのである。

処刑から三時間あまりが経過したとき、マタイの苦悶は最高潮に達し、激しい怒りにとらえられていた。石の上に立ちあがると、いまになると、なんの役にも立たなかったことのわかった盗んだナイフを力まかせに地面にたたきつけ、飲み水がなくなるのも気にせず水筒を足で踏みつぶし、頭巾を取ると、まばらな髪の毛をかきむしりながら自分自身を呪いはじめた。

マタイは意味のない言葉を投げつけてわが身を呪い、喚き、唾を吐き、こんな愚者をこの世に生んだ父と母を罵りだした。

呪いも罵りの言葉も効きめがなく、この強い陽射しのもと、いかなる変化も起こらないのを見てとるや、ひからびた拳を固め、目を閉じ、物の影を長く伸ばしつつしだいに地中海に沈もうと空を降りてゆく太陽に向かって拳固を振りあげ、ただちに奇蹟を行なうことを神に求めた。いますぐヨシュアに死を遣わしたまえ、と神に求めたのだった。

目を開けると、丘の上では百人隊長の胸に輝いていた銀色の胸当ての光が消えただけで、なんの変化も起こらなかったことを確信した。エルサレムのほうに顔を向けた磔刑にされた者たちの背中に太陽が光を注いでいた。そこで、マタイは絶叫した。

「神よ、おまえを呪う！」

さらに、神の不公正を思い知った、もはや神を信じられなくなった、とマタイはしわがれ声で叫んだ。

「おまえは耳なしだ！」とマタイは喚いた。「もしも耳があったら、私の声を聞き、ただちにヨシュアを殺したはずだ」

　目をかたく閉じたまま、天から降りかかり、自分の全身を包むはずの炎をマタイは待っていた。それが起こらなかったので、まぶたを閉じたままの状態で、辛辣で侮辱的な言葉を天に向かって叫びつづけていた。マタイは、これには完全に幻滅した、ほかの神々や宗教も存在するのだ、と叫んだ。確かに、ほかの神ならばこんなことを許すはずがない、ヨシュアのような人間が柱に縛られたまま太陽に焼きつけられる事態を絶対に許すはずがないのだ。

「間違っていた！」と、すっかり声をからしてマタイは叫んだ。「おまえは悪の神だ！　それとも、神殿の香炉から立ち昇る煙で目はすっかりふさがれてしまったのか、聖職者たちの吹き鳴らすラッパの響きのほかは、耳は聞くのをやめてしまったのか？　おまえは全能の神なんかではない。邪悪な神だ。おまえを呪ってやる、強盗どもの神であり保護者にして魂であるおまえなんか！」

　このとき、元徴税人の顔になにかが吹きつけ、なにかが足もとでかさこそと音を立てた。さらにもう一度、なにかが顔に吹きつけたとき、マタイは目を開き、呪いの影響からか、なにかほかの原因からか、この世のすべてが一変したのを発見した。毎晩、海に沈む太陽が、いまは海までたどりつかぬうちに消えてしまっていた。西の空から威嚇するように刻々と迫ってきていた雷雲が太陽を飲みこんだのである。その端はすでに白く泡立ち、黒くけぶる腹は光を受けて黄色く反射していた。雷雲は唸り、ときおり内側から稲光が転げ落ちた。ヨッパ街道のわきの乾上がったヒンノムの谷に沿って張られた聖地巡礼たちのテントの上方に、不意に巻き起こった突風に煽られて砂埃が柱のように舞いあがった。いまにもエルサレムに降りだそうとしているこの雷雨が、不幸なヨシュアの運命になんらかの変化をもたらすのではないか、と思いめぐらしながらマタイは口をつぐんだ。そのとき、雨雲を縦横に断ち切る稲光をみつめながら、稲妻よ、ヨシュアの十字架に落雷してくれ、と祈りはじめた。まだ雨雲におおわれず、雷雨を逃れようと大禿鷹が翼をひろげていた澄んだ青空を見あげつつ、この呪いが愚かしく、性急なものであったとマタイは後悔した。いまとなっては、自分の願いを神が聞き入れるはずもないのだから。

マタイは丘の麓に視線を移して騎兵隊の散開した地点に目を凝らし、そこにも大きな変化が生じたことを見てとった。高みにいたので、兵士たちが槍を地面から引き抜き、あわただしく動きまわったり、雨具を身にまとうのや、馬匹係兵が黒馬の手綱を取って小走りに街道のほうに向かうのが手にとるように見えた。部隊が撤退しつつあるのは明らかであった。マタイは顔に打ちつける埃を片手でさえぎり、唾を吐きながら、騎兵隊が撤退しようとしているのはどういう意味なのかと一心に考えようとした。もう少し上のほうに視線を移すと、深紅のマントを着て処刑台のほうに登ってくる人影を発見した。そしてこのとき、喜ばしい結末の予感が元徴税人の心臓を凍らせた。

強盗たちの苦悶がはじまって四時間以上が経過したいま、ゴルゴタの坂道を登ってきていたのは、伝令兵を従えてエルサレムから馳せつけたローマ歩兵隊長の護民官であった。兵士たちの警備線の散開を指揮した百人隊長マルクは護民官に敬礼した。護民官はマルクをかたわらに連れ出し、なにごとかを耳打ちした、百人隊長はふたたび敬礼して、十字架のたもとの石の上にすわっている死刑執行人たちのところに歩いて行った。いっぽう、護民官は三脚の小さな椅子に腰かけていた男のほうに足を向け、腰をおろしていた男は護民官を迎えて礼儀正しく立ちあがった。護民官はこの男にもなにごとか低い声で言い、連れ立って十字架のほうに歩きだした。神殿警備隊長もこの二人に従った。

三本の十字架のそばの地面に落ちていた汚れたぼろ布、ついさきほどまで受刑者たちが身にまとっていて、死刑執行人の要求で剝ぎ取られたぼろ布を、マルクはいかにもけがらわしそうに横目で見やって、二人の死刑執行人を呼び寄せて命令した。

「ついてこい!」

いちばん手前の十字架からは、しわがれ声で歌う意味のない歌が聞こえていた。十字架に吊るされたヘスタスは処刑から三時間近く過ぎたときに、蠅《はえ》と太陽のために気が狂い、いまはなにやら葡萄《ぶどう》についての歌を低い声で歌っていたのだが、それでも、ときおり頭巾を巻いた頭を揺すぶり、そのたびに蠅は元気なく顔から飛びたっては、ふたたびそこに舞い戻ってくるのだった。

二番めの十字架にかけられたディスマスは、ほかの二人よりももっと苦しんでいたが、それは、まだ意識不明に陥らなかったためで、右に、左にと規則正しく頻繁に頭を揺すっては、耳で肩を打とうとしていた。

三人のうちでもっとも幸福だったのはヨシュアである。一時間もしないうちに失神し、やがて巻頭巾の解けかかった頭をだらりと垂らして、意識不明に陥ったからである。そのために蠅や虻《あぶ》が全身にたかり、その顔は黒くうごめく大量の蠅や虻におおわれて見えなくなったほどである。鼠蹊部《そけいぶ》にも、腹にも、腋《わき》の下にも、ふとった虻がたかり、黄ばんだ裸の身体から血を吸っていた。

頭巾をかぶった男の身振りに従って、死刑執行人の一人が槍を手に取り、もう一人がバケツと海綿を十字架のそばに運んできた。一人めの死刑執行人が槍を持ちあげると、十字架の横木に縄で縛りつけられ、長く伸びたヨシュアの片腕を軽く小突き、つぎに、もういっぽうの腕を小突いた。肋骨の突き出た身体がぴくりと震えた。死刑執行人は槍の先で腹部を撫でた。そのときヨシュアは頭をあげたので蠅が唸りながら飛び散って、咬傷《かみきず》で腫れあがり、瞼《まぶた》も脹れている変わり果てた顔が現れた。

くっついた瞼をやっとのことで開けて、ヨシュアは下を見た。いつもは明るく澄みきった目が、いまはどんよりと濁っていた。

「ナザレの人！」と死刑執行人が言った。

ヨシュアは脹れあがった唇をかすかに動かして、気味の悪いしわがれた声で答えた。

「なんの用だ？　どうしてここに来たのだ？」

「飲め！」と死刑執行人は言い、水に浸した海綿を槍の先に突き刺して唇の近くに持ちあげた。目に歓喜の色を浮かべてヨシュアは海綿にしゃぶりつき、むさぼるように水分を吸いこみはじめた。隣の十字架から、ディスマスの声が聞こえた。

「不公平じゃないか！　おれだって、こいつと同じ強盗なのだ」

ディスマスは渾身の力を振りしぼったが、両脚が三箇所にわたって横木に縄で縛りつけられていたので身動きもできなかった。ディスマスは腹をへこませ、両手の爪を横木の両端に食いこませるようにして頭をヨシュアの十字架に向けたが、その目には憎悪が燃えあがっていた。

雨雲のような埃が処刑場をおおいつくし、まっ暗になった。埃が過ぎ去ったときに、百人隊長は叫んだ。

「二番めの十字架は黙っておれ！」

ディスマスは口を閉じた。ヨシュアは海綿から口を離し、愛想よく、説得力のあるような声を出そうと努力したものの、そうはゆかず、死刑執行人に頼んだ声はしわがれたものになった。

「この人にも、飲ませてやってほしい」

あたりは、しだいに暗くなっていった。雨雲はひたすらエルサレムを目ざし、すでに空の半分ほどをおおい、黒い湿気と稲妻をはらんだ雨雲にさきがけて白く泡立つ雲が勢いよく進んでいた。丘の真上で稲妻が閃き、雷鳴が轟《とどろ》いた。死刑執行人は海綿を槍から取りはずした。

「寛大な総督閣下を賞《ほ》め讃えよ！」と死刑執行人はおごそかに囁き、ゆっくりとヨシュアの心臓を突き刺した。ヨシュアは身を震わせて、つぶやいた。

「閣下……」

血が腹部をつたって流れ落ち、下顎がひくひくと痙攣《けいれん》し、頭はがくりと垂れさがった。

二度めの雷鳴が轟いたときには、死刑執行人はすでにディスマスに水を与え、同じ言葉を囁いていた。

「閣下を賞め讃えよ！」と言いながら、ディスマスの息の根もとめた。

錯乱状態にあったヘスタスは、死刑執行人がそばに現れただけで怯えたように悲鳴をあげたが、海綿が唇に触れたとき、なにごとかを呻き、歯でそれにかじりついた。数秒後、ヘスタスの身体も、縛り縄の許すかぎり低く垂れさがっていた。

頭巾つきのマントをはおった男が死刑執行人と百人隊長のあとからついて歩き、神殿警備隊長がそのあとにつづいた。最初の十字架のそばで足をとめた頭巾の男は、血にまみれたヨシュアを注意深くみつめ、白い手で足の裏にそっと触れてから、連れの男たちに言った。

「死んでいる」

ほかの二本の十字架のそばでも、同じことがくり返された。

このあと、護民官は百人隊長に合図を送り、それから向きを変えると、神殿警備隊長と頭巾の男と連れ立って、丘の頂上から引きあげはじめた。薄闇が訪れ、暗い空を稲妻が縦横に引き裂いた。突然、空にすさまじい稲光が炸裂し、「包囲網を撤去せよ！」と叫ぶ百人隊長の声が雷鳴にかき消された。嬉しそうに兵士たちは兜をかぶり、一目散に丘を駆け降りはじめた。闇がエルサレムをおおいつくした。

突如として降りはじめた豪雨が、丘の中腹に差しかかった百人隊に襲いかかった。雨はすさまじい勢いで降りしきり、いま、麓を目ざして駆け降りてゆく兵士たちの背後から追いかける奔流となって荒れ狂っていた。兵士たちはぬかるみと化した粘土の坂道に足を滑らせたり、転んだりしながら、一刻も早く平坦な道に出ようと急いでいたが、その平坦な道を、ずぶ濡れになった騎兵隊が姿もかき消されるほど雨にけぶり、いましもエルサレムのほうに遠ざかりつつあった。数分後、雷鳴と雨と稲光の坩堝《るつぼ》と化した丘の上には、ただ一人の男しか残っていなかった。いまとなっては、盗んだのもむだではなかった例のナイフを振りまわし、つるつる滑る岩場からずり落ちては、手当りしだいにしがみつき、ときには膝をついて這いずりながら、ひたすら三本の十字架に突進した。その姿は濃い霧にかき消されたかと思うと、突然ゆらめく稲妻に照らしだされた。

すでに踝のあたりまで水につかって、ようやく十字架のところまでたどりつくや、マタイはずぶ濡れになって重たくなった肩衣《タリート》を脱ぎ捨て、シャツ一枚になり、ヨシュアの足もとに身を投げかけて、すがりついた。脛のあたりの縄をナイフで断ち切り、下の横木によじのぼると、ヨシュアを抱きかかえ、両腕を縛っていた縄をほどいた。ヨシュアの濡れた裸体がマタイにのしかかり、地面に押し倒した。マタイはただちにヨシュアを肩にかつぎあげようとしたが、ふと、なにやら思いついて、それをやめた。水びたしになった地面に、頭をのけぞらせ、両腕を投げ出した屍体を置き去りにして、ぬかるみの粘土に足をとられながらマタイはほかの十字架のところに駆けだした。そこの縄も切り捨てると、二つの屍体が地面に崩れ落ちた。

数分後、丘の頂上には、その二つの屍体と、いまはなにもない三本の十字架が残っていただけだった。雨に打たれて二つの屍体が転がっていた。

このとき、ゴルゴタの丘の上には、マタイの姿もヨシュアの屍体もすでになかった。

17　落ちつかない一日

金曜日の朝、例の呪わしいショーのあった翌日の朝、ヴァリエテ劇場の全従業員、つまり会計主任ワシーリイ・ラーストチキン、二人の簿記係、三人のタイピスト、二人の切符売り係、守衛、案内係、掃除婦といった劇場に居合わせたすべての人々は、それぞれ自分の持ち場を離れて、サドーワヤ通りに面した窓敷居に腰をおろし、ヴァリエテ劇場の壁のそばで起こっていることを眺めていた。建物の壁に沿って二列に並んだ数千人にもおよぶ行列ができていて、後尾はクドリンスカヤ広場まで届いていた。この行列の先頭には、モスクワの演劇界ではよく知られているダフ屋が二十人ほど並んでいた。

行列はひどい興奮状態にあって、通行人の注意を惹き、昨日の前代未聞の黒魔術ショーをめぐる煽動的な話題に打ち興じていた。このような話は、昨夜の見世物を見ていなかった会計主任のラーストチキンをこのうえなく困惑させた。案内係たちはあることないことを語り、あのショーのあと、あられもない姿で通りを走りまわる女たちの話などまで聞かせたのである。控え目で物静かなラーストチキンは、こういった奇蹟のすべてに耳を傾けては、目を白黒させるばかりで、どうすればよいのかさっぱりわからず、それでいて、なんらかの措置を講ずる必要に迫られていたが、いまやヴァリエテ劇場に残された従業員のなかで彼こそはもっとも責任の重い立場にあったからである。

午前十時ごろになると、切符を入手しようとする人々の列はひどく膨れあがり、その噂を聞きつけた警察は、驚くほどのすばやさで警官と騎馬の一隊を派遣し、行列もある程度の秩序を取りもどした。しかし、整然と並んではいたものの一キロにおよぶ長蛇の列は、それ自体、すでにきわめて誘惑的で、サドーワヤ通りの通行人を驚嘆させるにじゅうぶんであった。

これはヴァリエテ劇場の外側での光景であったが、内側でも、すさまじい騒ぎだった。早朝から電話が鳴りはじめ、リホジェーエフの執務室で、リムスキイの執務室で、経理部で、切符売場で、ヴァレヌーハの執務室で、ひっきりなしに鳴りつづけていた。ラーストチキンは最初のうちはなにやら応答し、切符売り係も、案内係も電話口でなにごとかつぶやいていたが、やがて、リホジェーエフやヴァレヌーハ、リムスキイはどこにいるのかとたずねられても、まったく答えようがなかったので、応答をやめてしまった。はじめのうちは、「リホジェーエフは自宅です」という言葉で済ませようとしていたのだが、自宅に電話をかけるとリホジェーエフがヴァリエテにいると返事があった、と相手は言うのである。

取り乱した女性が電話をかけてきて、リムスキイを呼んでほしいというので、自宅の奥さまのところにかけてみればとすすめたところ、受話器の向うでわっと泣き出し、自分がリムスキイの妻であり、主人がどこにもいないのだ、と答えた。なにか奇妙なことがはじまっていた。経理部長室に掃除に入ったとき、ドアが大きく開け放たれ、電燈もついたまま、庭に面した窓ガラスは破れ、肘掛椅子は床に転がり、誰もいなかった、と掃除婦はみんなに語って聞かせていた。

十時過ぎに、リムスキイ夫人がヴァリエテ劇場に駆けこんできた。彼女は泣き喚き、両手を揉みしだいた。ラーストチキンはすっかり途方に暮れ、なんと助言したらよいかもわからなかった。十時半には警官がやってきた。まったく道理にかなった最初の質問は、つぎのようなものであった。

「みなさん、いったい、ここでは何が起こっているのです？　どういうことです？」

従業員たちはあとずさりし、蒼白になり、興奮したラーストチキンを前に押し出した。こうなっては、ことの次第をありのままに話し、支配人、経理部長、総務部長といったヴァリエテ劇場幹部が忽然《こつぜん》と姿をくらまし、居場所もわからぬこと、昨日のショーのあと司会者が精神病院に運びこまれたこと、要するに昨日のショーはまさしくスキャンダルに相違なかった、と白状せねばならなかった。

泣き喚くリムスキイ夫人をどうにかなだめすかして帰宅させたあと、警察が最大の関心を示したのは、掃除婦が経理部長室に入ったときに目撃した証言であった。従業員たちはそれぞれ自分の持ち場に戻り、仕事に取りかかるように命じられたが、ほどなくして、ヴァリエテ劇場の建物に、耳をぴんと立てて、ひじょうに賢そうな目つきをした筋骨たくましい灰色の犬を従えて捜査当局の一団が現れた。すぐさま、この犬こそ、あの有名な〈ダイヤのエース〉にほかならない、とひそひそ話し合う声がヴァリエテ劇場の従業員のあいだにひろまった。まさしく、そのとおりだった。その犬の振舞いは一同を驚嘆させた。〈ダイヤのエース〉は経理部長室に駆けこむなり、黄ばんだ大きな歯を剝き出して唸りはじめ、それから腹這いになると、なにかしら悲しみとともに怒りの色を目に浮かべ、ガラスの割れた窓のほうへ這って行った。恐怖に打ちかつと、突然、犬は窓敷居に跳びあがり、とがった鼻面を突き出すように持ち上げると、奇妙な、敵意のこもった声で吠えはじめた。犬は窓から離れようとはせず、唸り、身を震わせては下に跳びおりようと身構えていた。

犬は執務室から連れ出され、玄関ホールに放されると、そこから正面玄関を抜けて通りに出、あとについてきた人々をタクシー乗場へと導いた。そのあたりで、犬は形跡を見失ってしまった。このあと、〈ダイヤのエース〉は連れ去られた。

捜査官たちはヴァレヌーハの執務室に陣取り、昨夜のショーで起こったことを目撃したヴァリエテ劇場の従業員を一人ずつ呼び出した。ここで言っておかなければならないが、捜査は一歩ごとに、予期しなかった困難にぶつかった。解決の糸口はなかなかつかめなかった。

ポスターぐらいあったのではないですか。ありました。ところがひと晩のうちに、新しいポスターを貼ったので、いまでは一枚もありません。その魔術師とやらは、いったいどこから連れてきたのですか。そんなこと、誰も知りません。それでも、契約を結んだわけですね。

「そう思います」とラーストチキンが興奮して答えた。

「契約を結んだのでしたら、当然、書類は会計課を通るはずですね？」

「確かに、そのとおりです」と、ラーストチキンは不安を覚えながら答えた。

「それでは、どこにあります？」

「それが、ないのですよ」会計主任はいっそう顔を蒼白にし、両手をひろげながら答えた。確かに、会計課の書類入れにも、経理課長のところにも、リホジェーエフやヴァレヌーハのところにも、契約の証拠となるものはなにひとつ残っていなかった。

魔術師の名前は何といいましたか。昨日のショーを見ていなかったラーストチキンは知るよしもなかった。案内係も知らず、切符売場の女は額に皺を寄せて思案に思案を重ねたあげく、やっと言った。

「ヴォ……ヴォランドだったように思います」

でも、ひょっとすると、ヴォランドではなかったかもしれません。そう、たぶん、ヴォランドではありません。ファランドだったかもしれません。

外国人観光局では、ヴォランドにせよファランドにせよ、魔術師のことなどなにひとつ聞いていないことが判明した。

メッセンジャーのカールポフが、その魔術師ならリホジェーエフの住居に逗留しているのではないかという情報を提供した。ただちに、そのアパートに係員が派遣されたのはいうまでもない。しかし、そこに魔術師はいなかった。リホジェーエフ本人もいない。家政婦のグルーニャも見あたらず、どこに行ったものやら誰も知らない。居住者組合の議長ニカノール・ボソイも不在、書記のプロレジネフも不在ということであった。

まったくもって想像に絶する事態が起こっていて、劇場幹部が一人残らず消え失せ、昨日、奇妙でスキャンダルにみちたショーが行なわれたが、誰が、誰にそそのかされてやったものやら、わからないのである。

そうこうしているうちに、切符の発売時間である正午が近づいてきた。しかしもちろん、切符を売ることなど問題外であった。ヴァリエテ劇場のドアには、《本日の公演は中止》と書かれた大きなボール紙がただちに掛けられた。切符を求めて並んでいた人々の列は先頭のほうから動揺しはじめたが、その興奮と騒ぎもやがておさまり、およそ一時間もすると、サドーワヤ通りには人影ひとつなくなっていた。捜査官たちは場所を変えて任務を継続するために劇場から引きあげ、従業員たちも、当直の警備員だけを残して帰宅を許され、ヴァリエテ劇場のドアには錠が掛けられた。

会計主任のラーストチキンには、急いで片づけねばならぬ仕事が二つ残っていた。まず第一に、演芸委員会に出向いて昨日の事件を報告すること、第二には昨日の収入、二万一千七百十一ルーブルを委員会財政部に納めに行くことである。

几帳面で仕事熱心なラーストチキンは札束を新聞紙に包み、紐で十文字に縛ると、それを書類鞄に突っこみ、指令をわきまえていたので、無論、バスや市電の停留所にではなくてタクシー乗場へと向かった。

三台のタクシーの運転手は、はちきれんばかりにふくれあがった書類鞄を抱えてタクシー乗場に急ぎ足でやってくる客を見るなり、なぜか憎々しげににらみつけて、いっせいに客の鼻先から空車のまま動きだした。

このような仕打ちにすっかり驚かされた会計主任は、これはいったいどういうことなのだろうかと思いめぐらしながら、しばらく、ぼんやりと立ちつくしていた。

三分ほどたったとき空車が一台近づいてきたが、客をひと目見たとたん、運転手の顔が歪んだ。

「空車だろう？」驚いたように咳ばらいしながら、ラーストチキンはたずねた。

「金を見せてください」運転手は客から目をそらし、意地悪そうに答えた。

ますます驚かされながら、会計主任は書類鞄を大事そうに小脇に抱え、財布から十ルーブル紙幣を取り出して、運転手に見せた。

「お断りします！」と運転手は短く言いきった。

「すまないけど……」と会計主任は言いかけたが、運転手はすぐにさえぎった。

「三ルーブル札はありませんか？」

まったくもってわけのわからなくなった会計主任は、財布から三ルーブル紙幣を二枚抜き出し、運転手に示した。

「どうぞ」と運転手は叫び、料金メーターを壊さんばかりに勢いよく倒した。「行きましょう」

「釣りがないのかね？」と、会計主任はおずおずとたずねた。

「釣りならポケットにいくらだって入ってますよ！」と運転手は喚いたが、バックミラーには充血した目が映っていた。「今日は三度もやられてしまいましてね。ほかの運ちゃんたちも同じこと。どこかの畜生が十ルーブル札を出しましてね。こちらは四ルーブル五十コペイカの釣りを渡しましたよ……そいつは降りましたがね、ひどいやつですよ！　五分ほどしてから見てみると、十ルーブル札がミネラル・ウォーターのボトルのラベルに変わっているじゃありませんか！」ここで運転手は、活字にできない卑猥な言葉をいくつか口走った。「そのつぎは、ズボフスカヤ通りでやられましたよ。十ルーブル札。三ルーブルの釣りを出す！　そいつは降りる！　財布に手を突っこむと、そこから蜂がとび出してきて、指を刺しやがった！　えい、畜生！」運転手はふたたび活字にできない言葉を並べたてた。「十ルーブル札は消えてしまった。昨日、あのヴァリエテで(活字にできない言葉)、どこかのいかさま師が十ルーブル札をたくさん使うショーをやったそうで(活字にできない言葉)」

会計主任は呆然《ぼうぜん》として身を縮め、《ヴァリエテ》という言葉など初耳だというふりをし、内心、《やれ、やれ……》と思った。

目的地に着き、無事に料金を払い終えると、会計主任は建物に入って、委員会の議長室のある方角に向かって廊下を歩きだしたが、その途中で、悪い時に来合わせたのをすぐに悟った。委員会の事務所はなにかしらあわただしい雰囲気だった。スカーフを頭からずり落としそうにして、目を大きく見開いた受付嬢が会計主任のそばを駆け抜けて行った。

「いない、いないわ、いないのよ、あんたたち！」受付嬢は誰にともなく叫んでいた。「ジャケットとズボンがあるだけで、人間がいないのよ！」

受付嬢がドアに姿を消すと、すぐさま、向うで食器の割れるような音がした。会計主任と顔なじみの委員会第一課長が秘書室からとび出してきて、会計主任の顔も見分けられないほど狼狽《ろうばい》したまま、どこかへ消えてしまった。

こういったすべてのことに驚かされた会計主任は委員会の議長室の手前にある秘書室までやってきて、そこで深い衝撃を受けた。

議長室の閉ざされたドア越しに、疑いもなく委員会議長プロホル・ペトローヴィチの恐ろしい声が聞こえてきた。《誰かをしかりつけているのかな？》と会計主任はどぎまぎしながら考え、ふと、ふり返ると、予期しなかった光景が目に入ったのだが、革の肘掛椅子の背に頭をのけぞらせ、濡れたハンカチを握りしめ、絶え間なくすすりあげながら、部屋のまんなかあたりに両足を投げ出して、プロホルの個人秘書、美人のアンナが横たわっていたのである。

アンナの顎は口紅だらけで、赤みをおびた頰には睫毛《まつげ》から溶けたマスカラが黒い筋となって流れ落ちていた。

誰かが部屋に入ってきたのに気づいたアンナは跳ね起き、会計主任のほうに駆け寄り、ジャケットの襟にしがみつくと、相手の身体《からだ》を揺すりながら叫びはじめた。

「ああ、よかった！　やっと一人、勇気のある人がいたのね！　みんな、逃げ出してしまったの、一人残らず裏切ったのよ！　行きましょう、あの人のところに行きましょう、私、どうしたらよいかわからないの！」そして泣きつづけながら、会計主任を議長室に引っぱっていった。

議長室に足を踏み入れたとたん、会計主任は思わず書類鞄を取り落とし、頭のなかはすっかり混乱してしまった。どうしてそうなったのか、それを語らねばならない。

どっしりとしたインク壺の置かれた大きな事務机に向かって、人間の身体の入っていないジャケットがすわり、インクのついていないペンを紙の上に走らせていた。ジャケットはネクタイをきちんと締め、胸のポケットからは万年筆が覗いていたが、カラーの上には首もなければ頭もなく、袖口には手首もなかった。ジャケットは仕事に没頭し、周囲を支配していた騒ぎにも、いっこう気づいていなかった。誰かが部屋に入ってきたのを聞きつけると、ジャケットは肘掛椅子の背にもたれかかり、カラーの上のほうから会計主任のよく知っているプロホルの声が響きはじめた。

「どうしたのだ？　面会謝絶とドアに書いてあっただろう」

美人秘書は悲鳴をあげ、両手を揉みしだきながら叫んだ。

「あなたには見える？　見えるの？　彼はいないわ！　いないのよ！　彼を返して、返してよ！」

このとき、ドアから誰かが覗きこんだが、あっと叫ぶなり、顔を引っこめた。会計主任は足が震えだすのを覚え、椅子の端にへなへなとしゃがみこんだが、書類鞄を拾い上げるのは忘れなかった。アンナはジャケットを引っぱりながら会計主任の周囲を跳びまわり、叫びたてていた。

「他人のことを悪く言わないようにって、いつだって注意していたのに！　これが悪口を言いすぎた罰よ」ここで美人秘書は事務机に駆け寄り、泣いたあとのいくぶん鼻にかかったとはいえ、気持のよいやさしい声で叫んだ。「プローシャ！　どこにいるの？」

「《プローシャ》などと気やすく呼ぶのは誰だ？」肘掛椅子にさらに深く身体を沈めながら、ジャケットの男が横柄にたずねた。

「わからないのよ！　私のことがわからないのよ！　そうでしょう？」秘書はわっと泣きだした。

「ここでは泣き喚かないでもらおう！」すでに怒りを含んだ声で、気の短いチェックのジャケットは言い、明らかに決裁を下す目的で新たな書類の束を袖で引き寄せた。

「いや、こんなのは見ていられないわ、いや、いやよ！」とアンナは叫んで秘書室に駆けこみ、そのあとを追って会計主任も銃弾のようにとび出した。

「こういうことなのよ、私がすわっていると」興奮のあまり身体を震わせ、ふたたび会計主任の袖にしがみついて、アンナは語りだした。「猫が入ってきたの。黒くてばかでかい、それこそ河馬《ベゲモート》みたいな猫。もちろん、「しいっ！」と叫んだわ。猫は出て行ったのだけど、入れかわりに、やはり猫みたいな顔をしたふとった男が入ってきて、「これはどういうことです、あなた、お客さまに向かって、しいっ、と叫ぶなんて」と言うのよ。それから、いきなり議長室に入ろうとするので、もちろん、そのうしろから、「気でも狂ったのですか？」と叫んでやったわ。それなのに、その男ときたら、ずうずうしいったらありゃしない、ずかずかとプロホルに近づいて、向かい合った椅子に腰をおろしてしまったのよ！　そう、あの人は……心のやさしい人だけど、神経質なの。かっとなってしまったわ！　だって、当然でしょう。神経質な人が仕事に没頭していたところなのだから、かっとくるわよ。「どうして無断で入ってきたのだ？」と言ったわ。ところが、あの恥知らずときたら、どうでしょう、椅子にふんぞり返って、にやにやしながら、こう言うの。「それでも、ちょっと折り入ってお話ししたいことがありましてね」プロホルはまたしても頭にきて、「忙しいのだ」と言ったの。すると相手は、驚くでもなく、「なにも忙しくなんかありませんよ」と答えたのよ、どう？　こうなれば、もう、もちろん、プロホルも我慢できなくなって、どなりつけたの、「いったい、これはどういうことだ？　こいつを追い出してしまえ、畜生、悪魔に食われたほうがまだましだ！」と。ところが相手の男は、どう思います、にやりと笑うと、「悪魔に食われたほうがまだましだと？　ああ、いいでしょう！」と言いました。それから、ばしっと音がし、私があっと叫ぶ間もなく、見ると、猫みたいな顔をした男はいなくなり、す……すわっているのは……ジャケットだけ……ああ！」輪郭がすっかりなくなってしまうほど口を大きく開けて、アンナは号泣しはじめた。

号泣してむせ返り、アンナは息をついたが、いまやまったくばかばかしいことを口走りはじめた。

「書いて、書いて、書きつづけているの！　気が狂いそう！　電話をかけたりもするのよ！　あのジャケットが！　みんなは兎みたいに逃げ出してしまったわ！」

会計主任は立ちつくし、わなわなと震えているばかりだった。しかしその時、運命に救われた。落ちついた事務的な足どりで二人の警官が秘書室に入ってきたのである。警官を見ると、美人秘書はさらにいっそう激しく泣きながら、議長室のドアを手で指し示した。

「もう泣かないでください、お嬢さん」と警官の一人がおだやかに言い、会計主任のほうは、もう、ここにいるには及ばないと感じ、一分後には、すでに屋外に出て、新鮮な空気をすっていた。頭のなかでは隙間風のようなものが吹きすさび、煙突のなかみたいに唸り、その唸り声にまじって聞こえてくるのは、昨日のショーに猫が登場したと言っていた案内係たちの会話の断片だった。《ああ！　まさか、ショーに出たあの猫ではないだろうな？》

委員会では要領を得なかったラーストチキンは、仕事熱心だっただけに、ワガニコフスキイ横町にある支部に立ち寄ろうと決心した。少し心を落ちつけるために、支部まで歩いていくことにした。

演芸委員会モスクワ支部は中庭の奥の時代がかって古ぼけた建物のなかにあり、ロビーにある斑岩《はんがん》の円柱はとりわけよく知られていた。

しかし、この日、支部を訪れた人々を驚かしたのは、その円柱ではなくて、その近くで起こっていた事態である。

何人かの訪問者がロビーで呆然とたたずみ、演芸関係のパンフレットを並べたテーブルの前に腰をおろし、おいおい泣いている売子の若い娘を眺めていた。このとき、娘は誰にもパンフレットをすすめようともせず、思いやりのこもった質問にも首を振るばかりだったが、そのあいだにも、上からも下からも、両脇からも、およそ支部のありとあらゆる部屋から、少なくとも二十台はあると思われる電話のけたたましいベルの音が鳴りわたっていた。

ひとしきり泣いたあと、娘は突然ぎくりと身を震わせると、ヒステリックに叫んだ。「ほら、またよ！」それから思いがけず、震えるソプラノで歌いだした。

栄えある海、聖なるバイカル……＊1

階段のところに現れたメッセンジャーが誰にともなく拳固を振りあげると、娘と一緒に、艶《つや》のないかすれたバリトンで歌いはじめた。

＊1　シベリアに流刑された徒刑囚の古い歌。ロシア革命後、かつての政治犯たちによって歌われ、広く知られるようになった。

栄えある船、バイカル鱒《ます》の入った樽！……

メッセンジャーの声に遠くからの声が合流し、コーラスはしだいに大きくなり、しまいには、支部の建物の隅々まで歌声が響きわたった。会計監査課のある手前の六号室からは、力強い、ややかすれ気味の誰かの低音《バス》がひときわはっきりと聞こえてきた。いちだんと甲高くなった電話のベルがコーラスの伴奏をつとめていた。

へい、バルグズイン河よ……高波をあげろ！……

階段のところでメッセンジャーがどなっていた。涙が頬を流れ、娘は歯を食いしばろうとしたが、口はひとりでに開き、メッセンジャーより一オクターブ高い音程を歌っていた。

若者はすぐそこにいる！

支部を訪れた誰もが声もあげられないほど驚かされたのは、あちらこちらに散らばって歌っている人々が、まるで姿の見えぬ指揮者から目をかたときもそらさずにいるみたいに、一糸乱れぬコーラスとなっていたからだ。

ワガニコフスキイ横町を通りかかった人々は中庭の柵のそばに足をとめ、けげんそうに、支部の建物を揺るがす陽気な歌声に耳を傾けていた。

最初の一節が終りに近づくや、またしても指揮者のタクトに従うかのように歌声は不意に静かになった。メッセンジャーは小声で悪態をついて姿を消した。

このとき正面玄関のドアが開き、サマーコートをはおり、その下から白衣の裾を覗かせた男が警官とともに現れた。

「なんとかしてください、先生《ドクトル》、お願いします」と若い娘がヒステリックに叫んだ。

階段のところに支部の書記が走り出て、どうやら恥ずかしさと困惑のせいか、顔をまっかにし、どもりがちに話しだした。

「じつは、先生、集団催眠術にかけられたようで……そういうわけで、ぜひとも……」

書記は最後まで話しきれず、言葉をつまらせると、突然、テノールで歌いはじめた。

シルカとネルチンスク……

「ばか！」と若い娘が叫んだが、誰に向かって言ったのかは説明せず、そのかわりに無理に声を震わせて、シルカとネルチンスクについて自分でも歌いだした。

「しっかりするんだ！　歌をやめるのだ！」と医師が書記に言った。

歌をやめられるのなら、なんでも書記は投げ出すつもりでいるのがはっきりと見てとれたが、どうしてもやめられず、コーラスに加わり、密林では猛獣も襲いかからず、射手の銃弾も届かなかったという歌詞を、横町を通りかかった人々の耳に伝えていた。

一節が終わるとすぐに、若い娘はまっさきに医師から一服の鎮静剤を受けとり、それから医師は、ほかの人々にも鎮静剤を飲ませるために書記のあとを追って駆けだした。

「ちょっとおたずねしますが、お嬢さん」突然、ラーストチキンが売子の娘に話しかけた。「黒猫がこちらに立ち寄りませんでしたか？」

「猫ですって？」と娘は腹立たしげに叫んだ。「この支部には驢馬《ろば》がいるの、驢馬が！」そしてつけ加えた。「聞いてくださいな！　なにもかもお話ししますわ」実際、一部始終を娘は物語った。

それによると、（娘の言葉を用いるなら）《大衆演芸を完全に破壊した》支部長は、ありとあらゆる種類のサークルを組織したいという妄想にとりつかれてしまったのである。

「上層部に、よいところを見せたいのよ！」と娘は喚きたてた。

一年のあいだに、支部長はレールモントフ研究会、チェス、ピンポン、それに乗馬などのサークルを結成するのに成功した。夏までにはボートと登山サークルを結成すると意気ごんでいた。

そして今日の昼休みに、支部長が入ってきた……

「怪しげな男の腕をとって連れてきたの」と娘はつづけた。「どこで見つけてきたのか、チェックのズボン、ひび割れた鼻眼鏡……顔ときたら、まったく見られたものではなかったわ！」

娘の話によると、すぐさま、支部長は食堂で昼食をとっていた全員に、コーラス・サークルの指導にかけては有名な専門家として、男を紹介したのであった。

未来の登山家たちの顔は暗くなったが、支部長は全員を激励し、専門家のほうは冗談をとばし、洒落《しゃれ》を言って、コーラスの時間はほんのわずかだが、その効果ときたら絶大なものであると請け合った。

そこでもちろん、娘の伝えるところによると、支部じゅうで知らない者とてないおべっか使いのファーノフとコサルチュークがまっさきに飛び出し、入会したいと宣言した。そこで、ほかの従業員たちも歌わないわけにはいかないと観念し、入会申込書を出す破目になった。コーラスの練習は昼休みと決まったが、ほかの時間はすべて、レールモントフやチェスでふさがっていたからである。模範を示そうと、支部長はテノールであると宣言したが、その後のことはなにもかもが悪夢のように進んだ。チェックのコーラス指導の専門家は大声で喚いた。

「ド・ミ・ソ・ド！」歌いたくない一心で戸棚のかげに隠れていたもっとも内気な連中を引っぱり出し、絶対音感をお持ちですな、などとコサルチュークに言ったかと思うと、ひっきりなしに文句をつけたり、泣きごとを言ったり、年老いた元聖歌隊長を尊敬するようにと要求したり、音叉で指をたたいたりして、「栄えある海」を大声で歌うように頼んだ。

歌声が鳴り響いた。それもみごとに鳴り響いた。確かに、チェックの男は自分の仕事をよくわきまえていた。第一節が最後まで歌われた。そこで、元聖歌隊長は、「ちょっと一分だけ失礼します！」とすまなそうに言い、それから……姿を消した。確かに一分後には戻ってくるものと誰もが思っていた。しかし十分過ぎても、戻ってこなかった。支部の人々は、さては逃げ出したなと思って喜んだ。

それが突然、どういうわけか、ひとりでに第二節を歌いはじめ、みんなをリードしたのは、おそらく絶対音感などなかったようだが、かなり気持のよい高いテノールの持主であるコサルチュークだった。歌は終わった。元聖歌隊長はまだ戻ってこない。みんなはそれぞれ自分の席に戻ったが、席につくや、意志に反して歌いはじめた。押しとどめるすべもなかった。三分ほど黙っていたかと思うと、また歌いだす。しばらく沈黙があると、歌がはじまるのである。ここにいたって、たいへんなことになったと気づいた。恥ずかしさのあまり、支部長は自室に鍵をかけて閉じこもってしまった。

ここで、娘の話はとだえた。鎮静剤はなんの効き目もなかったのである。

十五分後に、ワガニコフスキイ横町の柵のそばに三台のトラックが横づけになり、支部長をはじめ、支部に勤務する者は一人残らずトラックに積みこまれた。

先頭のトラックが門のところでぐらりと揺れ、横町に走りだすと同時に、荷台に立ち、たがいに肩を組んでいた人々は大きく口を開け、よく知られた歌が横町全体に響きわたった。二台めのトラックがそれを引き継ぎ、それにつづいて三台めのトラックが歌いだした。こうして、三台のトラックは出発した。トラックにちらりと視線をくれると、用事でさきを急いでいた通行人たちは郊外にピクニックにでも出かけるのだろうと想像して、べつに驚いたようすもなかった。確かに、トラックは郊外に向かっていたのではあるが、ただしピクニックにではなくてストラヴィンスキイ教授の病院に向かったのである。

それから三十分後、すっかり途方に暮れた会計主任はどうにか財政部にたどりつき、これでやっと公金から解放される、と思った。これまでの経験からすでに知っていたのだが、まず最初に、金文字の入った曇りガラスの向うに事務員たちのすわっている細長い部屋を用心深く覗きこんだ。ここでは、騒ぎや混乱のいかなる徴候も見いだせなかった。いかにも整然と秩序の保たれた機関にふさわしく、静まりかえっていた。

ラーストチキンは《収納》と掲示のあった窓口に頭を突っこみ、見覚えのない係員と挨拶をかわし、丁寧な口調で入金伝票を求めた。

「どうしてです?」と窓口の係員がたずねた。

会計主任はびっくりした。

「現金を納入したいのです。ヴァリエテ劇場の者です」

「ちょっとお待ちください」と係員は答え、すぐさま、ガラスの窓口の網戸を閉めた。

《おかしいぞ!》と会計主任は思った。この驚きはしごく当然ではあった。このような事態に直面したのは生まれてはじめてである。金を受けとるのがどれほど困難なことかは周知のことで、いつでもなにかしら障害にぶつかるものである。しかし、三十年にわたる会計主任としての経験をとおして、法人であれ個人であれ、相手が金を受けとるのをためらった例は一度もなかった。

しかし、ついに網戸が開くと、会計主任はふたたび窓口に顔を近づけた。

「金額は多いのですか？」と係員はたずねた。

「二万一千七百十一ルーブルです」

「おお！」なぜか皮肉っぽく答えると、係員は緑色の伝票を会計主任に差し出した。

書式をよく承知していた会計主任はまたたくまに伝票に書きこみ、札束の包みの紐をほどきはじめた。包みをほどき終わったとき、目の前がくらくらしはじめ、なにごとかを病的に呻いた。目の前でちらついていたのは外国紙幣であった。そこにあった札束は、カナダ・ドル、イギリスのポンド、オランダのギルダー、ラトヴィアのラト、エストニアのクローネ……

「ほら、こいつだ、ヴァリエテ劇場から来た詐欺師の一味だ」唖然《あぜん》として口もきけぬ会計主任の頭上に怖ろしい声が響いた。その場でラーストチキンは逮捕された。

18　不運な訪問者たち

ヴァリエテ劇場の仕事熱心な会計主任が物を書くジャケットに会うためにタクシーを飛ばしていたちょうどそのころ、モスクワに到着したキエフ発特別急行列車の一等座席指定九号車から、ほかの乗客にまじって、模造革の小さなスーツケースを片手に身なりのよい一人の紳士がプラットホームに降り立った。この紳士はいまは亡きベルリオーズの伯父、キエフの旧大学通りに住む計画経済学者、マクシミリアン・ポプラフスキイにほかならなかった。ポプラフスキイがモスクワにやってきたのは、一昨日の深夜、つぎのような文面の電報を受けとったためである。

《私ハタッタイマ　パトリアルシエデ電車ニ撥ネラレタ　葬儀ハ金曜日ノ午後三時オイデ乞ウ　ベルリオーズ》

キエフでは、ポプラフスキイはもっとも賢明な人間の一人とみなされていた。しかし、いくら賢明な人間であったとしても、このような電報には当惑せざるをえなかった。電車に撥《は》ねられたと電報を打ってくるからには、ベルリオーズが死に至らなかったことは明白である。それなら、葬儀とはどういうことなのだろうか。それとも、かなり重態で、死も予測されているのだろうか。それはおおいにありうることだが、なによりも奇妙なのは、その正確さだ、葬儀が金曜日の午後三時に行なわれるなどと、どうして知りえたのだろうか。驚くべき電報ではないか。

しかしながら、賢明な人々が賢明であるゆえんは、紛糾したことがらを理解できるという点にある。すこぶる簡単なことであった。どこかで間違いが起こり、電文が正確には伝わらなかったのだ。《私ハ》という言葉が《ベルリオーズハ》という言葉のかわりにほかの電文からまぎれこんだのは疑いなく、《ベルリオーズハ》という言葉が《ベルリオーズ》となって電文の末尾に打たれた。このように訂正すると、電文の意味は明らかではあるが、しかし無論、悲劇的なものとなった。

ポプラフスキイの妻を襲った悲嘆の激しい嵐が静まると、すぐさま、彼はモスクワ行きの準備をはじめた。

ここで、ポプラフスキイのある秘密を明かしておかねばなるまい。働きざかりに死んだ妻の甥を気の毒に思ったことは疑うまでもない。しかし、もちろん実務家肌のポプラフスキイのこと、葬儀に特別に参列する必要はまったくないことを知っていた。それにもかかわらず、大急ぎでモスクワに向かった。これはどういうことなのか。それは住宅の問題にほかならなかった。モスクワの住宅問題とは何か。それは深刻な問題であった。どういうわけか、ポプラフスキイはキエフが気に入らず、なんとかしてモスクワに移りたいという思いに苦しめられ、最近では、夜もろくに眠られないほどになっていた。

春になって、島々の低い岸が浸水し、水面が地平線と溶け合うドニエプル河の氾濫はポプラフスキイを喜ばせなかった。ウラジーミル大公の銅像の台座あたりからひらける、あの心を揺するような美しい展望も喜ばせなかった。ウラジーミル丘陵の煉瓦《れんが》敷きの小道に映る春の木洩れ日すら、彼を愉しませはしなかったのだ。そんなものはなにも要らなかった、望んでいたのはただひとつ、モスクワに移ることであった。

キエフの旧大学通りにある住居をモスクワのもっと狭い住居と交換したいと新聞広告を出しても、なんの反応も得られなかった。希望者は見つからず、ごくまれに見つかることがあっても、その交換条件といったら良心的なものではなかった。

電報はポプラフスキイの心を揺り動かした。この機会を逃がすのは犯罪にもひとしい。実務に長《た》けた人間というものは、このような機会が二度とないことを知っている。

要するに、いかなる困難があろうとも、サドーワヤ通りの甥の住居の相続権を手に入れる必要があったのだ。確かに、それは複雑で、このうえなく複雑ではあるのだが、なんとしてでもそれを克服しなければならなかった。そのためには、どんなことをしてでも、たとえ一時的であれ、いまは亡き甥の三部屋からなる住居に居住登録するのがどうしても必要な一歩である、と経験豊かなポプラフスキイは知っていたのである。

金曜日の午後、モスクワのサドーワヤ通り三〇二番地にあるアパートの居住者組合の事務所となっていた部屋のドアをポプラフスキイは開けた。

狭い部屋の壁には、川で溺れた者にたいする人工呼吸法を何枚かの図入りで説明した古いポスターがかかり、木のテーブルに向かって、不精ひげを伸ばした中年男がただ一人、落ちつきのない目をしてすわっていた。

「議長にお目にかかれますか?」帽子を取り、スーツケースを空いた椅子に置きながら、計画経済学者は丁寧にたずねた。

しごく簡単なこの質問になぜか衝撃を受けたものらしく、すわっていた男はさっと表情を変えた。不安そうに目をそらして、議長はいない、と聞きとりにくい声でつぶやいた。

「ご自宅ですか?」とポプラフスキイはたずねた。「緊急の用があるのですが」

すわっていた男はまたしても、とりとめのない返事をした。それでも、議長が自宅にもいないことが推察できた。

「いつなら、いらっしゃるのですか?」

すわっていた男はなにも答えず、なんとなく物悲しそうな目を窓に向けるばかりだった。

《なるほど》と賢明なポプラフスキイはひとりごとを言い、書記はいるか、とたずねた。

テーブルに向かっていた奇妙な男は、緊張のあまり顔をまっかにし、またしても聞きとりにくい声で、書記もいない……いつやってくるかわからないし……書記は病気である……と言った。

《なるほど》とポプラフスキイはひとりごとを言った。「でも、理事のどなたかはおられるでしょう?」

「私ですが」と男は弱々しい声で答えた。

「じつはですね」とポプラフスキイは意気ごんで話しだした。「ご存じのことと思いますが、パトリアルシエで轢死《れきし》したベルリオーズは甥でして、私は故人の唯一の相続人であり、法律に従って、ここのアパートの五〇号室にある遺産を受け継ぐ義務があるのです……」

「私にはわからないのです、あなた」と男は物憂げにさえぎった。

「しかし、失礼ですが」よく響く声でポプラフスキイは続けた。「理事ならば、当然……」

このとき、一人の男が部屋に入ってきた。その男を見るなり、テーブルに向かっていた男はまっさおになった。

「理事のペヤトニヤジコだね？」部屋に入ってきた男は、テーブルに向かっていた男にたずねた。

「はい」かすかに聞きとれるほどの声で答えがあった。

部屋に入ってきた男がなにやら囁くと、テーブルに向かっていた男はすっかり気も転倒し、椅子から立ちあがり、数秒後には、がらんとした部屋にポプラフスキイはただ一人とり残された。

《ええ、なんと面倒なことになったものか！　誰もが姿を消すなんて……》とポプラフスキイはいまいましげに考えながら、アスファルトの中庭を突っ切って、五〇号室に急いだ。

呼鈴を押すやいなやドアが開いたので、計画経済学者は薄暗い玄関ホールに足を踏み入れた。いささか驚かされたのは、誰がドアを開けてくれたのかわからなかったことで、玄関ホールには椅子にすわった巨大な黒猫のほかに誰もいなかった。

ポプラフスキイは咳ばらいをし、足を踏み鳴らすと、ようやく書斎のドアが開き、コロヴィエフが玄関ホールに出てきた。ポプラフスキイは丁重に、ただ威厳を失わぬ程度に相手に会釈して、言った。

「ポプラフスキイです。死んだベルリオーズの……」

最後まで言いきらぬうちに、コロヴィエフはポケットから汚れたハンカチを取り出し、それを鼻に押し当てて泣きはじめた。

「……ベルリオーズの伯父です……」

「そうでしょう、そうでしょう」コロヴィエフは顔からハンカチをはずして、さえぎった。「ひと目見ただけで、わかりました！」そこで涙にむせび、身を震わせながら叫びはじめた。「ご愁傷さまなことで。本当に、こんなことになるなんて」

「電車に轢《ひ》かれたのですね？」とポプラフスキイは声を落としてたずねた。

「ばらばらになりました」とコロヴィエフは叫び、涙が鼻眼鏡の下からどっとほとばしった。「ばらばら！　それを私は目撃したのです。信じられますか、あっという間のことでした！　首が吹っとびました！　右足がぽきんと音を立ててまっぷたつ！　左足がぽきんと音を立ててまっぷたつ！　まったく、あの電車ときたら、よくもこんなことができたものです！」と言うなり、自分を抑えきれなくなったものらしく、コロヴィエフは鏡の脇の壁に鼻を押しつけて肩を震わせ、すすり泣きしはじめた。

ベルリオーズの伯父は見知らぬ男の振舞いに心の底から揺り動かされた。《これはどうだ、いまどき、思いやりのある人間なんて一人もいやしない、などと言われているのに！》目がしらが熱くなるのを感じながら、考えた。それと同時に、不愉快な暗雲が心をよぎり、すぐさま、この思いやりのある男、まさか故人の住居にすでに居住登録したのではあるまいか、という意地の悪い考えが閃いたが、そのような例は人生にはよく起こるものだったからである。

「失礼ですが、死んだミーシャのお友だちですか？」とポプラフスキイはたずね、涙の出ていない左の目を袖で拭い、悲しみに震えているコロヴィエフの肩を右の目でみつめた。しかし、相手は激しく泣くばかりだったので、くり返しつぶやいている《ぽきんと音を立ててまっぷたつ！》という言葉のほかには、なにも聞きとることができなかった。心ゆくまで泣きつくしてから、ついに壁から離れて、コロヴィエフはつぶやいた。

「いや、もう我慢できない！　あっちへ行って、鎮静剤を三百滴飲んでこよう……」

それから、すっかり泣きはらした顔をポプラフスキイのほうに向けると、つけ加えた。

「まったく、あの電車ときたら！」

「失礼ですが、電報を打ってくださったのはあなたですか?」この驚くほどの泣き虫はいったい何者なのか、と必死に思いめぐらしながら、ポプラフスキイはたずねた。

「彼ですよ!」とコロヴィエフは答え、猫を指さした。

ポプラフスキイは聞き間違えたのではないかと思って、大きく目を見はった。

「いや、もうだめだ、我慢できない」鼻をひくひくさせながら、コロヴィエフはつづけた。「いまでも思い出すのだが、車輪の下の足……車輪だけでも百六十キロはある……足の砕ける音! ベッドに横になって、ひと眠りして忘れることにしよう」そして、その姿は玄関ホールから消えた。

猫のほうは身震いすると椅子から跳び降り、うしろ足で立ち、両手を腰に当てると、口を開けて言った。

「そう、電報を打ったのはおれだ。それがどうだというのだ?」

そのとたん、ポプラフスキイは頭がくらくらしはじめ、手足がしびれ、スーツケースを取り落とし、猫の真向いの椅子にへなへなとすわりこんだ。

「ロシア語で聞いているはずだが」と猫はきびしく言った。「それがどうだというのだ?」

しかし、ポプラフスキイは一言も答えられなかった。

「パスポートを！」と猫はどなり、むっくりした前足を突き出した。

なにもわからず、猫の両目に燃える二つの火花のほかはなにも見えぬまま、ポプラフスキイは短剣でも取り出すみたいにパスポートをポケットから取り出した。猫は鏡の下のテーブルからふとい黒縁の眼鏡を取り、それを掛けると、そのせいか、いっそうもったいぶった表情になって、わなわなと震えるポプラフスキイの手からパスポートを取りあげた。

《自分が気絶するか、しないか、それが問題だ》とポプラフスキイは思った。遠くからコロヴィエフのすすり泣く声が聞こえ、玄関ホールじゅうにエーテルと鎮静剤、それに、なにか吐き気を催す嫌な臭いがたちこめた。

「このパスポートを交付したのはどこの課だ？」パスポートのページに目を凝らして、猫はたずねた。返事はなかった。「四一二課か」猫は逆さまに持ったパスポートを前足で撫でながら、ひとりごとを言った。「そう、もちろんのことだ！　あの課のやり口はよく知っている。あそこでは、誰にでもパスポートを交付しているのだ！　だが、たとえばおれだったら、あんたみたいな人には交付しないよ！　どんなに頼まれたって出すものか！　そんな面《つら》を見ただけで、ただちにお断りだ！」猫は激怒のあまり、パスポートを床にたたきつけた。「葬儀への参列は許さない」と形式ばった声でつづけた。「お引き取りください」それから、ドアに向かって喚いた。「アザゼッロ!」

呼び出しに応じて走り出てきたのは、片足を引きずり、ぴったりとした黒いタイツをはき、ナイフを革ベルトに差し、黄色い牙をむき出し、左目が斜視の赤毛の小柄な男であった。

ポプラフスキイは息がつまりそうになり、椅子から立ちあがると、胸を押えて、あとずさりした。

「アザゼッロ、お送りしろ!」と猫は命令し、玄関ホールから出て行った。

「ポプラフスキイ」入ってきた男は鼻にかかった声で静かに言った。「これでもう、なにもかもわかっただろうな?」

ポプラフスキイはうなずいた。

「さっさとキエフに帰るのだ」とアザゼッロはつづけた。「キエフでじっとおとなしくしているのだ、モスクワに住もうなどとは夢にも思うのではない、わかったな?」

牙とナイフと左目の斜視でもってポプラフスキイを死の恐怖に陥れたこの小柄な男は、それこそ背丈も計画経済学者の肩ほどしかなかったが、その行動ぶりはきわめて精力的で、理路整然としていた。

まず、アザゼッロと呼ばれた男はパスポートを拾いあげて差し出すと、ポプラフスキイは死人のような手でそれを受けとった。つぎに、片手でスーツケースを持ちあげ、もういっぽうの手でドアを開け、ベルリオーズの伯父の腕をつかんで階段の踊り場に連れ出した。ポプラフスキイは壁にもたれた。鍵もないのにアザゼッロはスーツケースを開け、そのなかから油のにじんだ新聞紙にくるんだ一本足の大きなローストチキンを取り出し、踊り場に置いた。それから下着二枚、剃刀《かみそり》用の革砥《かわと》、なにかの手帖とケースを引っぱり出すと、ローストチキンだけを残して、ほかのものは全部、階段の隙間に蹴落とした。空っぽになったスーツケースも下に飛んでいった。どすんと下に落ちる音が聞こえ、その響きから判断すると、スーツケースの蓋がはずれたものらしかった。

そのつぎに、赤毛の悪党は鶏の足をつかみあげると、それでもって思いきりポプラフスキイの首を殴りつけたので、鶏の胴体はふっとび、足だけがアザゼッロの手に残った。オブロンスキイ家ではなにもかもがごった返していた、*1 とは有名な作家レフ・トルストイの正確な表現であった。まさしくこれと同じことを、この場合もトルストイなら語ったにちがいない。絶対にそうだ。ポプラフスキイの目には、なにもかもがごった返していたように見えたのだ。長い火花が目の前にちらつき、それが一瞬、五月の午後の光を

*1 『アンナ・カレーニナ』の冒頭に続く文章。

かき消す葬儀の長蛇の列のようなものにとってかわり、ポプラフスキイはパスポートを手に握りしめたまま階段を転がり落ちた。曲り角のところまで転落し、つぎの踊り場の窓ガラスを蹴破り、階段にしゃがみこんだ。そのそばを足の取れた鶏が飛び、階段の隙間から下に落ちていった。上に残っていたアザゼッロはまたたくまに鶏の足をたいらげ、骨をタイツのポケットに突っこむと、部屋に戻り、ばたんと音を立ててドアを閉めた。このとき、下から階段を昇ってくる用心深い足音が聞こえてきた。

つぎの踊り場まで駆け降りると、ポプラフスキイはそこにあった木のベンチに腰をおろし、ひと息入れた。

中年の小柄な男が一人、旧式のシルクのスーツに緑のリボンのついたごわごわした麦わら帽をかぶり、ひどく悲しげな顔をして階段を昇ってき、ポプラフスキイのそばで立ちどまった。

「ちょっと、おうかがいしたいのですが」シルクのスーツの男が悲しそうに問いかけた。「五〇号室はどこでしょうか?」

「上ですよ!」とポプラフスキイはぶっきら棒に答えた。

「どうもありがとうございました」やはり悲しそうに男は言って、上に昇ってゆき、ポプラフスキイは立ちあがると、下に駆け降りた。

　ここで疑問が浮かぶのだが、ひょっとすると、白昼、野蛮きわまりない暴行を加えた悪党どもを訴えにポプラフスキイは警察に急いだのではないだろうか。いや、けっしてそうではない、それは断言できる。警察に駆けこんで、じつはたったいま眼鏡をかけた猫が私のパスポートを読み、それからナイフを持ったタイツ姿の男が……などと言えるだろうか、いや、みなさん、ポプラフスキイはまさしく賢明な人間だったのである。

　一階まで駆け降りたとき、出口のすぐそばに、なにか物置のような小部屋に通ずるドアをポプラフスキイは見つけた。このドアのガラスは割れていた。パスポートをポケットにしまい、さきほど投げ落とされたものがあるのではないかと思って、あたりを見まわした。しかし、それは跡かたもなく消えていた。これには、われながら驚いたことに、ポプラフスキイはほとんど落胆しなかった。もっと興味深い、誘惑的なべつの考え、呪わしい部屋に向かったあの男がどうなるかを見届けたいという考えが心をとらえていたのである。実際、あの男が五〇号室の場所をたずねたからには、ここに来たのははじめてというわけだ。つまり、いま五〇号室に巣くっている一味の手中にみずから飛びこむために階段を昇っていったということになる。なぜか、あの男が間もなく例の部屋から出てくることになる、という予感がしてならなかった。こうなった以上、ポプラフスキイとしても、もちろん甥の葬儀に行く気はなくなっていたし、キエフ行きの列車が出るまでは時間がまだじゅうぶん残っていた。計画経済学者はあたりをうかがって物置に入りこんだ。このとき、ずっと上のほうで、ドアの開く音がした。《あの男が入っていったのだ！》とポプラフスキイは心臓のとまる思いで考えた。物置のなかはひんやりとしていて、鼠と革靴の臭いがした。切株のようなものに腰をおろし、待つことに決めた。そこは絶好の位置にあって、物置からだと六番玄関の出口が目の前に見えていたのである。

しかし、予想していたよりもっと長いこと待たなければならなかった。階段はどういうわけか、いつまでたってもひっそりとしていた。だがついに、五階のドアの開く音がはっきりと聞こえた。ポプラフスキイは息を殺した。そうだ、あの男の足音だ。《降りてくる……》一階下のドアが開いた。足音がやんだ。女の声。悲しそうな男の声……そうだ、あの男の声だ……《ほっといてくれ、お願いだから……》と言ったみたいだった。ポプラフスキイは割れたガラス越しに耳を突き出した。その耳は女の笑い声をとらえた。軽快に急ぎ足で駆け降りてくる足音が聞こえたかと思うと、女の背中がちらりと見えた。防水布製の緑色のバッグを両手に抱えた女は、玄関から急いで中庭に走り去った。例の男の足音がふたたび聞こえはじめた。《おかしいな、あの部屋に引き返すぞ！　まさか、あの男までが一味というのではないだろうな？　いや、戻ってゆく。ほら、上でまたド

アが開いた。まあ、いい、もう少し待つとしよう》

このときは、長く待つまでもなかった。ドアの音。足音。足音がやむ。絶望的な悲鳴。猫の鳴き声。せかせかした小刻みな足音が、下に、下に、下に。

ポプラフスキイは待ちおおせた。十字を切り、なにやらつぶやきながら、悲しそうな顔をした男が帽子もかぶらず、すっかり取り乱し、禿頭《はげあたま》には掻き傷をつくり、びしょ濡れのズボンで現れた。玄関の取っ手をつかみ、恐怖のあまり、ドアを押したらよいのか、手前に引いたらよいのかもわからずにあせっていたが、ついにドアを開けると、陽の当たる中庭へととび出していった。

これで、呪わしい部屋で何が起こったかは明らかとなり、ポプラフスキイはもうこれ以上、死んだ甥のことも、住居のことも考えず、自分がさらされた危険を思い返しては身を震わせ、ただ、《なにもかもわかった！　なにもかもわかった！》とつぶやきながら中庭に走り出た。数分後、トロリーバスはキエフ行きの駅の方向に計画経済学者を運びつつあった。

経済学者が一階の物置に身をひそめていたあいだに、小柄な男の身にふりかかったのは、このうえなく不愉快な出来事であった。その男というのは、ヴァリエテ劇場のビュッフェ主任アンドレイ・ソーコフであった。ヴァリエテ劇場で警察の取調べが行なわれていたとき、ソーコフはそれにはまったくかかわりをもつまいと努めていたが、ただひとつ目についたことといったら、ふだんよりもずっと悲しそうであったこと、それに、外国から来た魔術師がどこに宿泊しているかをメッセンジャーのカールポフにたずねたことであった。

さて、経済学者と階段の踊り場で別れてから、ビュッフェ主任は五階まで昇って、五〇号室の呼鈴を押した。

ドアはすぐに開いたが、ビュッフェ主任は身を震わせ、あとずさりして、なかなか入ろうとはしなかった。それも無理のないことであった。ドアを開けたのは、なまめかしいレースのエプロンと白い髪飾りのほかはなにも身にまとっていない若い女だった。もっとも金色のパンプスをはいていたのは事実である。若い女は非の打ちどころのない容姿の持主で、目につく唯一の欠点といえば、首筋にある赤紫の傷痕だけであった。

「さあ、お入りください、呼鈴を押したじゃありませんか！」媚びを含んだ緑色の目でビュッフェ主任をまじまじとみつめて、若い女は言った。

ソーコフは大きくため息をもらし、目をしばたたかせると、帽子を取りながら玄関ホールに足を踏み入れた。ちょうどこのとき、玄関ホールにあった電話が鳴りはじめた。つつしみのない女は、片足を椅子の上にのせて受話器を取りあげると、言った。

「もしもし！」

ビュッフェ主任は目のやり場に困り、足を踏みかえながら、《やれやれ、外国人のところのメイドときたら！　ちぇっ、なんというはしたなさ！》と思った。そして見るに耐えかねたかのように、横目であたりを眺めはじめた。

広く薄暗い玄関ホールには、これまで見たこともないような品物や衣裳が所せましと置かれてあった。たとえば、炎のように赤い裏地のついた黒いマントが椅子の背に投げかけられ、鏡台の上には、まばゆいばかりの黄金の柄の長剣があった。銀の柄のついた剣が三本、まるで傘かステッキのように無造作に隅に立てかけてある。鹿の角には鷲《わし》の羽のついたベレー帽がかかっている。

「そうです」とメイドは電話に向かって言った。「どなたさまです？　マイゲール男爵？　はい。さようでございます！　主人は今日は在宅です。ええ、お目にかかれれば喜ばれることでしょう。はい、お客さまがたは……フロックかダークスーツです。え？　夜中の十二時でございます」話が終わって、受話器を置くと、メイドはビュッフェ主任のほうをふり返った。「ご用件は？」

「魔術の先生にお目にかかりたいのですが」

「なんですって？　先生に直接？」

「ええ」とビュッフェ主任は悲しそうに答えた。

「うかがってみましょう」ためらいがちにメイドは言い、死んだベルリオーズの書斎のドアを少し開けて、取り次いだ。

「ご主人さま、小柄な男のかたがいらっしゃいまして、ぜひともお目にかかりたいとのことですが」

「お通ししなさい」書斎からコロヴィエフのつぶれた声が聞こえた。

「客間にどうぞ」まるで人並の恰好をしているかのように、若い女はさりげなく言い、客間のドアを細目に開けると、玄関ホールから姿を消した。

招かれた部屋に足を踏み入れたとたん、ビュッフェ主任は用件もすっかり忘れてしまったほど、部屋の調度に度胆を抜かれた。大きな窓のステンド・グラス（行方不明となった宝石商未亡人の思いつきによるものである）越しに、教会の光彩にも似た異常な光が射しこんでいた。むし暑い春の日だというのに、旧式の巨大な暖炉には薪が燃えていた。それでも、部屋のなかは少しも暑くなく、むしろ、ここに入ってきた者には、なにか地下室に入ったときのような湿気が感じられた。暖炉の前の虎の敷皮の上には、火をみつめながら気持よさそうに目を細めている大きな黒猫がすわっていた。テーブルがあり、それに一瞥《いちべつ》をくれたとたん、信心深いビュッフェ主任がぎくりと身震いしたのは、テーブルが教会用の金襴《きんらん》でおおわれていたからである。テーブルをおおった金襴の上には、ずんぐりしたのや、黴《かび》だらけ、あるいは埃だらけの酒壜がずらりと並んでいた。酒壜のあいだには皿がまばゆく輝いていて、それが純金製なのは一目瞭然だった。暖炉のそばでは、ベルトにナイフをはさんだ赤毛の小柄な男が長い鋼鉄の剣に突き刺した肉をあぶっていて、肉汁が火に垂れ落ち、煙道に煙が立ち昇っていた。焼肉の匂いばかりでなく、さらになにか強い香水や香の匂いがたちこめ、そのために、ベルリオーズの死やその住居を新聞報道ですでに知っていたビュッフェ主任の頭に、これはおそらく、ベルリオーズの追善供養ではないだろうかという思いが閃いたが、すぐさま、そんな思いはまったくばかばかしいものとして追い払った。

唖然《あぜん》としていたビュッフェ主任の耳に、不意に重々しい低音《バス》の声が聞こえた。

「ところで、ご用というのは?」

ビュッフェ主任は暗がりのなかに、探していた相手を見つけだした。

いくつものクッションを置いた、大きくて低いソファに黒魔術師は長々と身を横たえていた。ビュッフェ主任の見たところ、魔術師は黒い下着と先のとがった黒い靴しか身につけていなかった。

「私は」とビュッフェ主任は悲しそうに切り出した。「ヴァリエテ劇場のビュッフェの責任者で……」

魔術師はビュッフェ主任の口を封じるかのように、宝石の指輪をきらめかせた片手を前に突き出して、熱っぽく語りだした。

「いや、いや、いや！　もう、なにも言わないでほしい！　どんなことがあっても、けっして！　ビュッフェでは、もうなにも口にする気はない！　じつはあなた、昨日、カウンターのそばを通りかかったのだが、いまだに、あの蝶鮫《ちょうざめ》とブリンザ・チーズ*2を忘れることができない。いいですか、あなた！　ブリンザ・チーズが緑色をしているはずはない、誰かに欺されたのだ。チーズは白いはずだ。それに、あの紅茶ときたらどうだろう？　あれでは、雑巾を濯《すす》いだ汚水だ！　この目で見たのだよ、薄汚い娘っ子が汚れた水をバケツから大きなサモワールに入れているのをね、しかも紅茶を注ぎ分けながら。いや、あなた、こんなことがあっていいものだろうか！」

「申しわけありませんが」不意打ちを喰らってびっくりしたソーコフは、話しはじめた。「私が参りましたのはそのことのためではありません、この際、蝶鮫は関係のないことです」

「関係がないとは、蝶鮫は腐っていたのだよ！」

「蝶鮫は鮮度二級のものが入りましたもので」とビュッフェ主任は言った。

「そんなのはばかげたことだよ、あなた！」

「何がばかげたことなのです？」

「鮮度二級などというのがばかげているのだよ！　鮮度のことをいうのならただひとつ、鮮度一級、これしかない。もしも蝶鮫が鮮度二級なら、それはつまり腐っているということなのだ」

「申しわけありませんが……」執拗にからんでくる魔術師からどうやって逃れたらよいかもわからぬまま、ビュッフェ主任はふたたび言いかけた。

「許せないことだ」と相手は断言した。

「ここに来ましたのは、この件のためではないのです！」すっかり取り乱して、ビュッフェ主任は言った。

「この件のためでないというと？」外国から来た魔術師はいぶかしげな表情になった。

「いったい、ほかにどんな用件があって来たのです？　記憶に間違いがなければ、あなたに近い職業の人で私のつき合ったのは酒場のマダムだけで、それもずっと昔、あなたがこの世にまだ生まれていなかったころのことだ。もっとも、お近づきになれて嬉しい。

＊2　ウクライナの羊乳チーズ。

アザゼッロ！　お客さまに腰かけを」

肉を焼いていた男がふり返り、しかもそのとき、その牙でもってビュッフェ主任を恐怖に陥れたのだが、黒っぽい樫材の低い腰かけをすばやく差し出した。

「ありがとうございます」とビュッフェ主任は言って、腰をおろした。そのとたん、腰かけのうしろ脚が音を立てて折れ、あっと叫びざま、ビュッフェ主任は床にしたたかに尻餅をついた。倒れたときに、目の前にあったべつの腰かけを片足で引っかけて、なみなみと注がれてあった赤ワインのグラスを引っくり返し、ズボンを濡らしてしまった。

魔術師は大声で叫んだ。

「おお！　お怪我はなかったですか？」

アザゼッロはビュッフェ主任を助け起こし、べつの椅子を差し出した。ズボンを脱いで、火の前で乾かしたらどうかという主人のすすめをビュッフェ主任は悲しげに断わり、濡れたズボンとパンツに耐えがたいほどのばつの悪さを覚えながら、用心深くべつの椅子に腰をおろした。

「低い椅子が好きでね」と魔術師は言いだした。「低い椅子だと、落ちてもたいしたことはないからね。ところで、蝶鮫の話だったたね？　いや、あなた！　新鮮さ、新鮮さ、新鮮さ、これこそビュッフェ支配人のモットーでなくてはならない。それはそうと、おひとつ、どうですか……」

　このとき、暖炉のまっかな炎に照らされて、ビュッフェ主任の前で肉を突き刺した剣がきらりと光り、アザゼッロがじゅうじゅう音を立てている焼肉を純金の皿に載せ、レモンの汁をかけ、純金のフォークを差し出した。

「ありがとうございます……でも、私は……」

「いや、いや、召しあがりなさい！」

　ビュッフェ主任は礼を失しないようにと、肉の一片を口に入れたが、これが本当に新鮮で、しかも重要なことに、このうえなく味のよいことがわかった。しかし、香ばしく、汁気の多い肉を嚙みながら、ビュッフェ主任は危うく咽喉《のど》にひっかけ、またしても尻餅をつきそうになった。隣の部屋から大きな黒い鳥が舞いこんできて、翼でビュッフェ主任の禿げた頭を軽くかすめたのである。暖炉の上の時計のそばにとまった鳥は梟《ふくろう》だった。《おお、神さま！》ビュッフェのすべての従業員と同じように神経質であったソーコフは思った。《なんという場所だろう！》

「ワインはどうです？　白か、赤か？　昼間のいま時分だと、どの国のワインが？」

「ありがとうございます……私は飲みませんもので……」

「それは残念！　それでは骰子《さいころ》でもやりますか？　それとも、なにかほかの勝負事がお好きなのですか？　ドミノ、トランプ？」

「勝負事はやりませんので」いまはもうすっかりうんざりして、ビュッフェ主任は答えた。

「まったくもって嘆かわしい」と主人は結論を下した。「それもご自由だが、酒や勝負事、美しい女性、食卓でのおしゃべりなどを避けようとする男には、なにかしらうしろめたいものが秘められているものだ。そういう人間は重い病気にかかっているか、周囲の人々を心の奥で憎悪しているものだ。もちろん、例外もある。宴会で同席した人たちに驚くほどの卑劣漢に出くわすことも、ときにはある！　それでは、ご用件を」

「昨日、手品をなさいましたね……」

「私が？」魔術師は驚いたように叫んだ。「とんでもない！　だいたい、私は手品などやる柄じゃない！」

「失礼しました」呆気にとられて、ビュッフェ主任は言った。「でも、確か、あの黒魔術のショーは……」

「ああ、あれですか、いかにも、いかにも！　じつは、あなた！　秘密を打ち明けると、私は芸人なんかじゃまったくない、モスクワの市民を見たかっただけのことで、それには劇場が打ってつけの場所だったのだ。ほら、ここにいる部下が」と言って、猫のほうを顎でさした。「あのショーを披露したので、私はただすわって、モスクワの市民を観察していただけだ。しかし、まあ、そう顔色を変えずに、言ってください、ここに来たのは、なにか、あのショーに関係があるのか？」

「じつはですね、昨日のショーに、札束が天井から降ってくるのがございましたね……」ビュッフェ主任は声を落とし、きまり悪げにあたりを見まわした。「ほら、みんなが奪い合うようにして拾っていました。あれから、若い男がビュッフェにやってきて、十ルーブル札を出しましたので、八ルーブル五十コペイカの釣りを渡しました……そのあと、またべつの男がやってきました」

「やはり、若い男？」

「いいえ、年輩の人でした。三人め、四人めがやってきます……私はつぎからつぎと釣りを出します。ところで今日、金庫を調べてみたのですが、どうでしょう、お札はなく、そのかわりに細長い紙きれがあるばかりでした。ビュッフェは百九ルーブルの損害を受けたのです」

「おや、おや、おや」と魔術師は叫んだ。「それにしても、あれが本物のお札だなどと本気で思いこんだのかね？　意識的にそんなことをするなんて、とても考えられないが」

ビュッフェ主任はなぜか顔をしかめ、憂鬱そうに周囲を見やったが、なにも言わなかった。

「まさか詐欺師では？」と魔術師は心配そうに客にたずねた。「まさか、モスクワ市民に詐欺師がいるなんて？」

それにたいして、ビュッフェ主任がひどくにがにがしい笑いを浮かべたので、確かに、モスクワの市民にも詐欺師が存在するということは疑いの余地がなかった。

「それはあんまりだ！」ヴォランドは憤慨した。「あなたは貧しい……そうだね、生活がたいへんなのだろう？」

ビュッフェ主任は首をすくめたが、それで、彼が貧しいことは明らかとなった。

「貯金はどれくらいある？」

この質問には、思いやりのある調子がこもってはいたものの、こまやかな神経が欠けたものとみないわけにはゆかない。ビュッフェ主任は言葉に窮した。

「五つの貯蓄銀行に二十四万九千ルーブル」隣室から、しわがれ声が答えた。「それから、自宅の床下に十ルーブル金貨が二百枚」

ビュッフェ主任は椅子に釘付けになったかのようだった。

「なるほど、もちろん、たいした金額ではない」ヴォランドは鷹揚に客に言った。「もっとも、実際のところ、お金はそうたくさん要らないだろうが。死ぬのはいつ？」

これには、さすがのビュッフェ主任も憤然とした。

「そんなことは誰にもわからないし、誰にも関係のないことでしょう」と答えた。

「なんだって、誰にもわからないだと」またしても例の気味の悪い声が書斎から聞こえてきた。「いやはや、ニュートンの二項定理だ！　この男は九カ月後、来年の二月に、モスクワ大学付属第一病院の四号病室で肝臓癌で死ぬことになっている」

ビュッフェ主任の顔色が土色になった。

「九カ月か」ヴォランドは考えこむようにして計算した。「二十四万九千……おおよその計算で、月に二万七千となるな？　多いとはいえないまでも、辛抱すればなんとかやっていけるだろう。それに、まだ十ルーブル金貨もあることだし」

「十ルーブル金貨は換金できません」やはり例の声が割りこんできて、ビュッフェ主任の心臓を凍らせた。「ソーコフが死ぬと、あの家はただちに取りこわされ、金貨は国立銀行に送られます」

「まあ、入院はすすめないがね」と魔術師は続けた。「見こみのない患者たちの呻きやしわがれ声を聞きながら病室で息を引きとるなんて、意味がないよ。それよりも、その二十七万ルーブルの金で宴会を開き、弦の鳴り響くもと、酔いしれた美女やご機嫌な友人たちに取り囲まれて、毒をあおってあの世に旅立つほうがずっといいのではないか？」

ビュッフェ主任はすわったまま身じろぎもせず、ひどく老けこんだように見えた。目のまわりには黒い隈《くま》ができ、頬はたるみ、下顎はだらりと垂れさがった。

「もっとも、余計な空想にふけってしまったようだ」と主人は叫んだ。「用件に戻ろう。その紙きれとやらを見せてほしい」

ビュッフェ主任は興奮しながらポケットから紙包みを取り出し、それをひろげたとたん、啞然とした。新聞紙のなかには、まぎれもない十ルーブル紙幣があった。

「いや、本当に病気のようだな」ヴォランドは肩をすくめながら言った。

ビュッフェ主任は奇妙な笑いを浮かべて、椅子から立ちあがった。

「で、でも」と、つっかえながら言った。「もしもこれが、またあの……」

「ふむ……」魔術師は考えこんだ。「いや、そのときは、またいらっしゃい。どうぞご遠慮なく！　お会いできて、嬉しかった」

このとき、コロヴィエフが書斎からとび出してきて、ビュッフェ主任の手を握って振りまわしながら、劇場のみなさまによろしくお伝えくださいと言いはじめた。どうもよく飲みこめないまま、ビュッフェ主任は玄関ホールに向かった。

「ヘルラ、お見送りを！」とコロヴィエフは叫んだ。

またしても、あの裸同然の赤毛の女が玄関ホールに現れた。ビュッフェ主任はドアを通り抜け、「さようなら」と蚊の鳴くような声で言うと、まるで酔っぱらいのように歩きだした。階段を少し降りてから、立ちどまり、そのまま腰をおろすと、紙包みを取り出してなかを確かめたが、十ルーブル紙幣は無事だった。

このとき、その踊り場に面した部屋から緑色のバッグを持った女が出てきた。階段に腰をおろして十ルーブル紙幣をぼんやりと眺めている男を見ると、女はにやりと笑って、物思わしげに言った。

「このアパートときたら、どうなっているんでしょう！　朝っぱらから酔っぱらいもいるし。階段のガラスはまた割られてしまうし」ここで、もっと注意深くビュッフェ主任をみつめて、女はつけ加えた。「おや、あなた、ずいぶんお金持ね。少し分けてちょうだいよ！　どう？」

「ほっといてくれ、お願いだから」ビュッフェ主任は驚いて、すばやく金をしまった。女は声高に笑いだした。

「勝手にするがいいわ、しみったれ！　冗談よ」と言って、女は階段を降りて行った。

ビュッフェ主任はゆっくりと立ちあがり、帽子を直そうとして手をあげたが、そこで、頭に帽子がないのに気づいた。引き返すのは死ぬほどいやだったが、帽子が惜しくもあった。しばらくためらったあと、やはり引き返して呼鈴を押した。

「まだなにかご用?」と呪わしいヘルラがたずねた。

「帽子を忘れたもので」ビュッフェ主任は禿頭を指さしながら囁いた。ヘルラが背を向けると、ビュッフェ主任は心のなかでぺっと唾を吐き、目を閉じた。目を開けたとき、ヘルラが帽子と黒い柄のついた剣を差し出した。

「これは私のではありません」剣を押し戻し、すばやく帽子をかぶりながら、ビュッフェ主任は低い声で言った。

「本当に剣も持たずにおいでになったのですか?」ヘルラは驚いた。

ビュッフェ主任はなにやらつぶやくと、急ぎ足で階段を降りはじめた。頭のぐあいがなぜか奇妙で、帽子のなかが暖かすぎたので帽子を脱ぐと、恐怖のあまり跳びあがり、低い悲鳴をあげた。手に持っていたのは、むしりとったような鶏の羽根のついたビロードのベレー帽だったのだ。ビュッフェ主任は十字を切った。その瞬間、ベレー帽はにゃーと鳴き、黒猫に変身し、頭に跳びもどると、爪を全部立てて禿頭にしがみついた。死にもの狂いの叫びをあげてビュッフェ主任は駆け降り、猫のほうは頭から跳びおりると、階段を駆け昇っていった。

中庭にとび出すと、ビュッフェ主任は全速力で門まで駆けとおし、サドーワヤ通り三〇二番地にある悪魔のアパートに永遠の別れを告げた。

しかし、この男の身にふりかかった出来事がこれで終わったわけではない。門を駆け抜けると、ビュッフェ主任はきょとんとした目つきで、なにかを探しているかのように周囲を見まわした。一分後、通りをはさんで向う側の薬局にいた。

「ちょっとおうかがいしますが……」と言いだすや、カウンターの向うにいた女が叫んだ。

「まあ、あなた！　頭が傷だらけですよ！」

五分ほどたったとき、ビュッフェ主任はガーゼの包帯を巻きつけられ、肝臓病の最高の専門医がベルナツキイとクジミンの両教授であることを聞き出し、どちらの住まいが近いかをたずね、クジミンが文字どおり中庭をはさんだ向い側の白い小さな独立家屋に住んでいることを知らされると、喜びに小躍りし、二分後にはもうそこに着いていた。

その家の内部は、時代がかって古風ではあったが、きわめて住み心地のよさそうなものであった。ビュッフェ主任がのちに思い出したところによると、最初に出迎えたのは年老いた付添婦で、客の帽子を受けとろうとしたが、帽子がないのを知ると、歯の抜けた口をもぐもぐさせながら、どこかへ立ち去った。

老婆と入れかわりに、鏡の横、アーチのようなものの下に中年の看護婦が現れ、すぐさま、診察の予約受付は十九日以後になると言った。どうすれば活路を見いだせるか、すぐにビュッフェ主任は機転をきかした。アーチの向うの一見して待合室とわかるところで順番を待っていた三人の男のほうに、光も消えてしまいそうな目をくれて囁いた。

「死にそうなのです……」

看護婦は当惑げにビュッフェ主任の包帯を巻いた頭を眺め、しばらくためらってから言った。

「そういうことでしたら、どうぞ……」と、ビュッフェ主任をアーチの向うに通した。この瞬間、向い側のドアが開き、金色の鼻眼鏡をきらりと光らせ、白衣の女は言った。

「みなさん、この病人を順番外でさきに診ていただくことにします」

ビュッフェ主任は周囲を見まわす暇もないうちに、クジミン教授の診察室に通されていた。細長い部屋には、病院にありがちな威圧するような厳粛さはまるでなかった。

「どうなさいました?」気持のよい声でクジミン教授はたずね、いくぶん心配そうに、包帯を巻いた頭に目を向けた。

「いま、信頼すべき筋から知らされたのですが」ガラスの向うにあった何枚かの写真を異様な目つきで見ながら、ビュッフェ主任は答えた。「来年の二月に、私は肝臓癌で死ぬそうです。どうかお願いです、助けてください」

クジミン教授はすわったまま、ゴシック風の肘掛椅子の革張りの高い背もたれに身をそらせた。

「失礼ですが、おっしゃっていることがよく理解できません……医者に診てもらったのですね？　頭の包帯はどうなさったのです？」

「あれが医者なものですか？……あんな医者、お目にかけたいくらいです！」とビュッフェ主任は答え、突然、歯をがちがち鳴らしはじめた。「頭のことは気にしないでください、関係ないのですから。この際、頭のことなんかどうでもよいでしょう。肝臓癌なのです、どうか進行をとめてください」

「しかし、いったい誰に言われたのですか？」

「あの男を信じてください！」とビュッフェ主任は熱っぽく頼んだ。「本当に知っているのです」

「なにもわかりません」肩をすくめ、椅子ごとテーブルから離れながら教授は言った。「あなたがいつ死ぬかということを、どうして、その人はわかったのでしょう？　ましてや医者でもないのに！」

「四号病室で死ぬそうです」とビュッフェ主任は答えた。

ここで教授は、患者を、その頭を、濡れたズボンをみつめ、《これはたいへんなことになったぞ！　気が狂っている！》と考えた。そして、たずねた。

「ウォッカは飲まれますか？」

「一滴だって飲んだことはありません」とビュッフェ主任は答えた。

一分後に、ビュッフェ主任は身につけていたものをすべて脱がされ、冷んやりする防水布の寝椅子に横になり、腹部を触診されていた。ここで言っておかなければならないが、ビュッフェ主任はかなり明るい表情となった。いま、少なくともこの瞬間には癌の徴候はまったく見いだすことができない、と教授が断言したからだ。しかし、こんなにも……こんなにも恐怖を抱き、どこかのほら吹きに脅されているからには、ひととおり検査をしてみる必要がある……どこに行き、何を持っていけばよいかを教授は説明しながら、紙片にペンを走らせた。そのほか、神経が完全に参っているとビュッフェ主任に告げ、精神科医のブレ教授への紹介状を渡した。

「おいくらでしょうか、教授？」分厚い財布を取り出しながら、やさしい震える声でビュッフェ主任はたずねた。

「いくらでも結構です」教授はそっけなく、短く答えた。

ビュッフェ主任は財布から三十ルーブルを出してテーブルの上にのせると、それから突然、まるで猫の手がそうするときのように、そっと紙幣の上に、がちゃがちゃと音を立てて新聞紙にくるんだ金貨を置いた。

「それはどういうことです?」クジミンはたずね、口ひげをひねった。

「受けとってください、教授」とビュッフェ主任は囁いた。「お願いです、どうか癌を治してください」

「いますぐ、その金貨をおしまいください」と教授は自尊心を満足させながら言った。「それよりも、神経に気をつけたほうがいいですね。明日にも尿の検査をしましょう、紅茶を飲みすぎないこと、食事には塩分をいっさいとらないこと」

「スープも塩分抜きですか?」とビュッフェ主任はたずねた。

「すべて塩分抜きです」とクジミンは命令した。

「ああ!……」ビュッフェ主任は憂鬱そうに叫び、感動したように教授を眺めながら金貨をつかむと、ドアのほうにあとずさりした。

この日の午後、教授のもとを訪れた病人の数は多くなく、夕方近くには最後の患者も帰っていった。白衣を脱ぎながら、教授はビュッフェ主任が十ルーブル紙幣を置いていった場所にちらりと目をやり、そこには紙幣など一枚もなく、《アブラウ・デュルソー》のワインボトルのラベルが三枚置かれてあるのに気がついた。

「これはいったい、どういうことか！」白衣の裾を床に引きずり、ラベルに触れて調べながら、クジミンはつぶやいた。「あの男は精神分裂症だけではなく、詐欺師でもあったのだ！　しかし、どうしてもわからない、この私になんの用があったのだろうか？　尿検査の診断書でないことだけは確かだ。おお！　コートを盗んでいったのだ！」教授は依然として片腕だけ白衣の袖に通したまま、玄関ホールに駆けつけた。「クセーニヤ！」つんざくような声で、玄関ホールのドアに向かって叫んだ。「調べてくれ、コートは全部ちゃんとあるかね？」

コートは全部無事であることがわかった。しかし、そのかわり、ついに教授が白衣を脱ぎ捨て、テーブルのところに戻ったとき、テーブルをじっとみつめたまま寄木細工の床に棒立ちになった。さきほどまでラベルのあった場所には、悲しそうな顔をした黒い野良猫がすわり、ミルクの入った小皿に向かって、にゃあと鳴いていたのである。

「いったい、どういうことだ、いったい？　これはもう……」教授は後頭部が冷たくなるのを感じた。

かぼそく哀れっぽい教授の悲鳴を聞いて駆けつけたクセーニヤは、これはもちろん患者の誰かが置いていったもので、医者の家ではよくあることだと話し、すぐに教授を安心させた。

「きっと、暮らしがたいへんなのでしょうね」とクセーニヤが説明した。「まあ、私どものところなら、もちろん……」

猫を置いていったのは誰かと二人はあれこれ考え、推理しはじめた。胃潰瘍の老婆に嫌疑がかけられた。

「あの人ですよ、きっと」とクセーニヤが言った。「どっちみち死ぬ身だけど、この仔猫はかわいそうだ、と考えたのですわ」

「しかし、おかしいじゃないか！」とクジミンは叫んだ。「それじゃ、ミルクは？　やはりあの婆さんが持ってきたのかね？　小皿は？」

「壜に入れて持ってきて、ここでお皿に注いだのですよ」とクセーニヤが説明した。

「とにかく、仔猫も小皿もどこかに持っていってくれ」とクジミンは言い、クセーニヤをドアまで見送った。教授が戻ってきたとき、状況は一変していた。

白衣を釘に掛けていたとき、中庭から笑い声が聞こえ、窓から外を覗くと、当然のことながら、教授は呆然とした。シュミーズ一枚の女が向い側の別棟に向かって中庭を駆けていたのである。マリヤという女の名前まで教授は知っていた。笑い声をあげていたのは男の子であった。

「これはなんだ？」とクジミンは軽蔑するように言った。

このとき、壁をへだてた教授の娘の部屋で、フォックストロットの「ハレルヤ」のレコードが鳴りだし、それと同時に、教授の背後で雀のさえずりが聞こえた。ふり返ると、テーブルの上で大きな雀が跳びはねているのが目に入った。

《ふむ……落ちつくのだ……》と教授は考えた。《窓から離れたすきに飛びこんできたのだ。なにもおかしなことはない》と、教授は自分に言い聞かせたものの、なにもかもが異常で、そのおもな原因となっているのは、もちろん、この雀なのだ、と感じていた。じっと目を凝らすや、すぐさま、この雀がありきたりの雀とはちがっているのを確信するにいたった。このいまわしい雀は左足を屈めると、それを引きずりながら、明らかに気どったようすで拍子をとり、要するに、カウンターの前の酔っぱらいのようにレコードの音に合わせてフォックストロットを踊っていたのである。大胆不敵に教授のほうを見たりしながら、あらんかぎり鉄面皮に振舞っていた。

クジミンは受話器を取りあげ、大学時代の同級生で精神科医のブレ教授の電話番号をまわしはじめ、六十歳になってはじめてこのような雀を見たこと、しかもそのときに不意にめまいがしたことが何を意味するかをたずねようとした。

そのあいだにも、雀は人から贈られたインク壺にとまり、それに糞をし（冗談を言っているのではない）、それから舞いあがり、宙を飛んでいたが、そのあと身をひるがえして、一八九四年の大学卒業生全員の写真の入った額のガラスを鋼鉄のような嘴《くちばし》で勢いよく突つき、ガラスを粉々に砕いたかと思うと、すばやく窓から飛び去った。教授は電話番号を変更し、ブレ教授にかけるかわりに、蛭《ひる》を取り扱っている事務局に電話をかけ、こちらはクジミン教授だが、いますぐ蛭を自宅に届けてほしいと頼んだ。

受話器を置き、もう一度テーブルのほうをふり返って、泣き声をあげた。テーブルの向う側に、看護婦の帽子をかぶった女が、《蛭》と書いた袋を持ってすわっていたのだ。女の口を見るや、教授はふたたび泣き声をあげた。口は男のようで、歪んで、耳まで裂けていて、牙が一本、突き出ていた。その目は死人のようであった。

「お金はいただいておくわ」と看護婦は男のような低音《バス》で言った。「ここに投げ出しておいても仕方がないから」それから、鳥の前足のような手でラベルを掻き集めると、女は宙に溶けはじめた。

二時間ほどが過ぎた。クジミン教授は寝室のベッドにすわり、しかも、その顳顬《こめかみ》、耳のうしろ、首には蛭が垂れさがっていた。クジミンの足もとの絹のクッションには白い口ひげのブレ教授がすわり、同情するようにクジミンを眺めながら、こんなことはすべて取るに足らぬことだと言って、慰めていた。窓の外はすでに深夜であった。

この夜、これからさき、どんなに驚くべきことがモスクワで起ったかは知らないし、無論、あれこれと詮索するつもりはない、それでなくとも、この真実の物語の第二部に移る時が訪れているのだ。私につづけ、読者よ。

訳注

13　「主人公の登場」二九五ページ一四行―二九六ページ五行までの異稿

それからさき、イワンが耳にしたところによると、なにか予期しなかった奇妙なことが起こったようだった。あるとき客が新聞を広げると、「敵の反撃」と題する批評家アリマンの論文が目に入ったが、そこには、イエス・キリストを讃美する文章を、客つまりわが主人公が無理やり活字化しようと試みたのだ、と読者に警告していたのである。

同、二九七ページ九行―三〇〇ページ二行までの異稿

「喜びのない秋の日々が訪れました」と客はつづけた。「あの小説の、ぞっとするような失敗は、私の魂の一部を引き抜いてしまったかのようでした。実を言うと、もはや、することはなにもなく、彼女と会うことのみに生きる意味を見いだしていたのです。ちょうどそんなときに、私の身になにか異変が起こりました。おそらく、ストラヴィンスキイならずっと以前に原因を見きわめていたでしょうが。私はふさぎの虫に取りつかれ、不吉な予感にかられました。

〔編集付記〕

本書は水野忠夫訳『巨匠とマルガリータ』(「世界文学全集I－05」、河出書房新社、二〇〇八年)を文庫化したものである。

下巻に収録した「ブルガーコフの作品との出会い」は、「季刊 iichiko」NO. 103 SUMMER 2009(二〇〇九年七月)より採録した。

(岩波文庫編集部)

巨匠《きょしょう》とマルガリータ（上）〔全2冊〕
ブルガーコフ作

2015年5月15日　第1刷発行
2019年4月5日　第4刷発行

訳　者　水野忠夫《みずのただお》

発行者　岡本　厚

発行所　株式会社　岩波書店
〒101-8002　東京都千代田区一ツ橋2-5-5
案内 03-5210-4000　営業部 03-5210-4111
文庫編集部 03-5210-4051
http://www.iwanami.co.jp/

印刷 製本・法令印刷　カバー・精興社

ISBN 978-4-00-326482-9　Printed in Japan

読書子に寄す

――岩波文庫発刊に際して――

岩波茂雄

真理は万人によって求められることを自ら欲し、芸術は万人によって愛されることを自ら望む。かつては民を愚昧ならしめるために学芸が最も狭き堂宇に閉鎖されたことがあった。今や知識と美とを特権階級の独占より奪い返すことはつねに進取的なる民衆の切実なる要求である。岩波文庫はこの要求に応じそれに励まされて生まれた。それは生命ある不朽の書を少数者の書斎と研究室とより解放して街頭にくまなく立たしめ民衆に伍せしめるであろう。近時大量生産予約出版の流行を見る。その広告宣伝の狂態はしばらくおくも、後代にのこすと誇称する全集がその編集に万全の用意をなしたるか。千古の典籍の翻訳企図に敬虔の態度を欠かざりしか。さらに分売を許さず読者を繋縛して数十冊を強うるがごとき、はたしてその揚言する学芸解放のゆえんなりや。吾人は天下の名士の声に和してこれを推挙するに躊躇するものである。このときにあたって、岩波書店は自己の責務のいよいよ重大なるを思い、従来の方針の徹底を期するため、すでに十数年以前より志して来た計画を慎重審議この際断然実行することにした。吾人は範をかのレクラム文庫にとり、古今東西にわたって文芸・哲学・社会科学・自然科学等種類のいかんを問わず、いやしくも万人の必読すべき真に古典的価値ある書をきわめて簡易なる形式において逐次刊行し、あらゆる人間に須要なる生活向上の資料、生活批判の原理を提供せんと欲する。この文庫は予約出版の方法を排したるがゆえに、読者は自己の欲する時に自己の欲する書物を各個に自由に選択することができる。携帯に便にして価格の低きを最主とするがゆえに、外観を顧みざるも内容に至っては厳選最も力を尽くし、従来の岩波出版物の特色をますます発揮せしめようとする。この計画たるや世間の一時の投機的なるものと異なり、永遠の事業として吾人は微力を傾倒し、あらゆる犠牲を忍んで今後永久に継続発展せしめ、もって文庫の使命を遺憾なく果たさしめることを期する。芸術を愛し知識を求むる士の自ら進んでこの挙に参加し、希望と忠言とを寄せられることは吾人の熱望するところである。その性質上経済的には最も困難多きこの事業にあえて当たらんとする吾人の志を諒として、その達成のため世の読書子とのうるわしき共同を期待する。

昭和二年七月

岩波文庫の最新刊

小池昌代編
吉野弘詩集
結婚式の祝辞によく引かれる「祝婚歌」、いのちの営みに静謐な眼差しを投げかける戦後詩の名篇「I was born」など、一四〇篇を収録。（解説＝小池昌代・谷川俊太郎）〔緑二二〇-一〕 本体七四〇円

宇野千代作
色ざんげ
作者の宇野千代が画家の東郷青児と一緒に暮らしていたときに、画家から聞いた話をもとにして書きあげた現代恋愛小説の白眉。（解説＝山田詠美・尾形明子）〔緑二二一-一〕 本体七〇〇円

川合康三、富永一登、釜谷武志、和田英信、浅見洋二、緑川英樹訳注
文選 詩篇（五）
去る者は日びに以て疏《うと》し――生のはかなさ、恋の哀しみをうたう「古詩十九首」、李陵と蘇武の送別詩、漢・高祖「大風の歌」など、中国古典詩の源となる一〇一首を収録。（全六冊）〔赤四五-五〕 本体一〇二〇円

井筒俊彦著
神秘哲学 ―ギリシアの部―
叡智の探究者・井筒俊彦の初期を代表する作品。ギリシアの精神史を、絶対的真理「自然神秘主義」の展開として捉えた画期的な著作。（解説＝納富信留）〔青一八五-三〕 本体一五〇〇円

岡義武著
明治政治史（上）
日本の政治史研究の礎を築いた著者による明治期の通史。上巻では、明治維新を「民族革命」と捉え、開国から帝国議会開設までをたどる。（解説＝前田亮介）〔青N一二六-一〕 本体一三二〇円

……今月の重版再開……

杉本秀太郎編
伊東静雄詩集
本体六六〇円
〔緑一二五-一〕

レチフ・ド・ラ・ブルトンヌ著／植田祐次編訳
パリの夜――革命下の民衆
本体九二〇円
〔赤五八〇-一〕

尾崎一雄作／高橋英夫編
暢気眼鏡・虫のいろいろ 他十三篇
本体七四〇円
〔緑一五七-一〕

オクターヴ・オブリ編／大塚幸男訳
ナポレオン言行録
本体八四〇円
〔青四三五-一〕

岩波文庫の最新刊

井筒俊彦著
意味の深みへ
―東洋哲学の水位―
仏教唯識論、空海密教、老荘思想、イスラーム神秘主義、デリダを通して、東洋哲学の本質を論じる。デリダの小論文を併載。
(解説＝斎藤慶典)〔青一八五―四〕 本体一〇七〇円

細木原青起著
日本漫画史
―鳥獣戯画から岡本一平まで―
日本漫画の歴史を描いた実作者による著作。鳥獣戯画から、岡本一平の登場まで、多くの図版を掲げながら漫画の魅力を語る。
(解説＝清水勲)〔青五八二―一〕 本体七二〇円

柳井 滋・室伏信助・大朝雄二・鈴木日出男・藤井貞和・今西祐一郎校注
源氏物語(五)
梅枝―若菜 下
准太上天皇に登り、明石姫君を入内させた源氏。その栄華の絶頂で直面した女三宮の降嫁は、紫上を苦しめる――。「梅枝」「藤裏葉」「若菜上下」を収録。(全九冊)〔黄一五―一四〕 本体一三八〇円

野谷文昭編訳
20世紀ラテンアメリカ短篇選
二十世紀後半に世界的ブームを巻き起こした中南米文学の傑作短篇十六篇。ヨーロッパの前衛と先住アメリカの魔術と神話が渾然一体となって蠱惑的な夢を紡ぎだす。〔赤七九三―一〕 本体一〇二〇円

岡 義武著
明治政治史(下)
日本の政治史研究の礎を築いた著者による明治期の通史。下巻では、帝国議会開設から、日清・日露戦争を経て、大正政変後までを扱う。
(解説＝伏見岳人)〔青N一二六―二〕 本体一二〇〇円

……今月の重版再開……

ギッシング著／小池 滋訳
南イタリア周遊記
本体六〇〇円〔赤二四七―四〕

坂部 恵編
和辻哲郎随筆集
本体八四〇円〔青一四四―八〕

山田稔編訳
フランス短篇傑作選
本体九二〇円〔赤五八八―一〕

寿岳文章編
柳宗悦 妙好人論集
本体九〇〇円〔青一六九―七〕